徳　間　文　庫

叛骨《ごじゃもん》　最後の極道・竹中武

山　平　重　樹

徳　間　書　店

目次

【取材協力】　山田賢司

第一章

1

それは宣戦布告の狼煙《のろし》と言ってよかった。

「パーン！　パーン！」

闇を切り裂いて突如上がった2発の銃声。

同時にそれは、ただひたすらに極道の本分を貫いてまっしぐらに己の信ずる道を歩んできた一人の男を、公然と「反逆者」と決めつけた銃弾でもあった。

男の名は竹中武。山口組にあって、およそ5年にわたって繰り広げられた対一和会抗争を誰よりも果敢に戦い、最大の〝戦果〟をあげた文句なしにナンバー1の功労者。

何より一和会に暗殺された竹中正久四代目の実弟であり、五代目渡辺芳則の誕生にともなって山口組を離脱するまで、短期間とはいえ、若頭補佐という最高幹部を務めた人物だった。

五代目体制をスタートさせた山口組は、そんな男の独立を、ついぞ見過ごしてはおかなかった。

平成元年7月3日午後11時35分——。

竹中武の本丸である岡山市新京橋の自宅兼事務所にゆっくりと近づいてきたマークⅡ。乗っていたのは3人のカチコミ部隊。車の窓からヌーッと拳銃が突き出されたかと思いきや、いきなり銃弾が2発、同事務所に撃ちこまれたのだ。

竹中武がその銃声を聞いたのは、事務所奥の居宅で親しい者たちと麻雀に興じていたときのことだった。武は思わず牌をツモッた手を止め、

「何ぞ!? カチコミかい!」

その顔が見る間に朱に染まった。

「叔父貴……」

大阪から遊びに来て一緒に雀卓を囲んでいた萬代次郎も、しばし息を呑《の》み、信じられない思いで武の顔を見遣《みや》った。

萬代は、四代目山口組組長代行を経て、新生・五代目山口組の最高顧問というポス

トに就任したばかりの大阪の中西組組長・中西一男の側近であった。立場は違っても、なぜか武に可愛がられ、良いつきあいを続けてきた間柄だった。

思いもよらぬ事態に、雀卓を囲んでいた他の2人同様、萬代とて、もはや麻雀どころではなかった。

「宅見が飛ばしてきた兵隊やろがい！」

憤怒《ふんぬ》の形相《ぎょうそう》もあらわに、新生山口組の若頭の名を口にする武に、

「まさか叔父貴……、本家が叔父貴を……。そんなことはありません。おおかた功を焦った下の組のはねっ返りのしわざでっしゃろ」

萬代が反論する。対一和会抗争にあれだけの戦勲をあげ、筋を通して山口組を離れて「一本」になった男に対し、よもや本家が攻撃を仕掛けてくるとは、萬代にはとうてい考えられなかった。

だが、武はそんな萬代の言葉など耳に入らなかったかのように立ち上がり、

「狙うんやったらちゃんとワシを狙わんかい！」

手にした牌を思い切り卓に叩きつけた。

そんな武の所作に、萬代はあの日のことをまざまざと思い浮かべずにはいられなかった。

竹中武という男を初めて目の当《ま》たりにしたあの日のことを──。

＊　＊　＊

あの日──昭和60年1月26日、竹中正久四代目が中山勝正若頭、南力若中ともども一和会ヒットマンによって襲撃されるという、衝撃の1・26事件が起きた日。山口組にとって悪夢としか言いようのない夜、一報を聞くなり、萬代は親分の中西一男について、四代目が収容された大阪・天王寺区の大阪警察病院へと駆けつけたのだった。

2発の銃弾を躰《からだ》に撃ちこまれ、病院に運びこまれたときにはすでに四代目の意識はなく、一時、心臓も停止していた。医師の懸命のマッサージで心臓は再び動き出し、午後11時前、弾丸の摘出手術が始まった。

その病院で、ずっと中西についていた萬代は、岡山から駆けつけてきた竹中武を初めて目の前で見たのだった。

その第一印象は、

〈うわぁ、怖ぁ！　……恐ろしい顔したオッサンおるなあ。仁王さんのようやないかい。この人が竹中武いう人かぁ……〉

というもので、事態が事態なだけに、いつにも増してその顔には凄みがあった。顔色は蒼白く、兄を撃たれた無念さが極まった悲壮感ともつかぬ何か鬼気迫るものが漂って、どんな上の者でも声をかけられるような雰囲気ではなかった。

それでも中西が武に何事かを話しかけ、2人がボソッとしゃべっているのを後ろから見遣りながら、萬代は、まず武のその迫力に圧倒される思いがしたものだ。

そんな最初の印象と、それまで耳にしたいろんな噂とが相まって、そのとき、萬代の中でいよいよ強烈な竹中武像ができあがったのだった。

四代目の手術は6時間半に及んだが、心臓と大動脈の間を抜けて肝臓で止まった32口径の弾丸は摘出できず、被弾26時間後の27日午後11時25分、竹中正久は51年の生涯を閉じた。山口組四代目を継承してわずか半年後のことだった。

一和会ヒットマンによって山口組のトップ、若頭、若中の3人が射殺された1・26事件を機に、山口組と一和会はついに全面戦争に突入。それは世に〝山一抗争〟と呼ばれ、警察当局をして「戦後ヤクザ抗争史上最大にして最悪」と言わしめるほど激烈なものに発展していく。

翌61年6月末までに317件の抗争事件が発生。死者は山口組が8人、一和会が17人の計25人。負傷者は双方合わせて68人（山口組17人、一和会51人）にのぼった。この山一抗争は3年目に入ると、間に入った稲川会、会津小鉄会の奔走もあって、ようやくいったんは双方で終結宣言が出されることになる。が、1・26の初戦を別にすれば、終始圧倒的優勢のままに抗争を推し進《お》めていたのは山口組のほうであった。

その山口組に、五代目問題が浮上するようになるのは、抗争終結の動きが出てきたのと軌を一にしていた。

萬代次郎に竹中武からお呼びがかかるのは、まさにそんな時期であった。

＊　＊　＊

武の秘書を務め、かねてから萬代とは良いつきあいをしている竹中組幹部の崎林から、あるとき、

「次郎ちゃん、うちの親父がいっぺん岡山に遊びに来い言うてるよ」

と告げられ、萬代は驚くとともに首を傾《かし》げた。

「えっ、何で竹中の叔父貴が……？」

崎林とは山口組定例会のとき、互いに親分の付き添いとして本部で知り合って以来、仲良くなったのだが、彼が仕える親分の武とはいまだ口を利いたこともなかった。遠くからその姿を仰ぎ見るだけの存在だった。

「ワシと次郎ちゃんのつきあいを知っとるからやろ。別に深い意味はないと思うで」

「ふ〜ん、そうなんかい」

萬代が親分の中西に、その旨のお伺いをたてると、

「行ってみいや。遊びに来い言うとるのに、行かんわけにもいかんやろ」

との返事だった。

さっそく岡山の竹中組事務所を訪ねた萬代に、武は開口一番、

「中西もおかしいやないかい。なあ、親の仇も取らんで話をつけるんかい。何が五代目争いや！　何が五代目を決めるや！　なあ、萬代よ」

と切り出したので、萬代もつい、

「叔父貴、ちょっと待っとくんなはれ。私も中西一男の若い者でんがな。親分を中西って呼び捨てにされたら、返事のしようがおまへん」

と口ごたえしてしまった。他のことならいざ知らず、頭ごなしに親分のことをまくしたてられ、萬代も己の立場を忘れてそんな物言いになってしまったのだった。

これには武も、一瞬ムッとした顔になった。が、すぐに、

「そやけどよお、中西の代行もよ」

と言い直したうえで、

「のう、萬代よ。そんなもん、一生懸命頑張ったらええやないかい。仇討ちしてきちっとしてやなあ、誰であれ、功績ある者が五代目になるいうのが筋と違《ちゃ》うのかい。そやったら、ワシがどんな応援でもするがい」

と続けた。

「叔父貴、私もそう思いまっせ。せやけど、うちの親父の立場もおまんがな。組長代行として、稲川総裁や任侠界のいろんな情勢も踏まえたうえで総合的に判断せなあかん立場に立っとります。どうか叔父貴、そのへんのところも理解してやってもらえまへんか」

萬代の言に、武も頷き、

「うん、そうやのう。それもあるわのう。そやけど、ここは一番、代行に頑張ってもらわんと、そんな手仕舞いの話なんか呑んだら終わりやないかい。仇討ちできんやないかい」

と、あくまで親分の仇を討つのが極道の本分であることを、武は主張してやまなかった。

そんなこんなを話して、その日、萬代は早々に竹中組事務所を引きあげた。

事務所を出たあとで、萬代を案内した崎林が、感に堪えないように、

「次郎ちゃん、あんたが初めてや」

と言った。

「何のことや？」

「うちの親父が物言うてるとき、ちょっと待っとくんなはれ言うて言葉を返した男や」

「そうかい」

「そんな言葉返したら、100倍になって返ってくるのがうちの親父や」

「………」

「せやからな、今度な、自分の揚げ足取るかもわからへんから気ぃつけや」

＊　＊　＊

再び萬代に、崎林を通して武から連絡があったのは、それから2週間ほど経《た》ったときのことだった。

「次郎ちゃん、親父が一緒にフグ食おう言うとるで」

「えっ？　フグはええけど、また行くんかいな。今度はよっぽど気ぃつけるわ。揚げ足取られんように」

萬代は笑いながら応じたが、冗談ではなく本心だった。竹中武という親分に対して抱いていた「怖い人や」という印象は変わらず、今度うかつなことを言ったらタダでは済むまいとの思いも強かった。

崎林の話によれば、現についこの間も、ひと言よけいなことを言ったばかりに、武にケチョンケチョンにやりこめられた山口組直参組長もいたという。直参といっても、名前を聞けば誰もが知る大物クラスだった。

だが、案に相違して、二度目となるその日、2人の間で緊迫した場面は一度も訪れなかった。山口組の現実の問題やヤクザのいろんな話を振ってくる武に、萬代も言葉に充分気をつけながらも、自分の考えを偽ることなく述べた。播州弁と岡山弁の入り混じった武の言葉は早口で疳《かん》高く、聞き取りにくい部分もあったが、話は万事明快で筋が通っており、萬代は深い感銘を受けた。

途中、武が誰にも見せたことのないような笑顔を向けてきて、萬代はそのイメージとのあまりに大きな落差に、しばし意外な感に打たれた。

こうして和《なご》やかな雰囲気のままに話は終わって、萬代が帰る段になったとき、武は世にもやさしい顔で、

「萬代よ、また遊びに来んかい。今度いっぺん麻雀でもしようが」

と声をかけてきた。

「はい、叔父貴。おおきに。喜んで」

またぞろ帰り道、崎林が萬代にさも不思議そうに、

「次郎ちゃん、ずいぶんうちの親父に気に入られたで。初めてや。親父が1回か2回で麻雀しに来い、泊まりに来い言うたのは」

と囁《ささや》くのだった。それからというもの、萬代は以前にも増して竹中組側近の組長秘書や組長付メンバーとも親しくなり、武と会う機会も多くなった。何かあれば武から「萬代」と声をかけられ、麻雀をしたり食事をするようになるのだ。

萬代も武に可愛がられ、その極道としての姿勢や考え方を知るにつけ、次第に竹中武という人物に魅了され、傾倒していく。

なるほど親分の仇を討ってこそ極道の本分があり、きっちりした報復なくして跡目問題もない――というのは、そのとおりであろう。

萬代が対一和会抗争において、ある行動に打って出たのも、多分に武の生き方に感化されてのことだったかもしれない。

2

萬代次郎は竹中武と親交を深めていくなかで、あるとき、武から、

「萬代よ、おまえも山口組の代行まで務める人の若い衆や。もし、自分の親に五代目取れるチャンスがあるんやったら、それなりのこと考えとるんかい？」

と訊《き》かれたことがあった。

「そら叔父貴、大いに考えとりまんがな。ましてうちの親分は、四代目のもとで舎弟頭やらしてもうて、四代目ともええ関係でおましたから。ワシ、四代目のことで忘れられない思い出がありまんねん」

「ほう、何ぞい、それは」

「ええ、姫路の親分が四代目に決まったばっかりのころでっけど……」

萬代の話に、武が興味深そうに耳を傾けた。

萬代が言うには、それは竹中正久の山口組四代目襲名が決まって間もない夏の日のことだったという。

その日、親分の中西一男が急に思い立ったように出かけた先は、地元大阪のデパー

トで、お伴した萬代に、

「おい、次郎、親分にゴルフ覚えさせてな、運動させなあかんねん。麻雀ばかりしとったら、足腰立たんねん」

と言いながら、向かったのはゴルフ用品売り場だった。どうやら中西は四代目にゴルフセットをプレゼントしようとしているらしかった。

「四代目、どれくらいの背やった？」

「肥《こ》えてまっけど、背は親父くらいでっせ」

などと萬代と会話を交わし、買い物をする中西の様子も楽しそうで、萬代も、

〈ああ、ようやっと四代目体制ができて親父も舎弟頭、これで山口組も安泰いうもんやなあ〉

と、しみじみ平和を実感したものだった。

四代目のためにゴルフ用品一式を購入した中西は、それを届けるため、そのまま車で姫路へと向かった。

一行の車が姫路十二所前の竹中正久の自宅兼事務所前に着くと、正久が浴衣姿のまま玄関へ出てきて、中西の顔を見るなり、

「おお、兄弟」

と相好を崩した。

「親分、嫌々でもゴルフやんなはれ。四代目に覚えてもらお思うて、今日はゴルフセット持ってきたんですわ」

「それでわざわざ来てくれたんか。いやあ、おおきに。すまんのう」

車からゴルフセットを抱えて運んできた萬代に対しても、四代目は、

「御苦労やったのう」

と労《ねぎら》ってくれたのだが、そのニッコリ笑った顔が、萬代にはつい昨日のことのように思い出されるのだ。

それから半年もしないうちに、あの1・26事件が起き、四代目は凶弾に斃《たお》れるのだから、その印象はなおさら鮮烈であった。

「ほう、そないなことがあったんかい」

萬代の話に、武も兄のことを思い出したのか、感慨深げな顔になった。

「それだけやおまへんのや。叔父貴、ワシは間一髪いうところで、四代目に命を助けられてまんのや」

「何ぞい、そら……」

「四代目の霊に守ってもらったいう意味でっけど……、ワシはホンマにそう思うてま

んねん」

「………」

「例の竹中家墓前射殺事件ですわ」

「——何!?」

武の目が一瞬カッと見開かれたようだった。

＊　＊　＊

竹中正久が眠る姫路市御国野町の「深志野共同墓地」は、国鉄姫路駅から東へ5キロほど離れた田園地帯の一角にあり、四代目の墓は県道に接した入口付近にあった。深志野は竹中正久、武兄弟が生まれ育った小さな町で、その生家も墓地からいくらも離れていなかった。

この四代目の墓前で、2人の竹中組組員が射殺されるという凄惨《せいさん》な発砲事件が勃発したのは、昭和61年2月27日のことである。

一和会ヒットマンによって襲撃され、山口組の竹中四代目、中山勝正若頭、南力若中の3人が射殺された1・26事件から1年1カ月が経ち、この日はまさに四代目の月命日であった。

1・26事件以後、激化の一途をたどった山一抗争も、この時分には急速に終結ムードが高まっていたのも事実だった。前年末ごろから東の稲川会、西の会津小鉄会など有力筋の仲介による和解交渉が水面下で進められていたのだ。2週間前の2月14日には、関東に本部を置く博徒・テキヤ組織を糾合した関東二十日会と関東神農同志会の合同食事会が都内の有名ホテルで開催され、その席に、関東のドンたちとともに関西有力組織のトップクラスも列席、山一抗争の終結に向けた最後の詰めとも言える会合が持たれた。

後日、稲川会の稲川聖城総裁は、全国の親分衆の総意を受けた形で、

「警察当局の取り締まり強化や露天商の締め出しなど、抗争の影響は予想以上に大きい。新法の施行も懸念され、全国の組織が早期終結を切望している」

と山口組執行部に対して抗争の一刻も早い終結を強く要請。これを受けて、山口組サイドの回答は、

「文子未亡人の喪が明けるまで待って欲しい」

というものだった。

かつて兵庫県警によって「三代目姐」と認定され、山口組、一和会双方の古参幹部に多大な影響力を持つ田岡文子未亡人こそ、骨肉の争いに心を痛め、誰よりその早期

終結を願った当人であったろう。が、彼女がその終結を見ることなく、肝硬変を悪化させ、66年の生涯を閉じたのはこの年の1月24日のことである。

一方、一和会も、山本広会長を始め最高幹部が全員出席して緊急部会を開き、付帯条件が一切ない話であれば終結を受け入れる意向を示したのだった。

そんななか、神戸市灘区の田岡邸において文子未亡人の三十五日法要が営まれたのは、2月26日のことである。

田岡家として催された法要、そのあと六甲山中腹の長峰霊園において執り行なわれた納骨式にも、最高幹部を始め代理を含む山口組の全直系組長が参列した。

実質上の喪明けとあって、この日、最高幹部たちの表情はいたって和やか。執拗に追いまわす取材陣やカメラマンに、渡辺芳則若頭が苦笑しながら、

「オレばかり写さんと他も写せや」

とジョークを飛ばすなど、抗争終結近し——と思わせる雰囲気が漂っていた。

だが、翌27日に勃発したのが、姫路における血塗られた竹中家墓前射殺事件で、そんな終結ムードなどいっぺんに吹っ飛んでしまう。

＊　＊　＊

竹中正久の月命日であるこの日、萬代次郎が若い衆3人を連れて姫路の深志野共同墓地にある四代目の墓を訪れたのは、正午過ぎだった。親分・中西一男の代理である。萬代一行の車が深志野に到着したところで、若者の一人が、

「親父、すんません。バッジを忘れました」

と萬代に訴えた。

「アホか、おまえは。組の代表で来とんのにカッコ悪いやろ。よし、じゃあ、みんな外せ。そろえな、しゃあないなあ」

萬代は全員に山菱のバッジを上着の襟元から外させ、自身も鎖付きのそれを外した。

一行は車を降り、先に墓から程近い正久の実家を訪ねた。正久の実姉が応対し、

「ああ、中西さんとこの人でっか。さあ、入ってお茶飲んどくなはれ。いま、うちの子らが花を取りに行ってますんや。なんでしたら、一緒に行きまひょか」

と言うのを、萬代は、

「いえ、中西の代理で来てますさかい。先に墓に詣でさせてもらいます」

と家には上がらず、すぐに墓参に向かったのだった。

毎月の27日同様、この日も正久の月命日法要が午後2時から予定されており、その準備のため、実姉や竹中組の若者らが早くから深志野に来ていたのだ。

萬代たちは深志野共同墓地に赴くと、竹中家先祖代々の墓、ならびにその横に建立された四代目の墓をきれいに掃除し、花と酒、線香を手向《たむ》け、手を合わせた。

このとき、すでに一和会の2人のヒットマンが近くの墓石に隠れ、いつでも的を狙い撃てる態勢に入っていようとは、萬代たちには知るよしもなかった。彼らの上着の襟元に山菱のバッジがついていなかったことが、その命を救ったといってよかったかも知れない。

バッジがなかったがゆえに、ヒットマンたちに、「カタギかあるいはよその組の者やも知れぬ」との迷いが生じたのではなかったか。

墓参を済ますと、萬代一行はすぐに帰途についた。彼らが墓地の側《そば》に停めておいた車を走らせた途端、こちらに走行してくる車があった。正久の実姉と2人の竹中組系組員を乗せた車だった。

2台の車は県道ですれ違った。互いにスピードを緩めると、窓を開けて挨拶を交わし、手を振って別れた。

正久の墓前を血で染める惨事が起きたのは、それから程なくしてのことだった。

正久の実姉、2人の竹中組系組員が墓の掃除を始めるや否や、近くの墓石の陰から2人のヒットマンが躍り出てきたのだ。その手には拳銃が握られており、2人の竹中組系組員目がけて乱射した。

一人は胸部に3発の銃弾を受けて即死。もう一人の組員はいったんは墓地の外まで逃れたが、追撃され腹や胸に銃弾を受けて即死した。2人はともに22歳、竹中組系柴田会の組員だった。

一緒にいて無事だった実姉は、後に見舞いに訪れた萬代に、気丈にも、

「中西さんとこの人やったら大変なことになっとったねえ。こんなこと言うたらなんやけど、竹中の者でよかったわ」

と語ったものだ。

これには萬代もなんとも応えようがなく、

「四代目が守ってくれたんですわ」

と言うよりなかったが、それは萬代の実感でもあった。

＊　＊　＊

この時期、竹中武は社会不在を余儀なくされていた。

実兄の正久が射殺された1・26事件からわずか6日後の2月1日午後2時ごろ、武は中国自動車道福崎インターチェンジにおいて、野球賭博に絡む賭博開帳図利容疑で

岡山県警によって逮捕されたのである。前日、神戸の田岡邸で営まれた正久の密葬を終え、その遺骨を持って岡山に帰る途中であった。

警察当局の狙いは、組織一丸となって仇討ちに燃える竹中組のドンを社会不在にして、同組の動きを封じこめる作戦にあったのは明らかだった。

武は昭和61年6月19日、保釈されるまで、実に500日間もの長期勾留を強いられることになるのだ。

さらに昭和60年9月2日、武組長不在後、組長代行格として組織を束ねてきた実兄で竹中組相談役の竹中正が、四代目山口組直参組長とともにハワイ・ホノルルのプリンス・クヒオ・ホテルの一室で、米麻薬取締局（DEA）によって逮捕されている。武器密輸、麻薬密輸、殺人の共同謀議などの容疑によるものだった。

こうして武、正兄弟が獄中にあり、警察当局の狙い打ちとも思える執拗な取り締まりによって、竹中組はしばらくの間、対一和会抗争で表立った動きも見せず、不気味な沈黙を続けていた。

だが、山口組関係筋では、

「竹中組はどんなことがあっても報復に走るはず。あそこがこのまま黙っていることは絶対にない。竹中組が動けば、ガラス割りのような不細工な真似はようせん。必ず相手のタマをあげよる」

との声がもっぱらだった。

その評価どおり、やがて竹中組は動き出し、半端な的ではない大物クラスに照準を定め、首級をあげていく。

その最初の事件は、同年10月27日の深夜、鳥取県倉吉市の繁華街のスナックで起こった。

始まりは前夜9時ごろ、国鉄倉吉駅から300メートルほど離れたスナック「チェリー」に、1人の女が現われたことである。髪は肩まで届き、ワンピース、ペチコート、口紅、マニキュアは全て鮮やかな赤だった。イヤリングとネックレスもつけて、なかなかの美人といってよかった。

彼女こそ、世間を驚嘆させた女装ヒットマンであった——。

3

女装した若者はスナック「チェリー」では「礼子」で通っていた。彼女は、「あとから3人来るから」と店のママに告げ、ボックス席に座った。

そのあと間もなくして、30代と思《おぼ》しき1人の男が入店し、カウンター席に腰を下ろした。彼はコークハイを注文すると、誰とも話をせず、静かに飲んでいた。

礼子の目当ての相手が2人のお伴を連れて店に現われたのは、それから30分後のことだった。彼女の、

「女の子が来るから（店に）来ない？」

との誘いに乗じてのことで、その初老の男こそ、倉吉市に本拠を置く一和会幹事長補佐の赤坂組組長・赤坂進であった。

赤坂は連れの組員2人とともに礼子のボックス席に座ると、水割りを飲みながら談笑、もとより何の疑いも抱いていなかった。「チェリー」はボックス席が3つという小さな店で、他に客は5人。ほとんどが若者だった。

3時間ほど経ったころ、いつまで経っても女の子が現われないことに、赤坂が苦笑し、礼子に、

「来ないやないか。ワシはもう帰るぞ」

と言い出した。もともとそんなものはハナから呼んでいないのだから、来るはずもなかった。

いつの間にか日付も27日に変わって、時計の針は午前1時過ぎを指していた。赤坂

が連れの組員2人とともに席を立ち、出口へと向かう。運転手役の22歳の組員は、車を店の前に付けるため、ひと足早く店を出た。

異変が起きたのは、そのときだった。

それまでカウンターでコークハイを飲んでいた男が、スツールから飛び降りるや、赤坂に走り寄り、25口径拳銃を発射したのだ。弾丸は3発が赤坂の後頭部に命中、2発が胸に撃ちこまれた。

間髪を入れず、男は連れの54歳の組員にも至近距離から発砲、胸を撃たれた組員は堪らず、その場に倒れた。

突然の銃声に驚いた運転役の組員が、あわてて駆け戻ると、信じられない光景が広がっていた。

「ヤロー!」

組員は夢中で刺客に躍りかかった。

組みつかれ、振り払おうとしても離れない相手に、刺客がまたも拳銃の引き金を引いた。が、弾丸は撃ち尽くされて残っておらず、拳銃がむなしくカチカチ鳴った。ヒットマンはなす術《すべ》もなく、若い組員に倒された。

その直後、起きた出来事に、店内の目撃者はそろって凍りついた。

それまで赤坂たちと一緒に飲んでいた「礼子」が、包丁を手にロングヘアーを振り乱し、刺客を組み伏せる組員に襲いかかっていったからだ。彼女はセカンドバッグに隠し持っていた包丁で、赤坂組組員の手や胸を突き、相棒のヒットマンを助けた。

彼ら2人こそ、竹中組系杉本組の倉吉支部である輝道会組員であった。

それにしても、礼子と名乗った27歳の同組員の女装ぶりは見事だった。

普段の素顔を知っていた捜査員さえ、現場へ駆けつけたときにはまったく当人とはわからず、女と信じこんでいたほどだった。

ともあれ、山口組は竹中組の手によって、一和会との抗争勃発後10カ月にして初の一和会直参、敵幹部の首級をあげたのだった。

＊　＊　＊

さらにそれから7カ月後、竹中組は2人目となる一和会幹部の「タマとり」に成功、ヤクザ社会では勲一等と言われるほど大きな戦果をあげている。

それは昭和61年5月21日午後11時45分ごろのことだった。

一和会副本部長の中川連合会会長・中川宣治が、同連合会相談役と2人で大阪・南区（現・中央区）南船場でタクシーを拾った。中川連合会事務所から程近いラウンジで酒を飲んだあとだった。

2人を乗せたタクシーは鰻谷中之町の長堀通三休橋交差点に差しかかったところで、信号待ちのため停車した。

そこへ後ろからつけてきた白の乗用車が近づき、タクシーに横づけしてピタリと停まった。と、次の瞬間、乗用車の助手席にいた男が、タクシーのほうへ振り向きざまに拳銃を構えた。いきなり後部座席にいた中川目がけて38口径弾丸を5、6発発射、車はそのまま西の方角へフルスピードで逃走した。

後部窓ガラスが粉々に吹っ飛び、白いシートカバーが鮮血で染まったタクシーは、狙い撃ちされた血みどろの中川を乗せたまま北東およそ100キロの長原病院に急行。そこで応急手当てを受けたあと、大阪府立病院に転送されたが、右頬、右脇腹、右腕に弾丸を受けており、翌22日午前2時前、中川宣治は42年の生涯を閉じた。右脇腹から入った弾丸は肺の奥近くに達しており、死因は出血によるショック死だった。

「犯行の手際のよさと大胆さには驚くばかりだ。犯人は中川会長を尾行し、行動パターンを綿密に調べたうえで、周到な計画を練り、襲撃を敢行したフシがある。しかも、防弾チョッキを避けるように頭を狙っており、射撃の腕前はプロの殺し屋並み」

と、捜査員も舌を巻くほどだった。

中川は一和会戦略参謀格とされ、山本広会長からも大きな期待と信頼を寄せられていた若手実力者の一人であった。

中川襲撃犯は竹中組の二代目生島組幹部2人だった。うち主犯格の25歳の同組行動隊長は事件後、大阪の自宅マンション9階から飛び降り自殺した。覚悟の自裁とされ、友人によれば、彼が生前、口癖のように言っていたのは、

「極道は不言実行、それだけを肝に銘じとったらええ。極道の生きざまは言うてみれば、夏の花火みたいなもんや。性根を賭けて一発、男華を咲かせればあとはきれいさっぱりと散ってしまうだけ」

というもので、極道として、その言葉どおりの所作をやってのけたのだ——とは、近い者たちの共通の見方でもあった。

こうした一和会幹部2人の首級をあげた件を始め、竹中組による過激報復事件は、いずれも竹中武が勾留中の出来事だった。親分の竹中武が社会不在であっても、極道として一切妥協することなく徹底的に武闘を貫く姿勢、その頑なまでの信念が枝の組員にまで浸透し、反映された結果であっただろう。

竹中武が1年5カ月ぶりに保釈でシャバに出るのは、この一和会中川宣治副本部長射殺事件から1カ月後のことである。

出所間もなくして武の面識を得て可愛がられ、親密な間柄となっていた中西組側近の萬代次郎は、

「親分の仇も討たんで何が極道ぞい!?」

とあくまで極道の本分を守り、その原理原則を貫こうとする武に惚《ほ》れこみ、いつしかその信奉者になっていた。

それでなくても萬代は、中西組にあって少々異端児的な存在で、まだ10代の時分からヤンチャな向こう気の強さが親分の中西に愛され、目をかけられてきた。

萬代が縁あって中西組幹部の若い衆となったのは、17歳のとき、少年院を出たばかりのころだった。

それから1年ほど経って、その幹部の大阪・ミナミの本部事務所に当番で入ったとき、萬代は本部の兄ィから、

「ちょっとこれ、預かっといてくれ」

と、手形の入った封筒を手渡された。

手形の何たるかも知らない少年の身で、萬代は昼休み、それを自分の配下に預けて食事に出た。配下といってもこれまた10代の子ども、そんな大事な代物《しろもの》とも知らず、外出した際、どこかで落としてしまった。

しばらくして事務所に帰ってきた兄ィから、

「おい、預けたもんは？」

と訊かれたとき、萬代はその旨を正直に告げ、詫びるしかなかった。

兄ィは激怒し、

「おまえんとこ、泥棒飼《こ》うとんのか!?」

と、萬代を面罵した。

その言い草に、今度は萬代が頭に血が昇った。もはや兄ィも先輩もなかった。

「何い！　こらぁ！　泥棒て誰に言うとんじゃい!?　ワシはヤクザしとんじゃい！　待っとけ！　いますぐケジメつけてきたるから」

持ち前の「イカれ根性」に火が点《つ》いたのだ。萬代は2階から駆け下り、近くの寿司屋に飛びこんで包丁を借りるや、事務所に戻り、1階の台所で自分の左手小指を落とした。

指の詰め方もわからず、包丁を小指の第一関節に当て、力任せに体ごと押し切るようにしたのだが、1回では落ちなかった。指が皮でつながり、ブラブラ垂れ下がった状態になった。その皮の部分を、萬代は思い切り歯で嚙み切った。

口中を血で染めながら、萬代は2階に戻ると、その小指を、

「これがワシのケジメや！　持ってけ！」

と、当の兄ィに投げつけたのだった。

結局、このときの手形は近くの交番に届けられており、萬代の指詰めはとんだ無駄骨に終わった感があった。が、この一件は、本家の親分・中西一男の耳に届き、

「ほう、そら、どんな若い衆かい？　いっぺん病院の当番に来させい」

となった。たまたま中西はその時分、病院に入院中の身であったからだが、病院当番は中西組直参の者の務めと決まっていた。18歳の枝の子の当番は極めて異例であった。

山口組最高幹部にあって、穏健派で通っていた中西一男も、その実、誰よりヤンチャな〝イケイケ〟好みであったという証左であろう。

以来、萬代は何かと中西に引き立てられるようになったのだった。

＊　　＊　　＊

とはいえ、中西は昔気質《かたぎ》の古風な親分であった。

萬代が18歳の時分、中西組の数人のメンバーとともに大阪・ミナミの夜の盛り場を歩いていたときのことだ。中西組の一員となったうれしさ、本家の親分・中西と一緒

に街を歩ける晴れがましさもあって、萬代が肩で風を切って闊歩していると、

「おい、次郎、ちょっと来い」

と、少し後ろを歩いていた中西から声をかけられた。萬代が急いで中西のもとへ赴くと、

「お前な、仕事終わった人がこの道頓堀の街を歩いてな、カネ落としてくれるんや。その落としたカネのカスリで、ヤクザはメシ食うとるんや。真ん中の道歩いたらいかん。隅っこ歩かんかい」

そんな親分・中西に対して、もしチャンスがあれば、山口組の跡目になってもらいたい――と萬代が考えたとしても、それは若い衆なら誰もが抱く当然の心情であったろう。

萬代の場合、竹中武と親交を重ねるなか、その極道としての姿勢や考え方に大いに感化されていく。

時は折しも山一抗争の真っ最中である。親分・中西を男にするためにも何か戦勲を立てなければ、まして親分が跡目をとるチャンスとあれば、まず行動を起こさなければ始まるまい――との思いが強く出てきたのも、やはり武の影響が大きかった。

対一和会抗争における最大の戦勲といえば、敵の総大将である一和会会長・山本広

の首級をあげることだった。だが、それは至難の業《わざ》で、山口組の者はいまだ誰一人その思いを果たせずにいた。何とかならないものか——とは、誰もが考えることだった。

「どうすりゃええ？　どこをどう攻めればええんや？」

萬代もまた頭を悩ませた。その末に、

「よし、あそこだ。あれを狙おう」

と、ついにある的に照準を定めたのだった。

4

「何ぃ、それはホンマか!?」

萬代の話を聞き終えるなり、竹中武は声を張り上げ、萬代に迫った。その話に、がぜん興味を引かれたようだった。

岡山市新京橋の竹中組事務所2階応接間。武と萬代の2人しかいなかった。

萬代の話はこうだった——。

「一和会との戦争で、中西組は何もしとらんやないか言われるんはシャクですさかい、ワシだけでも仕事しよ思たんですわ。叔父貴に感化されましたんや。中西を男にせなあかん、と」

　そこで萬代が考えたのは、山本広のタマをあげるのが無理なら、なんとかその中枢を切り崩せんもんか――ということだった。それならと狙いを定めたのが、山本広の出身母体である二代目山広組関連の然るべき人物であった。

　単にそのタマをとるのではなく、それ以上に敵本体にダメージを与えるやり方はないかと思案したとき、頭に浮かんだのは、1・26事件前、一和会幹事長補佐を務める伊原組組長・伊原金一相手に、竹中組が取った戦術だった。つまり、当人を捕まえたうえで究極の脅しをかけ、引退と組解散に追いこむやり方である。

　さっそく萬代は若い衆を動かして、的と決めた二代目山広組関係筋を徹底的にマークさせ、拉致する機会を狙った。

　間もなくして尼崎で、当人が一人になったところを捕まえるのに成功し、車に押しこみ、大阪の萬代組事務所へ拉致してきた。

　監禁したうえで、萬代は男に拳銃を突きつけ、

「カタギになるんやったら、このまま黙って解放したる。それがでけへん言うんやったら、ここで死んでもらう。ここで死ぬか、カタギになるか、ふたつにひとつや」

　と迫った。

「そないな脅しに誰が乗るかい!? 殺すんやったら、さっさと殺さんかい!」

最初はお決まりの科白《せりふ》を吐いてツッパっていた相手も、萬代がそれ以上よけいな事を何ひとつ言わず、暴力を行使するでもなく、ずっと黙ったままなので、終いには気味が悪くなった。

〈こいつにハッタリは通用せん。平気で拳銃の引き金を引くタイプや〉

と悟ったのか、もはやジタバタしても始まらんと諦めたようだった。

「わかった。言うとおりにするわ」

「そら、おおきに。ほんならカタギになりますいう引退届を書いてもらおか。テープに録らせてもらうし、写真も撮らせてもらうで」

男はもう一切逆らわなかった。言われたとおり、みずからの引退と組の解散を白紙に認め、その旨をテープにしゃべり、写真まで撮られると、さすがにガックリと肩を落とした。

「お互い死ぬか生きるかの戦争をやっとるんや。悪く思わんといてくれ。あんたもこれからカタギになって生きてくのは大変やろ。これはワシの気持ちや」

萬代は男を解放するにあたって、自前の金100万円を用意し手渡した。

男はそれを黙って受け取ると、その場からそそくさと去っていった。

＊　＊　＊

「ホンマか!?　そいつ、ホンマにカネ受け取ったんかい!?」

萬代の話を聞いて、武が色めきだったのはその一点だった。

「ホンマでっせ。叔父貴、ワシが出した100万、しっかり持っていきましたがな。ワシかて痛いでんがな。なけなしのカネでっせ」

「フーム、で、萬代よ、この一件はおまえ、上にあげとるんか。中西の代行も知っとるんかい？」

「いえ、ワシは誰にも話しとりまへんし、中西組の者かて、誰もこの件を知っとる者はおりまへんがな」

「そないか。せやけど、そがいなことがあるもんかいのう。世も末や。そいつかてヤクザやろ。恥知らずにも程があるがい」

「叔父貴、今日びのヤクザはカネでんがな。カネ次第でどっちにも転びまんがな」

「それやったら、そいつ、もういっぺん捕まえてこんかい。1000万でも2000万円でもワシが用意するから、そいつにカネやって、もういっぺん山広に戻させんかい」

「叔父貴、そらムチャいうもんでっせ」

「いや、いっぺんカネ取ったんやったら、また同じ手が通用するで。一和に戻さして山広の情報取らすんや」

「――わかりました。やってみますわ」

「それとな、萬代、この件はおまえ、伏せとけよ。誰にも言うな、おまえの親分のためにもや。五代目争いのとき、こいつが切り札になるかもわからんぞい」

武の口ぶりは、ええ仕事をしたと暗に認めてくれているようで、萬代にはそれが何よりうれしかった。

萬代が拉致し、引退の判を押させた相手が、山本広にかなり近い関係筋であることもわかって、強く武の歓心を買ったのも確かだった。

まだ男が引退を表明していないのなら、再び金を握らせてそのまま何食わぬ顔で山広組に居続けさせ、そこから山本広の情報を引っ張ることも可能ではないか。

いや、男がすでに萬代との約束を守って、上層部に引退を表明していてもいい。私が間違っていました、もう一回やり直しますと言わせ、山広組に戻せばいいではないか。どっちにしろ、金でなんとかなる男なのだ。

だが、この武と萬代の企み、結局、実現には至らなかった。

最初の段階で、とんだ誤算があったのだ。それは2人にすれば、考えられないような話だった。なんと萬代に拉致された相手は、自分の身に起きた一切合財を、解放されたあとで山本広に包み隠さず打ち明けていたのだった。

萬代がその事実を知ったのは、しばらくあとになってからのことだが、さすがにこれには開いた口がふさがらなかった。世間から悪の固まりのように言われようと、恥も意地も知っていてこそのヤクザ——と自負していたのだが、どうやらそれも様変わりしてきているらしい。

「時代は変わったぞい、萬代よ」

武も同じ思いだった。

＊　＊　＊

それより何より、後々になって萬代が思い知ったのは、親分の中西一男を男にするために取った自分の行動が、まるで裏目に出てしまったということだった。それは山口組にあって、表に出ていない戦勲には違いなかったが、山口組の五代目候補となった中西に対して、逆の作用をもたらす結果となったのは疑いようがなかった。

萬代は忸怩《じくじ》たる思いで想像せずにはいられなかった。

山本広は、萬代によってなされた仕打ちを、腹心から洗いざらい打ち明けられ、さぞや驚き、衝撃を受けたことだろう。あの中西がそこまでやるのか、と。

どちらかと言えば、山本広を始め一和会陣営は、中西一男という人物に対して悪い印象は抱いていなかった。竹中派との間で激しく山口組の四代目争いをしていた時分でも、山広派はむしろ中西を自派メンバーとして数えていたフシがあったし、事実、彼を山広派と色分けするマスコミもあったほどだ。

竹中派でさえ、四代目争いのさなか、山広に与《くみ》する者と見なして佐々木道雄、白神英雄らとともに中西を誹謗する怪文書を出したことがあったのだ。

だが、結局、中西は山広ではなく竹中擁立に傾き、竹中四代目が誕生した折には舎弟頭に就任した。竹中四代目が決定した昭和59年6月5日の三代目山口組定例会において、司会を務めたのも中西であった。その席上、彼は、

「山口組に戻らない者は代紋を返上願います。新体制から静かに去る者は、これまた静かに見送ります。別の組織を構えても山口組は黙認します」

と挨拶し、それもまた一和会陣営からは好意的に迎えられたものだった。

その中西がそこまでやるのか——と、山本広はそれまで親近感を抱いていた分、よけい裏切られた気分となり、さぞかし反感も倍増したことだろう。

山広は、稲川会と会津小鉄会を通して持ちこまれてきた対山口組との抗争終結、す

なわち自身の引退の件に関しても、当初は山口組組長代行である中西一男に話を持っていこうと考えていたはずだ。中西の顔が立つような形で終結へ向けた話し合いを進めてくれれば、それに越したことはないではないか、と。それこそ自然な流れというものだろう。

若頭と言ったって、渡辺芳則は所詮自分たちから見れば若輩もいいところ。そんな小僧っ子にワシの引退話を任せるくらいなら、古い仲間である中西に話を持っていくほうがよほどいい。どうせなら彼に、ワシを引退させたいう手柄を立てさせ、その功績で五代目を継いでもらうのがベストではないか——とまで、山広の気持ちの中にはあったかもしれない。

ところが、腹心を中西組によってそこまで辱《はずかし》められて、山広の考えはコロッと変わった。もともと中西に義理立てする必要は毛頭ないのだ。

——ワシと一和会の幕引き、ここは若い渡辺芳則に任せてもいいのではないか。そのほうが山口組の将来にとっても望ましいことかもしれない。

山広が肚《はら》を決めた瞬間であっただろう。

「ワシ、中西の親父を男にしよ思うてやったことが、とんだいらんことをしてしもたようですわ。何もせんかったほうが、中西に跡目のチャンスがあったかもしれまへん」

のちに、萬代はしみじみ竹中武に漏らしたものだ。

「いや……おまえの気持ちはワシがようわかっとる」

竹中武は多くを語らなかったが、その一件で、萬代への信頼はより揺るぎないものに変わった。

＊　＊　＊

山本広のタマとりに向けた竹中武の執念は凄まじかった。赤坂進、中川宣治という一和会幹部2人の首級をあげた竹中組は、さらに山本広が籠城する邸宅を狙って怒濤《どとう》のように襲いかかった。

竹中組組長秘書の安東美樹を始め、竹中組のコマンド5人が、神戸市東灘区御影山手6丁目の山本広邸を急襲したのは、昭和63年5月14日深夜のことである。

大阪湾が一望できる同宅前では地元の東灘署の警官が山口組の襲撃に備えて24時間の張り付け警戒を続けていた。山一抗争は稲川会や会津小鉄会の奔走もあって、前年2月に一応の終結を見たのだが、手打ちなき終結とあって、年が明けると間もなく抗争は再燃し、依然として予断を許さぬ状況となっていた。

そのため警官の張り付け警戒ばかりか、同宅には当番組員と併せ10人近い一和会系組員も常駐し、警戒態勢を敷く物々しさだった。

この夜、同宅前北側路上にワゴン車のパトカーを停め、警戒にあたっていたのは、東灘署警ら課の23歳の広田巡査と24歳の林谷巡査という若い警官2人だった。

そこへたまたま遊びに来ていたのが、阪急御影駅前派出所勤務の24歳の岡田巡査で、この夜はいつもと違って、1人多い3人がパトカーに詰める格好となった。

安東たち3人が、このパトカーに後方から忍び寄り、運転席の窓際まで近づいたのは午前2時40分ごろであった。いずれも戦闘服姿で、手には米国製の自動小銃M16やライフル銃を持っていた。

彼らはパトカーの中にいる警官に向かい、窓越しに「手を挙げろ」と自動小銃を向けた。そこで初めて誤算に気づいた。2人と見なしていた警官が3人いたからだ。

その想定外の警官が拳銃に手を伸ばしたのに気づいた安東は、窓ガラス越しにサイレンサー付きの自動小銃を発射。弾丸はプシュ、プシュと窓ガラスを粉々に砕いて車内の警官たちに命中した。

若い巡査は撃たれながらも必死に応戦しようとしたが、自動小銃とライフル銃から発射された弾丸は二十数発を数え、なす術もなく力尽きて倒れた。

もともと安東たちの作戦には、警官を撃つということは入っていなかった。

5

竹中組組長・竹中武の秘書を務める安東会会長・安東美樹ら竹中組コマンド部隊は、山広邸襲撃にあたって周到な計画を立てていた。

まず山広邸前に詰める2人の警官に対しては、銃でホールドアップさせたうえでスプレーで目潰しを食らわせ、針金で縛りあげる。

その後ですぐさま山広宅に乱入し、山広がいればこれを確実に銃で仕留め、いなければ女子供や関係者を全て表に出し、M16マシンガン用対戦車ロケット弾で山広宅を爆破してしまおうという作戦だった。その際、山広邸に詰めている一和会系のガードや当番組員との間で銃撃戦になるのも覚悟のうえで、徹底的にこれを撃破し制圧すべく肚をくくっていた。

が、警官は2人ではなく3人いたことで予定が狂い、そのうちの1人がホルスターに手を伸ばすに至って、安東は突発的な行動に出てしまう。思わず自動小銃の引き金を引く破目となり、3人を撃ってしまうのだ。

それでも3人の警官はヘルメットと防弾チョッキを着用していたこともあって、それぞれ2週間から5カ月の重傷で済み、一命をとりとめたのは、安東たちにとっても不幸中の幸いと言えた。

いずれにせよ、彼らにすれば、とんだ想定外の出来事となったが、警官を撃ったことでなおさら覚悟は固まった。在宅であれば山広のタマをとり、いなければ山広邸を爆破する——その意志にみじんの揺らぎもなかった。

「よし！」

安東部隊が山広宅に向けてロケット弾を発射したのは、その直後のことだった。

だが、それは山広邸の周囲に張り巡らしてあった防護ネットにぶつかって撥ね、大音響とともに空中爆発した。

このロケット弾の威力はすさまじく、山広宅の塀に数十個の破片がめりこみ、なおかつその破片は50メートル先の民家にも飛び散っていた。

竹中コマンド部隊は他に消火器爆弾も持参しており、同爆弾は地面に落ちたショックで蓋が外れ、大爆発には至らなかったが、その誤爆でコマンドの1人が負傷していた。

それは塩素酸系爆薬を詰めこんだ殺傷能力が極めて高い殺人兵器で、捜査関係者に

よれば、

「もし完全に爆発していたら、山広邸が吹っ飛ばされただけでなく、周辺の民家にも大きな被害を及ぼしただろう」

という代物だった。

山本広は在宅で、当番組員6人ともども無事だった。玄関前で警戒中の一和会系組員2人も、警官を撃った銃声に驚き、会長をガードすべくすばやく山広宅に入っていた。夜が明けて、兵庫県警が付近一帯を隈なく捜索した結果、現場付近で22口径、25口径、38口径の3種類、100個を超える薬莢が見つかった。近くの空き地では、サブマシンガンともう1個の不発消火器爆弾、同様に不発の鉄パイプ爆弾が発見され、関係者に衝撃を与えた。

とりわけ兵庫県警は、張り付け警戒中の警官を銃撃したうえで、爆弾を投げつけるというマフィア抗争並みの襲撃であり、ヤクザ抗争史上でも前代未聞の事件として、

「警察への挑戦と受け止め、総力をあげ、徹底した捜査・取り締まりを行なう」

との方針を固めたのだった。

＊　　＊　　＊

兵庫県警は「一和会山本広会長邸襲撃並びに警察官に対する発砲事件」捜査本部を設置、間もなくして四代目山口組系竹中組内安東会会長・安東美樹を襲撃実行犯の1人として、事件1カ月後の昭和63年6月14日、殺人未遂、銃刀法違反、火薬類取締法違反の容疑で全国指名手配した。

事件後、潜伏していた安東は、2カ月後、「山広引退、一和会解散、勧告書」なる書簡を朝日新聞大阪本社などメディアに宛て投函する。

それはB5判の大きさの用紙5枚に毛筆で書かれており、

《山広さん、あんたはどう見てもヤクザには見えない》

との書き出しで始まっていた。

《穏健派などという親分衆は数あるが、それは大義をふまえ、任侠の徒として歩むべき道を歩み通さねばならぬ筋を通す、いわゆるヤクザとして最低守らねばならぬ本筋をふまえながらの〝穏健〟であって、あんたの〝穏健〟は全くヤクザとしての〝穏健〟ではない》

と山広を痛烈に批判。続いて、

《せめて最後の締めくくりくらいは男らしくあるべきだ。今があんたに与えられた最後の引き際時だと思う》

と引退と一和会解散の決断を迫ったあとで、5月14日の山広邸襲撃に触れ、

《この度の一件で世間はとやかく言っている様だが、〝評価〟などという問題は通り越しており、ヤクザとしてやられた事をして返すというだけの事。

その目的達成の為には、我が命を捨て、手段を選ばずのみである》

つまり、1・26事件の報復、四代目の仇討ちを目的に、やられたらやり返すという極道の本分に則って事件を起こしたと強調する。

《ただ、この度、犠牲になった三警官の方々には、本当に申し訳ない事をしたと思っている。この場を借り心よりお詫び申し上げる。

しかしこの三人の方々は若いにもかかわらず、向こうの組員よりも数段しっかりしていた。その勇気に心より敬意を表する》

警官銃撃については、山口組内でもその後、

「何らかの突発的なことが起きたため、やむを得ず警官を銃撃したのではないか」

との声が大勢を占め、〝狙い撃ち〟という見方はほとんど否定的になっていた。

当初こそ、内部でも「やり過ぎだ！」との声はあったものの、四代目の仇討ちを目的にした襲撃事件であったことを重視し、事件を評価する意見が次第に高まっていた。

書簡の最後は、5・14事件における襲撃の状況について述べられていたが、とうて

い実行者しか知り得ない内容が書き連ねてあった。

《最後にもう一つ、新聞、週刊誌上でM16マシンガン用対戦車ロケット弾を誤って誤爆させたとあるが、これは間違い。

しっかり家を狙って発射した。あるアクシデントに遭い、家に入れなくなり、仕方なく計画を短縮し、ネットがあるのは分かっていたが賭けてみた。

ところがネットを通過せず、ネットに当たった瞬間、空中爆発したというのが真相だ。

疑うなら玄関上のネットを調べたら分かる筈だ。

それにもう一つ、新聞紙上に犯人は八人とも九人とも発表されたが、総て三人だけでやった。これしきの事そんな人数はいらない。訂正しておく》

＊　＊　＊

安東は書簡という形で、山広に引退と一和会解散を迫ったわけだが、もとより山広がそれを実行すれば、すべて良しとする——などと考えている者など、竹中組のなかには一人もいなかった。竹中武始め竹中組の思いはただひとつ、あくまで山本広のタマをとること以外になく、それを以《もっ》てしか対一和会抗争の終結もなかった。

そう考えれば、この安東部隊による山広邸襲撃は、警察官を巻き添えにしただけで有効的な戦果を得たわけではなかった。目標である山広にもその邸宅にもほとんど実害を与えられなかったからだ。

だが、この攻勢が一和会にもたらした重圧は、計り知れないものがあった。山広のタマとりという目的敢行のためには、警察官への銃撃すら辞さないという竹中武の鬼気迫る執念を嫌というほど見せつけられた形となり、一和会首脳が心底から震えあがったのも無理はなかった。

だが、竹中組が直接山広の首を狙って事を起こしたのは、このときが初めてではなく、過去にもあわやというところまで山広を追い詰めたことがあった。

その千載一遇のチャンスが訪れたのは、竹中武がまだ岡山拘置所にいた時分、昭和61年春のことだった。

その夜、山広の動向を探っていた竹中組の襲撃犯に、周辺関係者から、

「いま、山広が神戸市郊外の某料亭で客と会《お》うてまっせ」

というとっておきの情報がもたらされたのだ。

3人の襲撃犯は色めきだち、雨の中、車を駆って現場へと急行した。

彼らは料亭近くの空き地に車を停めると、料亭前の小高い丘の雑木林の中に身を潜

めた。そこからは道路を隔てて料亭玄関前が一望できたのだ。

料亭横の駐車場に、山広一行のそれとわかる車が2台停まっているのが見てとれた。

「ガードはどっちの車にも2人ずつおるわ。ちょいと厄介やのう」

「あっちはワシが行きますわ。兄貴と兄弟は山広だけを狙ってくれりゃええです」

「いや、兄弟、その役はワシがやるわい。兄弟が男になりゃええがな」

「兄弟、そりゃいかん。ガードの連中はワシに任せてくれ。ワシがヤツらの盾になるぞい。兄弟には何が何でも山広のタマ、とってもらわな」

「まあ、待て。……わかった。そんならガードらを引きつけんのはおまえに任そ。ワシとこいつとでまっすぐ山広に突っ込むから」

最後は2人の兄貴分にあたるリーダー格が割り振って、それぞれの役割分担も決まった。

雨はますます激しくなっていた。

3人のヒットマンは雑木林の中に身を潜めたまま、山広が料亭玄関から出てくるのをひたすら待った。

＊　＊　＊

「来よった！」

山広が姿を現わしたのは、1時間ほど経った時のことだった。

3人は懐の拳銃を握りしめ、今にも飛び出さんばかりの体勢をとった。それをリーダーが逸《はや》る気持ちを抑えるように、「待て」と他の2人を手で制した。

なお雨は強く降りしきり、雨足はいっこうに衰える気配はなかった。視界はかなり悪くなっていた。

3人が目を凝らすと、玄関前に現われた山広一行は、山本広、側近幹部2人、客人に加えて、見送りに出た料亭の女将《おかみ》と2人の仲居――都合7人であった。

女将が愛想よく山広に傘を差しかけた。

車の中で待機していたボディガードも、すばやく車から降り一行を迎えに出ようとする。

大雨の中、いっせいに傘が開き、一行は山広を取り囲むように一団となって駐車場へ向かっていく。女将と仲居も一緒だった。

その様子に「チッ！」とリーダーが激しく舌打ちした。

「こら、あかん！　傘が邪魔で誰が誰やらわからんやないかい！」

「突っ込みますか？」

「いや、ダメや！　こんな状態で突っ込んだら、関係ない者を弾いてまうで」

「やりましょ、兄貴、こないなチャンス、めったにありまへんで」

男はすでに懐から拳銃を取り出していた。

「あかん、女やカタギを巻き添えにしてどないすんねん!?　この状況で山広のタマをあげるのは無理や」

「くそっ！　……」

歯嚙みする2人の舎弟に、

「今回は止《や》めや。口惜しいが、諦めるしかない」

と、リーダーが襲撃中止の断を下したのだった。

むろん山広には知るよしもなかったが、彼はすんでのところで難を逃れたのだ。

竹中武が襲撃犯のリーダーから、この一件の報告を受けたのは保釈出所してからのことで、武は顚末《てんまつ》を聞いても表情を変えず、

「ほう、そら山広も命拾いしたのう。せやけど、その判断は妥当なところや。いくら仇討ちのためとはいえ、関係のない女やカタギを巻き添えにするわけにはいかんわい。それでええ。山広は次の機会に仕留めりゃええこっちゃ」

との感想を述べたものだ。

6

ターゲットは山広の首——竹中組の者は誰もが先陣を争うかのように、血眼《ちまなこ》になってその行方を追っていた。

昭和62年も暮れようという師走下旬のある日、竹中組組員・立森一刻の姿は、神戸市内の某高級ホテル駐車場にあった。

「エンジンはかけたままにしとけ。ワシが戻ったら、すぐ発進できるようにな」

と、立森は、車を運転してきた若い衆に命じると、一人、ホテルへと消えた。

立森の行先は、同ホテル2階大広間で開催されようとしていた結婚披露宴であった。その披露宴は、新郎が知名度のある人気プロアスリートとあって、なかなかに豪華で盛大なものが予定され、招待客も多かった。

その招待客の中に、山本広と二代目山広組組長・東健二の名があることを、竹中組は独自の情報網で密かにつかんでいた。新婦の父親が山広の元舎弟で、その当時は東健二の企業舎弟という立場であったから、新婦側の招待客としてその名があっても、少しもおかしな話ではなかった。

「よっしゃ、山広が出て来よるかもしれん！」

竹中組の者は、チャンス到来と歓喜した。

「両方来ても、狙うんは山広だけや。二兎を追う者、一兎も得ず――言うからな。東をとるんは山広が来《こ》んでヤツが来たときだけや」

ホンマに来るんかいな――との懐疑的な声も多いなか、たとえどんなに小さなチャンスや可能性であっても、それに賭けようというのは竹中組組員共通の思いであった。

このとき、

「ワシに行かせてください」

とみずからヒットマンを買って出たのが、立森であった。立森は竹中組でも相談役の竹中正ファミリーの一員で、姫路市辻井の事務所に住み込んで正の料理番まで務める男だった。

立森は事前に目的の披露宴会場に赴き場所を確認すると、ホテル1階のトイレに直行した。個室に入って懐から拳銃を取り出すや、フーッと大きく息を吐いた。

竹中武や正をガードするときも、同じように拳銃を持つのだが、相手の命を狙って拳銃を手にするのとそうでないのとは、やはり緊張の度合いがまるで違っていた。

取り出した拳銃をいったん閉じた便器の蓋の上に置いて、立森は大きく深呼吸した。

拳銃を再び上着の懐に収めると、丹田に力を込め、「よしっ！」と胸の内で気合いを入れる。

顔を掌でパンパン叩きながら個室を出ると、隣りから同じように顔を叩きながら出てくる者がいた。立森が驚いて相手の顔を見ると、

〈あっ、こいつ、岡山で見たヤツや！〉

と、すぐに気づいた。名こそ知らないが、同じ竹中組の人間であるのは間違いなかった。

「………！」

相手も、トイレの中、同じ所作で気合いを入れている立森が何者であるか、とっさにわかったようだった。同じ目的でこの場にいることも。

〈こいつは岡山、ワシが姫路からの選抜いうわけやな〉

立森は内心でニヤッとしたが、互いに黙って目と目を見交わしただけでその場を離れた。そのまま別々にホテル２階の結婚披露宴会場――受付が見渡せる場所近くへと移動する。

岡山の男は、トイレを出ると、すぐにもう一人の男と合流するのが、立森にも見てとれた。どうやら岡山からのヒットマンは２人組のようであった。

〈――となると、ワシと合わせて3人か。よし、山広か東健二、必ずとれるやろ！〉

立森は確信し、武者震いしながら懐の拳銃を握り締めた。

そのうちに結婚披露宴の客が次々に集まりだした。

＊　　＊　　＊

だが、その日、山広も東健二も結婚披露宴にはついぞ現われなかった。

さすがにこの時分、山広にしろ、東健二にしろ、公の場にのこのこ顔を出せるような余裕は微塵もなかったのだ。対山口組抗争はこの年2月、互いに抗争終結宣言を出すにいたったとはいえ、4カ月後には大阪のレストランで山口組系二代目山健組内中野会の副会長が射殺されるという事件が起きていた。

その実行犯が、二代目山広組内川健組組員2人であることが後に判明、何のことはない、先に一和会のほうが終結破りに動いたのだった。そんな状況下、とてもではないが、山広も東健二もカタギの結婚披露宴に出席できるはずもなかったろう。

それでも竹中組は、わずかな可能性に賭けたのだ。披露宴が始まって、1時間、2時間と経過し、宴がたけなわとなり、やがて時間どおりお開きになってからも、立森は辛抱強く山広か東健二の登場を待ち続けた。

岡山の2人組がとうに諦めて引きあげたあとも、立森は容易に諦めきれず、山広の幻影を追い続けた。

待つうちに、立森はフッと己の数奇な運命に思いを馳せずにはいられなかった。

いま自分が親の仇と命を狙っている相手こそ、つい3年前には敵どころか、味方陣営の総大将であった男なのだった。

36歳という男盛りの立森が、極道渡世に身を投じたのは12年ほど前、大阪の梅田界隈を根城に愚連隊のような暮らしをしている時分のことだった。

喧嘩に明け暮れ、派手に暴れまくっていた時代で、相手が誰であれ、平気でぶつかっては、

「おどれ、ヤクザしとんだったら道具持って来んかい！」

と啖呵を吐くような若者であったから、そのうちに組織が放っておかなくなった。

あるとき、兄弟分のようにつきあっている愚連隊仲間から、

「一刻《いっ》ちゃん、うちの兄貴に会うてくれんか」

と、紹介された相手があった。組織に所属するその男は、立森に会うなり、

「立森っちゅうムチャ者《もん》はアンタか。噂は聞いとるで。どや、うちに来やへんか」

と誘ってきたのだった。

立森はスカウトされ、悪い気はしなかったが、

「ワシ、もう25ですがな。ヤクザは10代から部屋住みやるもんでっしゃろ。この歳《とし》でヤクザはようしまへんわ」

と断ったところ、相手は、

「構へんがな。アマ横綱みたいなもんやけ、即幕下待遇で迎えるで」

あくまで立森を立て、口説《くど》いてくるのだ。

これには立森も折れ、遅まきの極道渡世入りを決めるのだが、

「わかりました。ワシ、舎弟にしてもらいます。せやけど、兄貴分のあんさんの用事はしまっけど、組の用事は一切しませんよ」

どこまでも向こう意気の強い男だった。

「おお、それでええよ」

その生意気さをも赦《ゆる》して、相手は笑って応えた。

この極道こそ、三代目山口組系伊原組内岩崎組の若頭を務める男であった。

＊　＊　＊

かくして立森は三代目山口組系伊原組の一員として極道渡世をスタートさせたのだ

が、それから10年もしないうちに起きたのが、山口組の分裂騒動だった。

昭和59年6月5日、竹中正久の四代目襲名が決定し、それに異を唱える一派が山本広を会長として一和会を結成、尼崎の直参である伊原組組長・伊原金一は一和会に参画し、副幹事長という重要ポストに就任した。山本広の推挙で三代目山口組の直参に直る以前は、山広組の舎弟頭を務めたこともある伊原にすれば、当然の選択肢であったろう。

山口組と一和会は激しく対立、ついには昭和60年1月26日の四代目山口組竹中正久組長射殺事件が起きるのだが、その起爆剤ともなったと見られるのが、前年暮れ、尼崎で起きた伊原組と山口組系古川組との数次にわたる尼崎抗争であった。

抗争の発端は9月15日、尼崎市内の路上で起きた双方組員たちの喧嘩で、古川組組員一人が伊原組組員数人から木刀などでメッタ打ちにされ、重傷を負ったのだ。11月末にも同様に、伊原組の者が古川組組員を暴行し大怪我を負わせる事件が起きた。

この報復と見られる事件は12月3日夜に発生、阪神電鉄尼崎駅前の焼き鳥屋から出てきた伊原組幹部が、右腰に銃撃を受け、3カ月の重傷を負った。

事件翌々日の5日深夜には、乗用車と単車で乗りつけた戦闘服姿の男たちが、尼崎市東難波町4丁目の古川組本部を襲撃した。彼らは張り付け警戒中の警官3人の頭越しに拳銃をたて続けに4発、看板などに向けて発砲、すぐさま逃走した。伊原組の報復攻撃だった。

その後も、古川組系組事務所に向けた伊原組のカチコミは繰り返され、一和会陣営にあっても伊原組は士気旺盛なところを見せつけた。

だが、その裏で、山広の懐刀と言われた親分・伊原金一の身にはとんでもない事態が起きていた。

古川組との抗争の最中、幹部たちの提言もあって、伊原は故郷の韓国・釜山に身を潜めていた。それを追っていった者たちがいた。幹部2人を連れた竹中組相談役の竹中正であった。

彼らは伊原の居所を探りだして拉致し、拳銃を突きつけて、

「組を解散して引退せい！」

と迫った。

伊原に否も応もなかった。肯《がえ》んじなかったら、死があるのみなのだ。

「わかった。言うとおりにする」

伊原は引退の誓文に血判を押して山口組に差しだし、命の保証を得たのだった。

明けて昭和60年1月22日、伊原は釜山市内から一和会山本広会長と兵庫県警宛に引退届を送付、その引退が明らかになった。

伊原組長の引退によって伊原組の解散も決定、同日付で伊原組幹部が地元の尼崎西署に解散届を提出した。翌々24日、同組正面玄関に掲げられていた一和会の代紋と伊原組の文字が入った組看板が外された。

＊　＊　＊

解散後の元伊原組組員の帰趨《きすう》は、大部分は山口組への帰参が決定、その中核を担ったのは元伊原組副組長の川合政信、同幹部の岩崎義夫、同新井一生の3人であった。

3人のうち岩崎と新井が、四代目山口組系竹中組相談役・竹中正の舎弟の盃を受けて竹中組への移籍が決まった。竹中武率いる竹中組は多くの伊原組メンバーを擁することになったのである。

姫路の竹中組事務所において、竹中正と岩崎組組長・岩崎義夫、一生会会長・新井一生との盃事が執り行なわれたのは、奇しくもあの1・26事件が起きた日――当日正午のことだった。

岩崎組若頭の舎弟である立森一刻も、上部団体伊原組の解散に伴って運命の変遷を余儀なくされた。兄貴分と行動をともにして竹中組へ移籍、山口組屈指の武闘派組織の一員となったのである。

が、立森が正式に竹中組メンバーとなったその夜のうちに起きたのが、衝撃の1・26事件。その日から、竹中組は親の仇討ちに執念を燃やす過激軍団と化したのだった。

そんななか、立森が、岩崎組が本部を置く大阪を離れ、姫路の竹中正事務所に住み込むようになるのは、ひょんなことからだった。

岩崎組から当番として立森が初めて姫路の正の事務所へ入ったときのことである。

立森はたまたま当番連中の食事作りを担当し、みんなで食べていると、そこへ正が顔を出した。

「食事いただいてます」

立森が挨拶すると、

「ちょっとワシにも食わせ」

正も席に着いた。正に限らず、正久も武も同様に、竹中兄弟は昔から事務所で若い衆と一緒に食事を摂り、同じ物を食べる習慣があった。

食べるや否や、正は、

「おお、旨《うま》いやないか。誰作ったんぞ?」

「自分が作りました」

「おまえ、できるやないか。そしたら、明日からここでワシのメシ作りせい」

「はあ、自分は岩崎組の者ですけど……」

「構へん。ワシが岩崎に言うとくから」

「せやけど、自分、姫路で住むとこないんですが……」

「事務所で寝とったらええねん。寝るとこ、なんぼでもあるねん」

「はあ……」

かくて立森は、竹中組に移籍早々、竹中正の料理番のようになってしまったのである。

7

立森一刻が竹中正の料理番となったのは、まさに山一抗争の真っ只中で、親分の竹中武は岡山拘置所に勾留中の身で社会不在を余儀なくされていた。

その留守を守り、組長代行的な立場で竹中組を束ねていた竹中正であったが、正もまた武の逮捕から7カ月後の昭和60年9月2日、ハワイにおいて、米麻薬取締局（D

EA）の囮捜査によってロケット砲などの武器密輸事件に絡む容疑で逮捕された。

竹中兄弟がシャバで顔をそろえるのは、翌61年6月まで待たねばならなかった。

同年4月24日、現地裁判で無罪となって帰国、武よりひと足早く社会復帰したのが正で、武が保釈出所したのは2カ月後の6月19日のことだった。

立森が竹中兄弟に接する機会がグンと増えるのはそれからのことだが、一見すると、2人は剛と柔、まるでタイプが違うように見えても、立森の目には、持っている激しさは同じ、よく似た兄弟として映った。

要は激しさを表に出すか出さないかの違いで、

「山広、いわしてまえ！　ヘリで空から山広の家に爆弾落とさんかい！」

とストレートに口に出して言うのが武で、正は口にこそしないが、ハワイまでロケット砲やら機関銃を仕入れに行って逮捕されているのを見てもわかるように、誰にも及びもつかないようなそら恐ろしいことを考えているのは両方とも同じだった。

考え方も事業家的で、カタギ衆との交際も広い穏健派と言われた正にしても、ハワイ事件で逮捕された際、再三にわたって司法取引きを持ちかけられても、

「そんなもんに応ずる必要はない。ワシは無罪なんやからトコトン闘う」

と頑として拒否。裁判で無罪を勝ちとったことはよく知られていた。

その頑固な姿勢は、警察に対して決して屈せず、非妥協を貫いて「無口な土佐犬」とも評された実兄の山口組四代目竹中正久、あるいは実弟の武に相通じるものがあった。つまりは、兄弟の血は争えないといったところであったろう。

そんな竹中武、正兄弟に愛された男が、〝最後の若衆〟となる立森一刻であった。立森もまた、その名のとおり、一刻者だった。

立森は、山一抗争が終結し、五代目体制が発足するや、山口組を離れ独立組織となった竹中組に、最後まで殉じる道を選んだ。上部団体の岩崎組に従って山口組に帰参する道もあったのだが、あえてそれを選択せず、竹中組と運命をともにする決断をしたのだった。

後には、武から組長付を任命され、姫路の正のもとを離れて岡山に移り住んだ。以来、武によく仕え、忠誠を尽くした。

それほど立森をして、

「これ以上の親分はいない。この人のためなら、命奪《と》られても構へん」

とまで惚れこませた親分が、竹中武であった。

組長付となってからは、文字どおり常に武の側で影のように従い、その晩年をよく知る者の一人となった。

立森が武に可愛がられるようになったのも、正のときと同様、事務所でのメシ作りがきっかけだった。

＊　＊　＊

その日、武が幹部らを連れて岡山から姫路に来たのは、正久の月命日の墓参のためだった。武は墓参の帰りは辻井の兄・正のところへ寄るのを常としていた。

武の一行が辻井の事務所に顔を出したのは、ちょうど夕食時であった。正が当番や部屋住み連中と一緒に摂る夕食はいつも早く、午後5時ごろと決まっていた。

幹部の一人が事務所に入るなり、炊事場の土鍋に目ざとく目を止め、

「おお、いい匂いがするぞい。今日はメシ、何やったんや」

と立森に訊《たず》ねた。

「今日は牡蠣鍋です」

立森が作る素人料理だった。

「ホーッ、ワシの好物やねん」

幹部が目を細め、主の正に対して、

「相談役、ワシ、今日、御飯呼ばれますわ。牡蠣鍋、大好きですねん」

と、勝手に決めてしまっていた。世間のイメージとは裏腹に、竹中組という組織は内々ではかなりアット・ホームであった。その後で台所にやってきた武も、土鍋を覗《のぞ》いて、

「ワシ、牡蠣、好きと違《ちゃ》うんやけどな。ちょっと食べさせい」

となった。

「わかりました」

立森がすぐに用意すると、武はテーブルに着いて食べ始めたかと思いきや、

「おお、これ、旨いやないかい。牡蠣もこないしたら食えるやんかい」

と舌鼓を打った。よほど旨かったと見え、後日、岡山でも部屋住みの者に牡蠣鍋を作らせたようだった。が、うまくいかず、立森とほぼ同期の部屋住みが、電話で、

「一《いっ》ちゃん、あれ、どないして作るんや」

と訊いてきた。

「スーパー行ったら牡蠣は売っとらあ。刺身用の牡蠣でもええわ。コンニャクと大根と牡蠣鍋用の味噌があるんやけど、もしなかったら、赤味噌と白味噌を併せて使うんや。で、コンニャクを薄く、大根をぶ厚く切って、その上に味噌を山盛り置いて、うまいこと鍋の中心にしてやな。味噌が溶けてくるから……」

立森の説明を聞いて、岡山でも牡蠣鍋を作ったのは確かなようだが、果たしてどこまで武の期待に応えられたのか、姫路にまで結果は伝わってこなかった。

それからしばらくして、立森が岡山の竹中組本部事務所に当番で入ったところ、武が立森の顔を見るなり、

「あかんがいや、一刻。うまいこと、よう作らへんが。おまえ、もう一回作れ」

と言ってきた。

「えっ、牡蠣鍋ですか？」

「おお、おまえが作ったもんとは全然違《ちゃ》うが。誰も作れんわ。ワシはおまえのが食いたいんや」

〝料理人〟冥利に尽きる話に違いなかった。

「自分みたいな素人料理でもよろしいんでっか」

立森が腕に縒《よ》りをかけて牡蠣鍋を作ったのは言うまでもない。

後に立森は、武の指名で組長付となり、料理番も担当することになるのだが、そのとっかかりとなる〝牡蠣鍋事件〟であった。立森にすれば、牡蠣鍋こそ出世料理となったのだった。

正の料理番となり、朝、昼、晩と食事作りをするようになって、立森が驚いたのは、自宅にいる限り、正は同じ敷地にある事務所で若い者と同じ物を食べ、一度も「まずい」とか不平不満を言ったためしがないという事実だった。しかも必ず残さず食べてくれるのだ。

それは正に限らず、武も同じで、死んだ正久も同様であったという。

料理に関して言えば、どこかの店で修業を積んだこともなければ、誰からも手ほどきを受けた覚えもない立森にとって、全く見よう見真似の我流、ド素人料理もいいところ。上手なはずがなく、味がいいとも旨いとも思えなかった。それをひと言も文句を言わず、「旨い」と言ってくれるのだから、立森には有難かった。

＊　＊　＊

後年、武の料理番になりたてで、好き嫌いも知らなかったころのこと。立森の作っている料理を見て、先輩の側近が、

「一《いっ》ちゃん、これ、何？」

と案じ顔で聞いてきた。

「豚ですが……」と答えると、

「親分、豚嫌いやねんけど」

と言うので、立森は頭を抱えてしまった。正の鶏肉嫌いは知っていたが、武が豚肉が苦手とは初耳だった。

「どないしよう？」

作り直すにはもう時間がなかった。

「もうしゃあないわ」

食卓に着いた武に、立森が恐る恐る豚肉料理を出すと、

「これ、何ぞ？」

「豚です」

武は何も言わず、それをひと口食べた。

「豚もこないしたら食えるがい。のう、一刻」

そう言って、武は何でもないように豚肉料理を食べ続けた。

とはいえ、とくに工夫を凝らした料理ではなく、豚肉を細く切って一回油で揚げ、野菜と一緒に炒めただけのものだったのだが。

えらいことしてもうた——と思っていただけに、何ごともなく食べている武の様子に、立森は胸を撫でおろした。が、よく見ると、武が口にしているのはやはり豚肉よ

り野菜のほうが多かった。

立森が武から料理のことで怒られたのは、後にも先にも一回だけだった。

やはり最初のころ、たまたま貴重な食材が1人分手に入ったので、武に料理し供したことがあった。それが自分だけに出された特別料理であることを知るや、武は、

「区別すな！　ワシにも皆と同じモンを出せ！　何で区別すんねん！」

こっぴどく立森を叱りつけるのだった。

＊　　＊　　＊

ある日、立森は自分の当番のとき、川島というよく知る若い男を、岡山の竹中組事務所へ連れていったことがあった。

川島はその時分はフリーの身であったが、かつては別の山口組直参組織に所属したこともある若者だった。

川島と心安くしていた立森は、当番を手伝わせようとして、

「暇しとんやったら、遊びがてら当番しに来んかい」

と誘ったのである。

2人で事務所に入り、当番を務めていると、食事の時間となった。ちょうど武も居

あわせたので、いつものように事務所にいる全員で食べることになった。

食卓の真ん中に武が座り、そのまわりを側近や部屋住み、当番の若い衆たちが囲んだ。この夜のメニューはすき焼きだった。

この光景に驚いたのは川島で、目を白黒させ、呆然と立ち尽くしている。

それを見た立森が、

「何しとんぞ。早《は》よう座れ。メシ食え」

と声をかけた。

「親分、いただきます」

食事が始まっても、初めての川島は、なかなか手をつけようとしなかった。

立森たちは慣れているので、誰もが遠慮なくテーブルのすき焼き鍋から牛肉をどっさり取って食べている。

が、川島は勝手の違いに戸惑い、箸が動いている様子はなかった。

それを真っ先に目に止め見兼ねたのは、一同の親分である武であった。

「貸さんかい」

川島の碗を取りあげると、目の前の鍋からお玉で牛肉を山のように掬って碗に入れ、

「食わんかい」

と川島に差しだした。

「…………」

川島は礼を言うのも忘れて碗を受けとり、唖然《あぜん》とした顔になっている。

「早《は》よう食えや」

隣りの立森から、肘で脇腹をつつかれて、川島はようやく我に返った。それから夢中で食べ始めた。

あとで川島が、自分のいた山口組の直参組織の名を挙げて、立森にしみじみ漏らしたのは、

「○○組では考えられまへんわ。親分も幹部も当番も同じ席でそろって同じ物を食べるなんちゅうことは、よそじゃあり得ん話ですわ」

ということだった。

「うん、武親分はそれこそ中学生のころから、四代目のお兄さんのもと、正相談役やその上の兄貴——博奕の天才と言われた英男さんを始め、四代目を慕って集まった姫路の〝ごじゃもん〟らとともに愚連隊を結成し、御着の実家を拠点にして、みんなで同じ釜のメシを食べてたそうや。いまのスタイルもおそらくその時分から貫いとるもんと違《ちゃ》うやろか」

立森がかねがね人伝てに聞いている話だった。

竹中兄弟の生家は、兵庫県飾磨郡御国野村大字深志野（後の姫路市御国野町深志野）で、山陽本線御着駅から歩いて1分とかからなかった。

昭和18年8月生まれの武は8男5女の末子、昭和8年11月生まれの3男正久とは10歳違い、その間に4男の英男、5男の正という兄がいた。

竹中正久が御着の実家を拠点にして、竹中英男、正、武、坪田英和、徳平正春、中塚昭男、平尾光、笹井啓三、桂勇一、西尾健太郎らと愚連隊を形成していったのは、昭和28年6月、奈良少年刑務所を出所して以降のことだった。

第二章

1

竹中正久が殺害されたわずか5日後、野球賭博の容疑で岡山県警に逮捕され、未決勾留を余儀なくされた竹中武。

報復の念を封じこまれるように囚《とら》われの身となった無念さ、歯がゆさはいかばかりのものであったことか。

その武がようやく保釈となり、シャバに出たのは、1年4カ月後、昭和61年6月19日のことである。

奇しくも同じ日に、5年余に及ぶ幽閉生活から解き放たれ、神戸刑務所を出所した竹中組若衆の姿があった。

後に竹中組若頭補佐を務める竹垣悟で、5年4カ月ぶりの社会復帰だった。

同日早朝、神戸刑務所を出所した竹垣が、まっすぐに向かった先は、姫路・深志野の竹中正久の墓であった。竹垣は、

「――親分、ただいま帰って参りました……」

万感の思いをこめて墓前に手を合わせた。

《今度はお前も精神的にも良い修養になった事と思うが、今のこの気持ちをいつ迄も忘れる事なく出所出来れば、お前も一人前の人間になれると思います。又われ〻頭の悪い人間は頭を打ちながら一つ〻覚えて一人前になっていくのだと思うのです》

《この度お前も一年余りの独居生活をしていると今迄にしてきた事をいろ〻と考へ、又反省している様子ですが、この気持ちを何時迄も忘れない様に。こんな所に入った時だけ反省したと云っても仕方のない事です。

拘禁生活をしている間に何か身に付ける様にしないと何時までたっても進歩しないと思います。

誰の為でもない自分自身の為であると云う事を良く考える様に》

拘置中、竹中正久から貰った10通ほどの手紙。その一通一通を、竹垣はどれだけ繰り返し読んだかわからない。

それは竹垣にとって、どれほど拘禁生活の励みになり、明日への糧《かて》になり、何物にも換えがたい宝物になったことか。お陰で、その文面はすべて諳《そら》んじられるほど、頭の中に入っていた。

正久からの手紙は、昭和56年から57年にかけて、竹垣が神戸拘置所、次いで大阪拘置所に収監されていた時分に受けとったもので、57年2月17日付の手紙には、こう書かれていた。

《俺の考えでは四代目は山健にやってもらう積もりでした。こんな結果になるとは夢にも思って居《お》りません。娑婆に居る人も皆んな困っていると思いますが、一周忌までは今のまゝでいくと思います。

又、週刊誌がいろいろ想像して書くと思いますが、俺は今の所、四代目になる気は有りません。お前達が思っているような、そんなあまいものではないし、又俺にはそんな器量はありません。俺のような田舎者が、四代目という名前が出るだけで満足です》

山口組四代目候補の絶対の本命と言われた山健こと山本健一若頭が病死した直後の手紙だった。

これを読んだ竹垣は、さすがはわが親父や、なんて欲のないお人なんやろ——と、いっそ清々《すがすが》しい気持ちになったのも確かだった。だが、その実、親分には何が何でも四代目をとってもらいたいと願うのは、子分とすれば当たり前のことであり、竹中組の全員が同じ思いであったろう。

＊　＊　＊

思えば、竹垣が昭和56年2月3日に逮捕され、それから獄中にあった5年余というのは、山口組にとって激動に次ぐ激動の時代であった。

同年7月23日、三代目組長田岡一雄が急性心不全で死去し、その後を追うように山本健一が肝硬変を悪化させ56年の生涯を閉じたのは、翌57年2月4日のことだった。

それからの山口組は、かつてないほどの混迷状態に陥ったものだ。跡目問題を巡って状況は二転三転し、やがて跡目候補は山本広組長代行と竹中正久若頭の2人に絞られる。両擁立派は激しく対立し、跡目争いは混沌の一途をたどる。

その問題に決着をつけたのが田岡文子未亡人で、三代目の遺志として「跡目は竹中」と表明、昭和59年6月5日、山口組定例会において、竹中正久四代目襲名が決定したのだった。

獄中でそれを知ったとき、竹垣悟の喜びは格別で、天にも昇る心地となり、しばし囚われの身であることを忘れた。

だが、その一方で、山広擁立派は竹中四代目を不服として山口組を脱退し、一和会を結成する。ついに山口組分裂という結果を招くのだが、まさかそのことが最悪の事態に至るとは、竹垣はもとより、竹中組の誰に想像できたであろうか。

その日、神戸刑務所に服役中の竹垣は、本の不正授受という反則行為で40日間入っていた懲罰房を出たばかりだった。

次に配役される工場も決まっていたのに、なぜかそのまま独居へ戻されたので、竹垣は首を傾《かし》げた。懲罰房を出て最初に目にした新聞が、一面から社会面まで墨で黒々と塗り潰されているのを見て、ああ、これか、と初めて合点がいった。

〈せやけど、よほど大きな事件が起きたんやな。いったい何事やろ?……〉

何か胸騒ぎがしてならなかった。

翌日も同様に新聞は墨で塗られた箇所が多かった。それを竹垣が隅々まで凝視していると、

〈──────?〉

一カ所、消し忘れと思《おぼ》しき記事が目に入った。

《豪友会中山勝正会長、高知で葬儀》とあった。

〈えっ？　ほなら、殺《や》られたんは本家の若頭《かしら》ちゅうことかい!?　こら、えらいこっちゃ！　四代目、辛抱せななららんなあ……〉

まさか中山ばかりか、竹中正久、ガード役の若中・南力の三人が、一和会ヒットマンによって同時に暗殺されているとは夢にも思わないから、竹垣は四代目が置かれた苦境に思いを馳せていた。

工場にも下ろされず、昼夜独居の状態が続いた4日後、竹垣は雑役から、

「えらいこってすぜ。あんたんとこの親分、殺されましたで！」

と教えられ、ようやく真相を知るに至ったのだった。

「そないなことが……」

天地がひっくり返るような衝撃に。竹垣は呆然自失となった。

この世に神も仏もあるものか。いったいそんなことがあっていいものか。竹中正久より神はなし――と、誰より心酔して止まなかったわが親分。その人が、もはやこの世にいないということが、竹垣にはとうてい信じられなかった。

それから49日間を、竹垣は主食を一切断ち副食だけで過ごした。8カ月余の昼夜独居生活で、身体は18キロ細っても、正久の不在感はいよいよ重みを増すばかりだった。

る。

＊　＊　＊

竹垣が竹中正と平尾光の推薦で竹中正久から盃を下ろされたのは、28歳のときである。

竹中組への入門はそれより9年前、竹中組若頭の坂本会会長・坂本義一と縁ができ若い衆となったのが、その第一歩だった。元東映俳優という変わり種ではあったが、竹垣は順調に渡世の階段を昇り、20代半ばで坂本会若頭となり、その要職を4年務めた。

だが、竹中組直参となるにはまだキャリア不足、経済力もないとの自覚があったので、その昇格に竹垣は自信がなく、迷っていた。が、竹中正から、

「おまえやったらやれる。兄貴の直の若い衆になったら、おまえの若い衆ももっと増えるやろし、悟なら引っ張っていける」

と背中を押されて決心がついたのである。

正久とて誰でも彼でも直参に上げていたわけではなかった。その目安は喧嘩に強いことではなく、何より警察に強いことだった。つねづね若い衆に言っていたのは、

「警察で余計なことは喋《しゃべ》るな。自分の尻が腐るか、監獄の床が腐るかやないけ」

というもので、逮捕されても警察との取り引きなど論外、一切妥協せず、容疑を全て否認し通すことを徹底させていたのだ。

「なんぼしっかりしとっても、警察ですぐに歌う（喋る）ヤツはあかん」

が信条で、みずからもその姿勢を生涯貫いた。

世に知られる「姫路事件」が勃発したのは、竹垣が竹中組直参となった翌55年5月13日のことだった。

同日夕方6時過ぎ、姫路駅前において、竹中組若頭補佐・平尾光をリーダーとする同組幹部・大西正一、同・高山一夫ら竹中組襲撃犯が、木下会会長・高山雅弘を始め、ボディガード役の木下会幹部・組員計5人を襲撃、銃弾9発を撃ちこみ、高山会長と同会組員が死去し、他の3人が重傷を負った事件である。

そのとき、竹中正久は千葉県鴨川市で同日に営まれた双愛会会長の葬儀に参列し、その帰路の車中にあった。前日から平野一男とともにボディガードで付いていたのが竹垣で、同夜、彼らは姫路駅に降りたった。

大挙して出迎えた竹中組組員から事件の報告を受けても、竹中は顔色ひとつ変えず、迎えの車にも乗ろうとしなかった。

「新幹線で座りっぱなしで肩が凝るんや」

と歩いて帰るほうを選んだのである。十二所前の事務所兼居宅は、駅から歩いて5分ほどの距離だった。

〈結局、そんな親分の豪胆さが、1・26事件につながってしもたんや……今さら言うても詮ないことでっけど……せやけど、親分という人は、ワシの胸の中に永遠に生きとりますわ……〉

正久の墓前に手を合わせ、無念さを噛みしめながらも、竹垣はそう思わずにはいられなかった。

＊　　＊　　＊

深志野の正久の墓参を済ませた竹垣が、次に向かった先は、岡山拘置所であった。

竹中武に面会するためだった。

「親分、今日、出所しました」

「おお、悟、御苦労やったな」

5年ぶりの再会であった。

竹垣がかつて「副長」と呼んでいた武を、「親分」と呼んだのは、正久の山口組四代目襲名とともに、新たに竹中組組長（二代目ではあらず）となった武と、盃直しをしていたからだった。むろん獄中にあった竹垣の代理で、同じ坂本会出身の直参・西村学が武の盃を受けたのである。

「おまえ、えらい痩せたようやが躰はどないぞ?」

「ええ、お陰さんで元気ですわ」

「そうか。おまえらにも苦労かけるのう……」

「何を言わはりますのや。何の親孝行もできんで……」

「うむ、悟、おまえには明日からマーシの兄貴に付いたってもらお思うとる」

「マーシ」というのは、正久率いる竹中組時代は、武とともに副長を務め、武の新生竹中組に変わってからは相談役となった兄・正のことだった。

「わかりました」

　面会を終え、竹垣が姫路に引きあげて間もなくして届いたのは、同日夕に武の保釈が決まったとの知らせだった。

　その夜、岡山新京橋の竹中武宅で祝宴が催され、竹中組の主だった幹部や直参メンバーが参集した。その数およそ50人。内々だけでよそからのゲストの姿はなかった。

　姫路から駆けつけた竹垣を、武は手招きして呼び、

「悟、おまえの放免でもあるんや。ワシの横に座らんかい」

と言った。

こうして竹垣は、この夜、武とともに床の間を背にした上座に座らされたのだった。宴会が始まると、幹部たちが次々に、

「親分、おめでとうございます」

「御苦労はんでした」

と武にビールを注ぎにきた。

竹垣が驚いたのは、武はそれをグイッと呷《あお》り、飲むほどに皆とよく話をし、いささかも疲れている様子が見られないことだった。つい先ほど出てくるまで、1年5カ月もの間、独居に拘禁されていたことがとうてい信じられないほどパワフルで覇気に満ちていた。

竹垣の知る武は、寡黙そのもので、何を考えているかわからぬところがあったが、以前とはまるで別人の感があった。

その全身から、抑えがたい闘争心のようなものが赫々《かっかく》と燃えたってくるようであった。

2

放免祝いはかつてないほど盛りあがった。竹中組組員が待ちに待っていたドン・竹中武が帰ってきて、報復態勢に向けた竹中組の結束はなお固まるだろう——との思いが、誰の胸にも強かったからだ。

たまたま同じ日に出所してきたこともあって、武の隣りに座らされた竹垣悟にも、会場の熱気は厭というほど伝わってきた。

竹中組の幹部や直参のほとんどが一堂に会するなか、同じ上座に座っても、主役はあくまで武、竹垣が二の次であるとは、誰より本人が知るところだった。いったい、いいときに帰ってきたのか、間が悪かったのか、竹垣にもわからなかったが、一段と凄みを増した武を肌で感じることができたのは、竹垣にとって幸運であった。

最も大事な時期を獄につながれ、我慢に我慢を重ねたであろう武は、竹垣の目にも人間がひとまわり大きくなったように見受けられた。

おそらく武が獄中ずっと考えていたことは、ただひとつ、仇討ち——の3文字しかなかったはずだ。竹中組封じの一環として、警察当局からあらぬ罪を押しつけられ、身動きもとれぬ場所に幽閉されて、あまりの無念さに、ときには悶々とし眠れぬ夜もあったことだろう。

ようやく武以下、竹中組主要メンバーがこうしてシャバで顔をそろえることができたいま、皆の胸中は同じ思いで燃え、ただただそれに向かって突き進もうと決意を新たにしているのは、火を見るより明らかだった。

この夜の酒宴の盛りあがり方が、何よりそれを証明していたし、しかもその共通の誓い――仇討ちの3文字を誰一人口にする者とていなかったのは、見事という他なかった。誰の口からも、「山広」の〝や〟の字も、「一和会」の〝い〟の字も、〝報復〟という言葉さえ出てこないのだ。

彼らにすれば、それはいまさら言うも愚かなことであったのだろう。

「のう、竹垣よ、おまえもスターにならな、あかんぞい。スターに」

武が竹垣にビールを注ぎながら口にした。「スターになれ」とは、武独特の言いまわしで、「男になれよ」ということを意味していた。

もとより竹垣も、わかりすぎるほどわかっていた。

「親分、ワシ、いつかてスターを夢見とりまっさかい。スターにならしてもらいますわ」

「おお、男やったら、シブい仕事をせななあ……」

武の眼光は爛々《らんらん》とし、全身からヤル気がみなぎっていた。

〈拘置所《なか》でよほど、我慢を重ね、自己研鑽を積んでこられたに違いない。当局は親分を隔離して竹中組の報復戦を封じこもうとしたんやろが、とんだ逆効果もええとこやったわ。竹中組はいよいよ強うなるで〉

竹垣には確信があった。

「親分、獄中《なか》での御辛抱、お察しします。せやけど、どないして乗り越えはったんでっか？」

武の機嫌がいいことを見てとった竹垣は、こんな質問をぶつけてみた。

すると、武は少考した後で、

「山本五十六の心境やな……」

「山本五十六でっか？」

「うん、男の修行っていうヤツぞい」

「………」

「言いたいこともあるだろう。不満なこともあるだろう。腹の立つこともあるだろう。泣きたいこともあるだろう。これらをジッと堪えていくのが男の修行である——ちゅうあれや」

「ほう……」

「ワシはあれを肝に据えとったがい。そういうおまえかて、今度の懲役は長かったやろ」

「ええ、四代目の事件を知ったときは、中で気も狂わんばかりでした……今度ほど長いと感じたことはおまへんわ」

「……おまえは兄貴に可愛がられとったからな。まあ、何にせよ、辛抱が肝腎ちゅうこっちゃ」

「……肝に銘じときます」

「人間辛抱せなあかん」とは、竹中正久の口癖でもあった。竹垣は今回の懲役ほどそれを身に沁みて痛感したことはなかった。

*　*　*

5年4カ月ぶりにシャバに戻った竹垣が、まず驚いたのは、竹中組の膨張ぶりであった。

竹垣が入獄する前の昭和56年当時、竹中正久が率いていた時分の竹中組は、姫路を本拠に兵庫、岡山、鳥取など近県各地に勢力を持ち、少数精鋭の武闘派として知られてはいたが、決してそれほど大所帯ではなかった。

その後、正久が三代目山口組組長代行体制のもとで若頭となり、四代目候補として脚光を浴びるに従って組員も急増。さらに58年夏、兵庫、播磨地区の山口組直系組織である細田組や信原組、武田組などが相次いで解散し、その残留組員らが多数竹中組傘下に加わったことで一挙に勢力を伸ばした。

いまや岡山、姫路、兵庫、鳥取ばかりか、大阪、三重、静岡、香川など各地に構成員を擁し、1200人軍団と言われるほど、山口組でも有数の大組織となっていたのだ。

なおかつ四代目の出身母体であり、対一和会報復戦でも文句なしに勲一等の戦果をあげている武闘派ぶりと相俟《あいま》って、竹中組はどこからも一目置かれる実力組織となっていた。

社会復帰した竹中武を見る他の山口組幹部の目も、おしなべて違ってきており、その存在感は際だっていた。

竹垣がそれを思い知らされたのは、神戸市灘区篠原本町の山口組総本部で開催される定例会へ出席する武にボディガードとして付いていったときのことだった。いくら四代目の実弟とはいっても、地方の一介の直参組長に過ぎない武に対して、山口組最高幹部の皆が皆、丁重に挨拶するものだから、竹垣は自分の目を疑わずにいられなかった。と同時に、子分として誇らしく思うのは当然のことだった。

確かに誰が見ても、竹中組の勢いは目ざましかった。親分・竹中武の留守の間でさえ、竹中組は対一和会抗争の前線に立ち、初めて一和会幹部2人の首級をあげたばかりか、各地で怒濤《どとう》の攻撃を仕掛けて第一級の働きを見せていた。

そのなかには、鳥取・倉吉の一和会幹部射殺事件で登場した〝女装ヒットマン〟、あるいは定例会出席の山広を狙って四国から神戸に報復遠征した〝夫婦ヒットマン〟も現われて、仇討ちへの凄まじいばかりの執念を見せつけた。

そうした竹中組の勢い、意気盛んな様を、竹垣はシャバへ帰った早々、初日の放免祝いの場で、膚《はだ》で知ることとなったのだった。

ところが、そうした竹中組の気勢を削ぐように、その時分の山口組全体を覆っていた空気は、紛れもなく対一和会との抗争終結ムードであった。

武が保釈される2週間前の昭和61年6月5日、神戸の山口組本部において最高幹部会が開催され、その席に、関東の稲川会会長・石井隆匡が顔を見せていた。

四代目山口組の後見人である稲川会総裁・稲川聖城の意向を携えての来訪で、石井は「全国親分衆の総意」という形で、改めて抗争の終結を山口組に要請したのだった。それは3度目の打診であったから、山口組執行部としても、いよいよ態度を明確にする必要があった。

だが、山口組にとって抗争終結に向けた最大の課題は、1・26事件の当事者である竹中組、豪友会、南組の説得工作と見られた。

とりわけ、親分以下、幹部・直参に至るまで、

「極道の筋論をもってしても、当代のタマをとられたまで何の終結や。そんなことをすれば第一に代紋の面子《メンツ》が立たんがな。それに極道として、これから先、どのツラ下げて渡世を張るんや。ワシらには先代の無念を晴らせぬ怨念が残る。ワシらの行く道は一本しかない」

と主張して止まない竹中組をいかに説得するか、終結工作の成否もひとえにそこにかかっているといってよかった。

最高幹部会から4日後、岡山拘置所に武の面会に訪れたのは、四代目山口組組長代行の中西一男、同代行補佐の小西音松であった。

面会時間はわずか30分。中西は山口組執行部が抗争終結の意向を固めたことの経緯を説明したうえで、武にその胸の内を質したのだが、武の返事は、

「自分が保釈になるまでしばらく考えさせてくれ」

というものだった。

それから10日後に、武は保釈されたのである。

＊　＊　＊

抗争終結ムードが漂うなかで、そのカギを握る男は執行部の説得に対して、なかなか首をタテに振ろうとはしなかった。

武は保釈で出た4日後に開催された山口組最高幹部会に出席、中西を始め執行部の再度の説得に、

「現時点では終結に賛成しかねる。もう少し時間が欲しい」

と応えたに留めた。

翌7月の10日にも、山口組本部において、中西一男、小西音松、武による三者会談が開かれ、抗争終結についての膝詰め談判が行なわれた。が、数時間に及ぶ会談でも、結論を見るには至らなかった。

その後も武に対する山口組執行部の説得工作は粘り強く続けられたが、武の応諾はいっこうに得られなかった。

「この時期、何を根拠に終結が図れる言うんぞい!? 代紋の威信、極道の意地や本分からいうても、何ひとつそれらしい成果もあがっとらんやないかい。そんなもん、時流に流された政治決着いうもんと違《ちゃ》うんかい？ それで山口組の威信や面目が保たれるんかい!?」

一貫して武の主張は変わらなかった。まことに頑固一徹、極道の筋目にうるさい男こそ竹中武であった。

とうとう山口組執行部は年内中に武を説得することが適《かな》わず、抗争終結問題の解決は年を越し、昭和62年の新しい年を迎えるに至ったのである。

が、そうは言っても、状況の大勢は抗争終結に向かいつつあったのも確かだった。

神戸の山口組本部に、中西一男組長代行、渡辺芳則若頭以下、最高幹部10人全員が集合、中西の「組長代行権限」による抗争終結を、最高幹部全員の同意によって最終決定したのは、同年2月1日のことである。

2月4日には、山口組執行部と竹中武との間で最終的な意志確認が行なわれ、武は、「このままの状態で抗争の終結を図ることは、極道の筋論からしても納得できない。だが、山口組独自の判断に基づく終結が、執行部で最終決定されたのであれば、自分も山口組の一員である以上、代紋のために涙を呑んで終結決定を受け入れざるを得ないだろう」

との意向を示した。

2月8日、山口組は緊急直系組長会を招集、本家2階大広間には代理を含む86人の直系組長全員が顔をそろえた。席上、中西代行が、

「抗争終結はすでに執行部会で決定したことであり、〝組長代行権限〟で終結する。どうか了解してもらいたい」

と述べた。それが実質上の抗争終結宣言であった。

これを受けて、一和会も2月10日、緊急定例会を開催、山本広会長が、

「一和会も本日を以て抗争を終結します」

と正式に抗争終結を宣言。これによって多くの死者を出し、夥《おびただ》しい血が流れた山一抗争は、一応のピリオドが打たれた。

だが、それはヤクザ抗争の慣例的な〝手打ち〟のない変則終結であった。あくまで世間と関係筋に対する配慮が大きく作用した政治決着に過ぎず、和解なき終結の危うさは、さながら砂上の楼閣にも等しかった。

竹中武は涙を呑んで終結を応諾したのだが、もとより山本広に対する怨念が些《いささ》かも消えたわけではなかった。終結に際し、武率いる竹中組は、

「極道としての性根は一つ」

という〝沈黙の誓い〟をもって臨んだのだった。

その一方で、1・26事件の6日後に中国自動車道の路上で野球賭博の容疑で逮捕され、検察側から懲役3年を求刑されていた一件は、昭和62年9月14日、岡山地裁で第一審判決公判があり、武に下されたのは、「無罪」の判決であった。

・3

「主文、被告人・竹中武を無罪とする」

裁判官の声が、粛然と静まり返った法廷に凜《りん》と響きわたった。

昭和62年9月14日午前11時5分、岡山地裁——。

その瞬間、武はさすがに安堵の表情を見せ、傍聴していた山口組関係者の間からは、思わず、

「よしっ!」

との声があがった。

この日、傍聴席に駆けつけた山口組の面々は、中西一男組長代行、渡辺芳則若頭、

岸本才三本部長、桂木正夫、嘉陽宗輝若頭補佐という最高幹部に加え、大石誉夫、佐藤邦彦、須藤潤、牛尾洋二の直参組長、それに竹中組からは実兄の竹中正相談役を始め、主な幹部が顔をそろえた。

無罪の判決に、伝令役の組員がすばやく法廷を抜け出すや、一目散に駆けだして、裁判所前で待機していた大勢の山口組関係者に向け、

「無罪や！　無罪や！」

と叫んだ。直後、100人を超える組員たちから、「おおっ！」とのどよめきが起き、拍手が沸き起こった。

それほどその無罪判決は、誰もが予想だにしない、アッと驚くようなものに違いなかった。

当時の山口組顧問弁護士の山之内幸夫も、

「昨今は、検察側が『起訴されたら有罪』という予断を、マスコミも含めて強く印象づけ、そのレールに裁判所も乗っかるという図式ができていましたからね。まして被告人がヤクザなら、その予断はなおのこと激しい。そういう意味では、捜査過程の不当性をしっかり暴露した今回の無罪判決は、まさに画期的と言えるでしょう」

と述べたほどだった。

では、竹中武を巻き込んだ野球賭博事件とはいったいどんなものだったのか。

その容疑は、昭和59年5月8日から同年7月5日にかけ、元竹中組幹部と共謀してプロ野球を対象にした野球賭博を開き、賭け客から1口1万円で計1億9195万円の申し込みを受けたとする賭博開帳図利罪であった。

1・26事件の6日後、兄の四代目の密葬が済んだ直後に逮捕された武は、検事勾留の切れる2月22日に再逮捕された。翌年6月19日に1000万円の保釈金を積んで保釈されるまで、実に1年4カ月にわたって勾留され続けた。

その間、何度も保釈申請を出したが、そのつど却下されてきた。これには法曹関係者からも、

「明らかに報復を未然に防ぐためというタテマエのもとでの、行き過ぎた予防拘禁的な措置」

との声も強かったが、その背景にあったのは、警察庁主導の〝頂上作戦〟であるのは明白だった。すなわち、両組織（山口組、一和会）の組長クラスの摘発、潜在的な事件の掘り起こしによる大量検挙、抗争事件の事前封圧――という流れに沿ったものであった。

武は逮捕以来、一貫して容疑を否認。公判でも起訴事実を全面的に否認し、あくま

で有罪とする検察側と徹底抗戦の構えを見せてきた。6月19日に行なわれた論告求刑で、検察側は、

「賭博行為をしたのは部下だが、被告は前面に出ることなく多額の利益を上げ、しかも犯行を隠し、公判を長引かせた」

と、懲役3年を求刑したのだった。

それに対して、この日の第一審判決公判において、裁判官は、

「幹部被告は犯行を認めているが、同被告の配下2人との供述をあわせると、竹中被告に賭け金を渡したとする日時などは真実性がなく信用できない」

「取り調べの段階で幹部被告ら3人が暴行を加えられた疑いがある」

「捜査機関は野球賭博を竹中組ぐるみの犯行という予断を持って強引な捜査をした疑いがある」

――などとして、

「証言や証拠の信憑性に疑いがあり、竹中被告がこの犯行に加わっているとは認められない」

と、無罪判決を下したのである。

＊　　＊　　＊

決定的だったのは、元幹部の供述調書の信用性を証明するため、検察側が裁判所に提出した2つの物証であった。

物証というのは、オーストリッチの黒い革財布と賭博清算金に巻かれた帯封の2つ。だが、それが逆に検察側の命とりになってしまうのだから、皮肉な話だった。

元幹部の供述では、昭和59年7月、武はその財布から76万8000円の賭博清算金を取りだして、元幹部に渡したことになっていた。

ところが、それは1万円の新札が出た昭和59年11月1日に合わせて、500万円入るように武が高島屋に特別注文して作らせた財布だった。元幹部がその財布を見たという同年7月には、武はまだそれを持っていなかったことが、高島屋に残っていた注文票の控えからも証明されたのだ。

もうひとつの物証である帯封には、賭博清算金の金額が算用数字で書きこまれていた。検察側はそれを「竹中武被告の自筆」として筆跡鑑定も添えたのだが、それもまた岡山地裁の裁判官によって、

「算用数字は漢字ほど書き手の個性が表れない」

と一蹴されてしまう。

また警察は武の調書を一通もとらなかったばかりか、

「ウソ発見器にかけてくれ」

という武本人の要求を無視してかけなかったことも不可解で、法の厳正な運用に責任を負うべき警察、検察の数々の失態が目につくばかりだった。

主任弁護人は、

「戦前の治安維持法の予防拘禁的な逮捕、捜査であり、初めから無理があった。事件のシナリオが描かれ、それに合うような調書が作られたものだ。判決は、誰にでも納得のできる内容だ」

と述べたものだ。

いずれにせよ、報復抗争の主力となる実弟組長の武を何が何でも起訴に追いこみたいとする警察当局の焦りを際立たせる結果となったのは紛れもなかった。

判決公判は午前11時45分に閉廷した。一斉に外に出てきた山口組最高幹部たちの表情は一様ににこやかで、この日ばかりは晴れやかだった。

彼らが車に乗りこみ帰途につくのを、武が一人一人に挨拶し、丁重に見送った。

「親分、おめでとうございます」

側近から、無罪判決を改めて祝された武は、

「おお、そらホッとしたわな。しとることはしとるし、しとらんもんはしとらん。ほんまにしとるんなら、素直に懲役に行くわい。裁判長はよう見とってくれたなあ」

との感慨を漏らした。

ともあれ、2年余の裁判闘争を経て、無罪判決を勝ちとった竹中組組長・竹中武。それによって、その発言力や威力、存在感は山口組にあっていよいよ重みを増したと見るムキも少なくなかった。

ある直系組長も、

「無罪いうんは、何にしてもええことや。竹中組長もこれで身軽になって、五代目問題も含めて、いろいろ考えることができるやろし、当然、組内での発言力は増す。立場こそ若中やけど、現在は執行部並みの発言力を持っとるし……」

と評したものだ。

山一抗争はさる2月に山口組、一和会双方の抗争終結宣言を以て一応の幕切れを見た。この時分、マスコミがかまびすしく報じていたのは、山口組五代目レースであった。

その最有力候補が組長代行の中西一男と若頭の渡辺芳則で、両人とも幹部などの会

合で正式に五代目立候補を表明したわけではなかったが、どうやら大勢はこの2人に絞られている感があった。

そしてそのキャスティング・ボートを握る男こそ誰あろう、竹中武であるとの見方は、衆目の一致するところだった。

武は公判の間も、姫路で行なわれる竹中組の幹部会に必ず姿を見せ、組織の結束、強化に力を注いできた。組内の服役者にマメに面会し、留守を預かる家族にも人知れず気遣いするなど、天下一品の性根のきつさばかりでなく、誰より情味の濃さを持ちあわせた男が、武であった。

*　　*　　*

五代目争いの鍵を握る男――と目されていても、武本人にそんな気持ちはさらさらなく、五代目問題自体に興味はなかった。

「何が五代目や！　時期尚早や。五代目云々いう前に、やることがあるやろがい！」

というのが、一貫した姿勢であった。

また一部では、武に対して、五代目レースのキーマンとの評ばかりか、武自身が五代目あるいは同若頭候補との声もあがっていたのだが、本人にすれば、そんな風評や自身が云々されること自体、鬱陶《うっとう》しく、腹立たしいことでしかなかった。

五代目問題に関して、ジャーナリストの溝口敦のインタビューに応えて語ったのは、

「ワシは（中西一男組長）代行に言うた。兄貴がこんなことになったのも、死んだ者にきつい言い方になるかわからへんけれども、ワシは兄貴自体にホンマの力がなかったから、思うておるぞ、と。だから五代目問題のときには、こんなことにならんように、それだけは代行頼むぞと。だから、みんなとよく相談して、時間をかけて決めてもらいたいいうのが、ワシの気持ちやな」

というものだった。また、自身が、五代目もしくは同若頭候補にあがっていることについては、

「いまはそんな話、出てへん」

と否定したうえで、

「……誰がなっても山口組からなるべく欠ける者が出んようにする。山口組がまとまっていけるようにするのが三代目に対しても、兄貴に対しても、ワシは一番の供養と思うとるから、五代目とか、幹部になるとかは考えたこともないわ」（「週刊アサヒ芸能」昭和62年10月15日号より）

と述べている。

かつて実兄の正久が山口組の四代目候補にその名が取りざたされたとき、《俺にそんな器量はありません。俺のような田舎者が、四代目という名前が出るだけで満足です》

と若衆の竹垣悟への手紙で本心を吐露し、まるで欲を見せなかったのと同様、弟の武もまた、権勢欲のない男であった。

正久が山本広の四代目襲名に反対したのは、己が四代目になりたいがためではなく、ただただ、

「何らけじめのつけられない山広に、山口組の舵取りは任せられない」

との一点にあった。が、次第に山広反対派に担ぎあげられ、「それが山口組のためいうんやったら」と重い腰をあげ、跡目候補に名のり出たというのが真相であった。

正久が姫路で竹中組を旗揚げしたのは昭和35年、山口組三代目田岡一雄の盃を受けて山口組直参となったのは翌36年のことだった。そのとき、正久は28歳、武はまだ18歳であった。田岡と正久の親子盃は、神戸市生田区橋通りの山口組本部事務所にて執り行なわれ、山口組若頭の地道行雄が推薦人となり、同直若の細田利光、小野新次、中村憲逸、前本重作、同舎弟の湊芳治らが見届人を務めた。

昭和37年1月、竹中組の初陣となった福岡・博多の夜桜銀次事件を経て、同年12月、

19歳のとき、武は正久の若衆の借金問題を解決するため岡山に赴いた。短期間で姫路に帰る予定が、そのまま岡山に定住することになろうとは、武も思いもよらないことであったろう。

ついには各代紋が乱立する全国的にも有数の激戦区に、岡山竹中組を結成するのだから、武の性根も半端ではなかった。やがて数年を経て、竹中組の橋頭堡《きょうとうほ》を築きあげるに至った。

その実力は山口組内でも否応なく評価され、本家直参昇格の声もあがるようになった。だが、そうした誘いも、武は、

「ワシは岡山の竹中で結構。直参の地位は望まん」

と頑なに拒んできた。まことに実兄の正久と相通じる気性というしかなかった。

4

50段ほどの急な石段を降りると、もうすぐ一和会会長・山本広邸であった。

5人が乗ってきた2台の乗用車は、その階段を登りきった空き地に停めてきた。

5人とも完全武装していた。リーダーは海兵隊そのものといった格好で、迷彩服を

着こみ、米国製の自動小銃M16とイスラエル製スコーピオンを手にしていた。他の者も同様にそれぞれスミス&ウェッソン（SW）38口径拳銃、短機関銃のイングラムM10・M11、ショットガンなどを抱え、さながらギャング映画から抜け出たようなスタイルだった。

そのうち、肩から消火器爆弾を背負い、ワルサーPPKショート拳銃を持っていたのが西灘充で、彼はこのとき43歳、メンバーでは最年長であった。

時は昭和63年5月14日深夜2時半、場所は神戸・御影の高級住宅街、あたりは静まり返っている。

いまこそ夢にまで見た仇討ちの悲願を達成し、親父を男にすることができるのだ。そのためやったら死んでも構へん――そう思って今日のこのときまで、「親父」こと、目の前を歩くリーダーとともに作戦を練り、せっせと爆弾作りに励んできたのだ。

ここまできたら、もうあと戻りはできへんやないか。やるしかあらへんのや……そんなことを考え、石段を降りながら、西灘はそっと自分の股間を握ってみた。

〈おお、ダランとしとる。よし、大丈夫や。ワシは肚すわっとるがな〉

西灘はこの期《ご》に及んで、海軍の軍人だった父親から、生前よく言われた、

「人間、生きるか死ぬかいうとき、ビビッととったらキンタマ縮みあがる。摑んでみて

何ともなかったら大丈夫や」

との言葉を思い出し、試してみたのだった。

もとより、この山広邸襲撃作戦の実行班に加わったときから、西灘は生きて帰れるとは思っていなかった。

山広邸前の張り付け警官2人をアルミ線で縛りあげたうえで、襲撃班は1人を表に残して4人が山広宅に乱入、山広が在宅であればこれを射殺し、不在のときは女子どもを外に出し、山広宅を爆破するという計画だ。その際、警護や当番の一和会系組員たちとの間で激しい撃ちあいになるのは、必至であろう。九分九厘死ぬだろう——とは、西灘の偽らざる気持ちだった。

だから、この日、決行にあたって、同じ襲撃班の1人で西灘の兄弟分である明石と、阪神電鉄神戸線の新在家駅裏の南側駐車場で待ちあわせたときも、真っ先に言ったのは、

「兄弟、真っ白い下着買《こ》うてこなあかんで。汚い下着着とったらカッコ悪いぞ」

ということだった。

明石もピンときて、

「そやな、ワシらの死装束になるかもわからんさかいな」

と同じ思いを口にしたものだ。

思えば、この日を迎えるまでの道のりは長かった。西灘の属する班に限らず、山広の首を狙う竹中組の襲撃班はいくつもあって、それぞれがおよそ3年にわたって暗躍してきた。その実現は至難の業《わざ》であった。

各班は互いに自分の親分を男にしようと競合する反面、摑んだ情報を流して協力しあうこともあった。

あるとき、西灘の班に流れてきた情報は、

「明日、山広が鳥取・米子にゴルフに行きよる」

というものだった。それに対して西灘たちは、

「まさかこんな雪降っとるのに、行きひんと違いますか」

と言える立場にはなかった。万が一、山広が米子に行くようなことがあって、それを外したとなれば、とんだ失態になるからだった。

そんなわけで、西灘たちはさっそく動いた。その日のうちに米子の皆生《かいけ》温泉に急行し、雪の降る中、ゴルフ場へ赴き、8番ホールのグリーンのあがったところに拳銃を何丁も隠した。

西灘の場合、高校卒業後海上自衛隊に入り、3年余の勤務を経て退官。その後、み

ずから会社を興し実業家《カタギ》の暮らしが長かったこともあってか、外見はまるでヤクザに見えなかった。そのため拳銃を積んだ車を運転中、仮に検問されるようなことになっても、警官から車の中やトランクまで調べられることはまずなかった。

かくて拳銃を用意して楽々と米子に入った西灘たちであったが、案の定、山広は姿を見せず、狙いは空振りに終わった。

＊　＊　＊

自分の所属する山広襲撃班のリーダーであり、わが親分でもある竹中組内安東会会長の安東美樹に、西灘が心底惚れこみ、

〈この人のためやったら……なんとか望みを叶えてあげたい〉

と決意したのは2カ月ほど前、安東の涙を知ったときからのことである。

その日、山広が神戸市中央区北長狭通のニューグランドビル内にある一和会本部事務所に来るという確かな情報を摑んでいた安東班は、きっちり実弾を詰めた自動小銃M16や短機関銃のM10などを車に積んで、現場近くへと駆けつけたのだった。メンバーも今夜と同じ5人組であった。

ニューグランドビルから少し離れた通りに車を停めると、安東は、

「充《みっ》ちゃんは明石と2人で車で待っとってくれ。今日こそ確実に山広を仕留めてくるから。吉報を待っとれや」

と言い残し、他の2人のメンバーとともに一和会本部を目指し、歩いて出かけていったのだ。

西灘と明石が車に乗り、安東たちが事を成し遂げて戻ってきたらいつでも車を出せるように2人は待機する役目を担った。

夜の8時過ぎとあって、神戸の繁華街は人通りも多く、3人が隠し持ったM16やM10に気づく者がいたとしてもおかしくなかった。が、安東は少しも意に介さず、思いつめた表情からも決死の覚悟であるのは明らかに見てとれた。

まだ携帯電話が普及しておらず、緊急連絡はポケベルを使用していた時代である。実行班の安東と待機する西灘とで取り決めていたのは、ポケベルで7の数字を打ったら「いまから実行する」、0なら「中止」のサインだった。

西灘はもともとこの作戦には懐疑的で、いざ決行という段階になっても、

「親父、あんな人の多いところでM16ぶっ放すんはムリと違《ちゃ》いまっか」

と、やんわりと止めようとしたのだが、

「いや、どうしても行かなあかんねん」

と安東は取りあおうとしなかった。男が命を賭けようとしているとき、誰にも止められるものではなく、西灘は、余計な口を利いた己を恥じた。

「親父、くれぐれも気をつけて行っとくんなはれ。吉報を待っとります」

西灘と明石は、頭を下げて安東たちを見送った。

だが、西灘が懸念したとおり、安東たち3人はなかなか戻ってこなかった。ポケベルにも連絡が入ってこない。

「どないしはったんやろ？　遅いな」

「まさか一和の連中に捕まったんでは……」

「いや、親父はそないなヘマはせん。生き恥さらすより自決を選ぶお人や」

「確かに」

「まあ、待とう」

安東がたった一人で車に戻ってきたのは、およそ2時間後のことだった。他の2人はすでに帰らせたという。

安東は見るからに悄然《しょうぜん》としており、車の中に入るなり、

「ダメやった」

とひと言つぶやくと、突如肩を震わせ嗚咽しだし、やがて号泣に変わった。無念さ

の余りであったろう。

これには西灘も、驚くというより、深く感動せずにはいられなかった。こんなに感情もあらわに男泣きする人の姿を見たのは、初めてだった。

〈まだこんだけ純粋な人がおるんやなあ。よっしゃ、ワシはこの人のためやったら死んでもええ。とことんついてってたろ。なにがなんでも本懐を遂げさせてやらな……〉

西灘が胸に誓ったのは、このときのことだったのだ。

＊　＊　＊

一和会本部の襲撃が無理だとわかったとき、安東班が最終的に狙いを定めたのは、神戸市東灘区御影山手6丁目の山広邸であった。

だが、山広邸とて警官2人と一和会系組員による24時間張り付け警備が続いており、その警戒網を強行突破するとなれば、生易《なまやさ》しいことではなかった。

安東班は山広邸襲撃へ向けて着々と準備を進めた。

西灘は海上自衛官時代に培った知識と技術を生かして、ダイナマイト、黒色火薬、導火線、さらには威力を増加させる充塡物などを使って、専《もっぱ》ら爆弾作りに勤しんだ。

製造工場となったのは、アジトとして使っていたＪＲ兵庫駅から程近い神戸市内のマンションだった。

そのうえで、京都府内の海水浴場、兵庫県下の山中で、製造した爆弾の爆発実験を繰り返した。

その末に、西灘は消火器爆弾、エアポンプ爆弾、サッカーボール型爆弾、ニップル管爆弾などを作り上げた。

安東班が入手した武器は、拳銃の他、ライフル銃、スコーピオン、短機関銃M10・M11、自動小銃M16ならびにその先端に差しこんで対戦車戦などに使うてき弾、実弾2000発……等々だった。リーダーの安東は、フィリピンに何度か渡航し、拳銃や機関銃の射撃訓練も受けていた。

西灘は大胆にも山広邸へ何度か偵察に通った。安東からは「絶対行くな」と命じられていたのだが、女連れのアベックを装い、鞄を持ったサラリーマン風スタイルで山広宅の前を行き来し、警備の状況や邸宅周辺の様子を探ったのだ。バレない自信はあったが、警備の一和会系組員の目もあり、さすがに3回で止めた。

また、西灘は知りあいの不動産屋に頼んで、山広邸の見取図も入手していた。

準備万端整え、安東襲撃班5人の覚悟の程も、各自の役割分担も決まって、いよいよ決行となったのは、5月13日のことだった。

「山広在宅」との情報を摑んだのである。

この計画を立てたとき、西灘が気にし、何度か安東に注進したのは、

「親父、襲撃当日、山広、絶対家におりまんのか？　おれへんかったら意味ないですよ」

ということで、それは安東自身も最も気にかけていることだった。

決行のおよそ2週間前、安東が西灘に、

「おい充《みつ》ちゃん、そろそろや。旅行でも行ってゆっくりしてこいよ」

と声をかけてきた。

西灘が女を連れて出かけた先は、岐阜の飛驒・高山だった。派手にドンチャン騒ぎをして遊んで、小遣い50万円もたちまち遣い果たしてしまった。

西灘は安東に電話し、

「親父、遊び過ぎてしもて、ちょっとカネ足りまへん」

窮状を訴えると、

「よっしゃあ、あと50万送っとくからええかあ」

と手配してくれるような男が安東だった。２人はそんな絆で結ばれていたのだ。

西灘が安東の盃を受けたのは、山広邸襲撃事件より3年ほど前のことで、右翼から

の転身だった。齢《よわい》40に近く、ヤクザとしてはかなりトウがたっていた。安東によほど惚れこまなければできない縁組みであったろう。

西灘はそのころ、大阪のある右翼団体を率いるトップの秘書をしていた。そのトップが竹中組幹部の実兄にあたる人であったから、安東もよく事務所に出入りしていたのだ。

そこで秘書の西灘ともつきあいが始まり、安東は西灘の手腕・才覚に惹かれていく。やがて竹中組幹部を通して、その右翼の長に、

「西灘充をもらいうけたい」

と申し出たのだった。

いわば西灘は、安東にスカウトされたのである。

5

5人の集合場所は神戸・六甲山への抜け道、渦ヶ森団地の一角にある土建会社横の資材置き場であった。そこは山広邸から直線距離にしておよそ1キロしか離れていなかった。

集合日時は5月14日午前零時——。

彼らは2台の車に分乗して、時間どおりにやってきた。安東美樹をリーダーとする西灘充、明石拓、尾野省太、小村源之という5人の山広襲撃部隊。

すでにその場所には、拳銃、ショットガン、マシンガン、実弾2000発、てき弾、消火器爆弾などの武器を山積みした2トン保冷車が用意されてあった。

5人は車を降りると、それぞれ武器を手にするため保冷車に乗りこんだ。各人の役割に応じて銃や爆弾を振り分けるのは、リーダーの役目だった。

安東は銃の一つ一つに実弾をこめて、4人の部下に、

「これはおまえ。こっちはおまえや」

と手渡した。

安東は対戦車用に使うてき弾に加え、自動小銃M16とスコーピオン、西灘は30本のダイナマイトと500グラムの黒色火薬入りの消火器爆弾とワルサーPPKを手にし、明石、尾野、小村もそれぞれ短機関銃のイングラムM10・M11、S&W38口径拳銃、ショットガンなどを安東から受けとったのだった。

M16は銃把《じゅうは》が強化プラスチックになっており、軽々と持てて発射できる米国製自動小銃であった。イングラムM11にしても、弾丸を60発装填できて片手でもバリバリ撃

つのが可能、しかもわずか4、5秒間で60発撃ち尽くせるという代物《しろもの》だった。

5人は自分の武器を確認したうえで、それを2台の乗用車に積み換えた。保冷車はそこに置いたままにしておく予定であった。

「ほなら、行こか」

すべての作業を終えた後で、安東が皆に言った。かれこれ2時間近い時間が経《た》っていた。

2台の乗用車に分乗し、石屋川を渡って、5人が向かった先は、御影の山広邸の目と鼻の先、少し急勾配な50段ほどの石段上の空き地だった。その階段を降り、5分ほど歩いたところに、山広邸はあった。

現場に着くと、5人は各自の武器を持って車を降りた。安東はベルト付きのM16を肩にかけてスコーピオンを手にし、西灘は7、8キロの重さがある消火器爆弾を背負ってワルサーPPKを携帯、他の3人もショットガンや拳銃を所持した。

彼らは階段を一段一段慎重に降りていく。その間、自分の股間を握って、

〈ワシは寒《さぶ》がっとらん。大丈夫や〉

と確かめて安心した西灘は、階段を降りきっていよいよ山広邸が近くなったころには、先頭に立って歩いていた。

やがて山広邸が見えてきて、その前で常駐しているパトカーも視野に入ってきた。偵察し確認済みの、いつもどおりの光景がそこにあった。

駐車中のパトカーに接近していくにつれ、緊張の度合いは次第に高まっていく。それでも先頭の西灘がフッと後ろを振り返ると、紛れもなく安東を始め4人のメンバーがそろっていた。

が、それから先のことは後で振り返っても、西灘に他の者の記憶はなかった。西灘も自分のことで精一杯、まわりを見ている余裕などなかったからだ。誰がどんな動きをしていたのか、知るよしもなかった。

彼らはパトカーの右後方から忍び足で近づくと、運転席の窓が少しだけ開いていることに気がついた。

すばやく前に出た安東が、スコーピオン自動小銃をその運転席の警官に突きつけ、

「こらあ、手ぇあげえ！」

と凄んだ。

計算違いが起きたのは、そのときだった。警官は運転席と助手席に座る2人しかいないものと思いこんでいたのが、後部座席から、

「おまえら、どこ行くねん!?」

と声があがったのだ。

驚いた安東はスコーピオンの引き金を引いて連射、38口径弾丸は3人の警官に命中した。前の警官2人ははね返るようにして倒れこみ、後部座席の警官はずり落ちながらもホルスターに手をやろうとしているのが、パトカーの後ろのドアを開けた西灘の目に飛びこんできた。

思わず西灘がワルサーの引き金を引こうとしたとき、

「充《みつ》ちゃん！」

安東の叫ぶ声に、その手を止めた。間一髪だった。安東の声がコンマ何秒遅かったら、撃っていたのは間違いなかったろう。

＊　＊　＊

「充《みつ》ちゃん、5分や。爆弾をセットしたってえや」

安東に言われ、西灘は山広邸玄関前へ移動すると、肩に担いでいた消火器爆弾をおろした。そのうえで、玄関に向かって腰をおろし、すばやく作業を始めた。

一方、安東も、自動小銃M16の先端にてき弾を差しこみ、攻撃の準備をした。が、手違いが起きた。山広邸の敷地いっぱいに張られた防弾ネットを切る役目の小村がいない。塀の上に上らなければ手が届かないネットだった。

そこで安東は仕方なく山広邸を狙って、てき弾をそのまま発射させることにした。てき弾は必ずネットにぶつかってはね返ると予測していればこそ、ネットのカッター役を用意してきたのだ。その者がいないとなれば、一か八かの賭けに出るしかなかった。

それは西灘が消火器爆弾のタイマーを5分後の爆発に合わせ、セットしようとした矢先のことだった。

「バガーン!」

という爆発音が起きたかと思うと、西灘は突然、目の前が真っ白になった。

安東の撃ったてき弾がネットに当たってはね返り、空中爆発を起こし、大音響とともに地面に落ちてアスファルトを抉り、その破片や金属片が四方に飛んだのだった。

それによって安東は背中を、西灘は膝を負傷し、攻撃の続行は不可能となって、安東襲撃班は撤退せざるを得なくなった。

西灘の消火器爆弾だけはそこに放ったまま、安東たちは武器を持ち一斉にその場を引きあげた。

その間中、山広邸をガードする一和会系組員たちは、誰一人表に出てくる者はなく、西灘が覚悟した撃ちあいにならなかったのは僥倖《ぎょうこう》だった。

放ってきた消火器爆弾の威力は凄まじく、西灘は逮捕された後で、それを実際に爆発させた科捜研をとおして係官から、

「おまえ、あれ、爆発せんでよかったのう。あれ、爆発しとったら、3回くらい死刑になっとるで」

と言われることになる。

ともあれ、西灘は負傷した膝から血が噴き出るなか、ほうほうの体《てい》で山広邸から約300メートル離れたスタート地点——50段ほどの石段がある場所まで辿り着いた。その石段を上りきったところに、彼らの車が停めてあった。

が、西灘はそこまでが限度だった。もう一歩も脚を動かせなかった。

「充《みっ》ちゃん、やられたんか!?」

兄弟分の明石が、西灘のズボンのベルトを持って、石段を引きずり上らせてくれる。

安東部隊は車に乗ると、2トン保冷車を停めてある渦ヶ森団地へと向かった。

当地に到着するや、彼らは保冷車に乗り換え、武器も同車に移した。保冷車の運転は明石が担当し、他の者は後ろに乗車する。目指す先はアジトとして使っているJR兵庫駅近くのマンションだった。

負傷した西灘の両膝は、もはや血だらけになっていた。

「充《みつ》ちゃん、大丈夫か？」

安東が心配して西灘に訊《たず》ねた。

「平気でっせ。ワシより親父は大丈夫でっか？」

「うん、背中に当たったようや。見てくれるか」

安東は迷彩服を脱ぎ、上半身裸になった。

その背を見ていた西灘が、

「親父、よかったですねえ」

「何がや？」

「龍の目には当たっとりまへんで。ちょっとズレとりますわ」

安東の背に当たったてき弾の破片は、刺青の龍の目を外れているという話だった。

元町付近で安東だけはいったん降り、その後、保冷車が兵庫駅近くにさしかかったとき、

「充《みつ》ちゃん、えらいこっちゃ。検問や」

運転手の明石が後ろの西灘たちに伝えてきた。保冷車には拳銃からショットガン、弾丸を撃ったばかりの自動小銃までが積まれていた。何より血だらけの男が乗ってい

るのだ。

西灘はリーダーの安東が車を降りた後だったので、先輩格の尾野に、

「どないします？　撃ちあって玉砕しますか？　それとも投降しまっか？」

と判断を委ねた。尾野は少し考えた後で、

「しゃあない。手を挙げて出ていこう」

と苦渋の決断をしたのだった。

が、案に相違して、何ら危惧した事態にはならなかった。警察も、まさか保冷車に武器を積んだ山広邸襲撃部隊が乗っているとは夢にも思わなかったのだろう。車は免許証提示だけであっさり通された。

かくて、保冷車は午前3時過ぎ、無事にアジトに着き、朝方、安東も合流した。

＊　＊　＊

事件から2日後の5月16日、安東と西灘の姿は、茨城県水戸市郊外の私立病院にあった。安東は肩、西灘は膝から金属片の摘出手術を受けたのだ。

安東部隊の逃走を支援し、茨城県の病院まで手配してくれたのは、山口組直系後藤組幹部で、安東とは固い絆で結ばれている人物だった。

安東は手術を終えたその日のうちに病院を出て再び姿を隠し、重傷の西灘は手術後3日間入院した。

皆が病院を引きあげるとき、一人残った西灘は、安東に、

「道具、細《こま》いの、1個だけ置いとっとくんなはれ」

と頼んだ。拳銃のことだった。

「どないすんねん？」

「オデコ（警察）来たら、これで死にますわ、ややこしいから」

だが、西灘の行方を探りあてて警察が病院にやってくることはなく、西灘は3日後に退院し、逃亡生活に入った。各地を転々としたものの、ずっと歩けなかった西灘の面倒を見たのが、兄弟分の明石だった。

西灘がようやく歩けるようになったのは2カ月後のことで、指名手配されている身ながら、それからは平気で大阪・ミナミでも飲み歩くようになった。

その日、西灘が大国町のマンションを出たのは、夜の8時過ぎだった。秋も深まって寒くなっていた。

マンションのすぐ隣りにお好み焼き屋があり、フッと店を覗《のぞ》くと、ジャンパー姿のままお好み焼きを食べている2人の中年の男と目が合った。何か様子がおかしかった。

西灘はピンときて、

〈あっ、こいつら、オデコやな〉

と思った瞬間、一目散に駆けだしていた。

すると、いったいいままでどこにいたのかと思われるほど大勢の男たちが、まわりから雲霞のごとく現われ、西灘目がけてドッと押し寄せてきた。兵庫県警や東灘署の刑事たちで、西灘はあえなく御用となった。

昭和63年11月17日のことで、およそ半年間の逃亡生活の末に逮捕されたのだった。西灘は山広邸襲撃部隊の逮捕者第1号となったのである。

歩けるようになっていたとはいえ、西灘の脚は、金属片が膝の骨に入ったままの状態であったから、その身を案じ、

「どないや？」

と安東に、毎日のように訊《き》いてくる男が、竹中武であった。

これには西灘も、

「まだ山広のタマもとってないのに、ワシらごときのことで、竹中の親分に神経遣わしたら申し訳ない」

と明石とともに海外潜伏を考え、その準備をしていたのだったが、そんな矢先の逮

捕であった。

神戸・東灘署に逮捕された西灘に、ラクダのももひきの上下を差し入れてくれたのが、武だった。「竹中」という大きなネーム入りのものであった。

6

竹中組内安東会会長・安東美樹をリーダーとする安東部隊による山広邸襲撃事件が、一和会にもたらした衝撃は計り知れなかった。

目的遂行のためには警察官への銃撃すら辞さないという山口組、いや竹中組の山広のタマとりに懸けた鬼気迫るような執念を、一和会は骨の髄まで知ることになったからである。もとよりヒットマンたちのみずからの死をも覚悟した決行だったのだが、運良く死を免れた彼らが科された懲役刑は、安東の20年を筆頭に、西灘が15年、明石以下3人が11年で合計68年——捨て身の覚悟を物語って余りあった。

結果的には、この山広邸襲撃事件が一和会崩壊への決定打となったといっても過言ではなかったろう。

それでなくても、この時期、一和会の終焉が近づく足音ははっきり聞こえ始めていた。

事件より6日前の昭和63年5月8日には、2000人軍団とも称された一和会最大組織加茂田組を率いる一和会ナンバー2の加茂田重政副会長兼理事長が、みずからの引退と組の解散を表明する事態も起きていた。

加茂田組を解散へ導く立役者となったのが、竹中武であった。

発端は1カ月前の4月11日のことだった。同日昼下がり、札幌・ススキノの外れの喫茶店を連れの女性とともに出た加茂田組系二代目花田組組長・丹羽勝治を、2人のヒットマンが襲ったのだ。

「バーン！　バーン！」という破裂音がたて続けに起き、数発が丹羽の躰を直撃した。被弾しながらも丹羽は必死に道路を横切り、目の前のマンションに駆けこんだが、ヒットマンに追いつめられ、とどめの銃弾を撃ちこまれた。

病院へ運ばれた丹羽は、間もなく出血多量で息を引きとった。このヒットマンが、弘道会傘下の司道会組員らと判明するのは10日後のことだった。

当然ながら加茂田は、丹羽を殺害した相手がわかった時点で報復を決断、弘道会に狙いを定めて入念な準備にとりかかった。

だが、そのとき、仲介役を通して加茂田と交渉に当たったのが竹中武で、武は加茂田に引退と解散を打診――というより、それを強く求めた。

むろん加茂田の気性からすれば、可愛い子分が手をかけられたまま、何もしないで引っこんでいることなど、とうてい考えられるものではなかった。こういうとき、きっちり報復を果たしてきたからこそ、強豪・加茂田組の名は存したのだ。

「弘道会とのけじめをつけるまで待ってくれへんか」

加茂田の返事に、武は、

「墓前射殺の一件がめくれてからでは遅いぞ。引退、解散を決めるならいましかあらへん。後から言うてきたって認めへん」

と、さらなる強硬姿勢で迫った。

加茂田も引きさがらざるを得なかったのは、武の言う、いまだ明るみに出ていない〝墓前射殺〟――2年前の2月17日、姫路の竹中正久の墓前で竹中組内柴田会組員2人が殺された一件が、二代目花田組の仕業であることを、誰より加茂田自身が承知していたからだった。つまりは弘道会による今回の丹羽組長殺しも、その墓前射殺の報復であることを、図らずも知るところとなったわけである。

かくて加茂田は報復を断念し、解散という2文字が自分のなかでにわかに現実味を帯びてくる。このとき武に対して約束したのは、5月7日までに神戸市長田区の加茂田組事務所から一和会の代紋と看板を外すということだった。

そんないきさつを知らない加茂田組幹部たちは、札幌の事件にいきりたち、5月1日、弘道会への報復計画を練って、加茂田に資金捻出を相談した。若頭代行や舎弟頭など8人のメンバーだった。

加茂田の態度が煮えきらなかったのは当然で、

「丹羽が殺《ゃ》られたのに、返しもしないんでっか！」

と詰め寄る幹部もいたほどだ。すっかりヤル気を失った彼らは、5月7日の加茂田組定例会をそろって欠席。これには加茂田も、

「もうやめや！」

と言い放って席を立ち、話し合いは流れた。

竹中武が加茂田からの電話で、

「一和会を脱退したうえ、みずから引退し、組を解散する」

との連絡を受けたのは、翌8日のことだった。それはただちに武から山口組本部に報告され、山口組はこれを受けて緊急幹部会を開いた。

翌9日、山口組全傘下組織に対してその旨は通知され、併せて、

「今後、加茂田組長、及び加茂田組関係者に対し、いっさい手出ししないように」

との通達も出されたのだった。

「男・加茂田重政」と謳われ、一和会最大最強軍団と言われた加茂田組のあっけない幕切れであった。

＊　＊　＊

果たして加茂田組解散の真相とはいったい何だったのか。

解散から28年後の平成28年8月に刊行された自伝「烈俠」（サイゾー刊）で、加茂田はこう述べている。

《加茂田組が解散した本当の理由は、そのときの若頭やった大嶋巽（加茂田組若頭、大嶋組組長）がわしの組をある程度まとめる、ということで山口組と話ができてたわけや。だからある程度の組員を大嶋のほうに寄せて、組を出て、もう一度山口組に加入する。そういう形で移籍をするということやった。だから幹部が組をボイコットしとるみたいになるわけや》

それにしても、解散を表明した3カ月前の2月16日に、加茂田は常習賭博による1年間の刑期を終えて出所したばかりだった。これを神戸・長田の加茂田邸でいかにもホッとした表情で出迎えたのは山本広で、加茂田も満面の笑みを浮かべ、2人はガッチリと握手を交わしたものだった。

翌17日の放免祝いにも、山広は直に出席して加茂田の服役の労をねぎらい、他にも一和会のほとんどの幹部や直参が顔をそろえただけでなく、他団体からも錚々たる親分衆が駆けつけて祝福するなか、加茂田は、

「留守中、一和会に大きな変化はなく、まずまず順調に来たことが何よりもうれしい。刑務所にいる間、会や組に何か起きてやせんかと、それだけが気がかりやった」

と述べ、盛大な放免祝いとなったのだ。

まさかそのわずか3カ月後に、加茂田組は解散を表明し、それから一気に一和会が雪崩《なだれ》を打ったように総崩れになろうとは、いったい誰が予測し得ただろうか。

山広邸襲撃事件は、まさにそんな加茂田ショックの最中に起きたものだった。それがどれほどの激震となって一和会を揺さぶり、心底から慄然とさせることになったのか、想像に難くない。

その1週間後の5月21日には、一和会ナンバー3の幹事長代行という地位にある松美会会長の松本勝美が、正式に引退と組の解散を決めた。加茂田に続く組織の大黒柱の戦線離脱は、一和会にとっていかにも痛かった。組織は土台から揺るぎ始めていた。

しかもなお、有力組長の引退はこれだけにとどまらなかった。6月10日、一和会理

事長補佐・福野隆（佐世保市）、6月17日には名古屋の一和会常任幹事の中村清が中村署を訪れ、組の解散と引退を届け出た。

山口組による一和会幹部への切り崩し工作も熾烈を極めた。

7月12日には、一和会常任幹事の大川健率いる大川健組組員2人が同風紀委員長・松尾三郎を狙撃するという内ゲバ事件まで起きていた。

山口組の「一和会解散、山広引退、山広の命は保証する」という条件を呑み、その線に沿った工作に動きだした一和会解散派幹部に対する一和会堅持派側の制裁ともいうべき攻撃であった。が、ここへ来て、同士討ちとあっては、もはや組織も末期的症状と言うしかなかった。

この事件を機に、7月15日までに、狙撃された松尾を始め、組織委員長・北山悟、特別相談役・井志繁雅、同・坂井奈良芳、同・大川覚、本部長・河内山憲法、理事長補佐・浅野二郎、同・徳山三郎、副幹事長・吉田好延、事務局長・末次正宏、常任理事・片上三郎と、一挙に11人の幹部が一和会を脱退する事態に及んだのだ。

いよいよ一和会は組織存亡の危機に追いこまれた。

それでもなお、山本広は解散・引退を受け入れず、週刊誌の電話インタビューに、

「……一和会のために命を犠牲にしていった多くの組員の霊を守っていくのがわたし

の使命だし、また、懲役に行っている多くの組員が帰ってくるのを温かく迎えてあげるのもわたしの義務なんです。現実にわたしは多くの子分を抱えている。そういう重い立場にあるわたしが、自分の命惜しさに引退するとか、一和会を解散するなど、できるわけがないでしょう」（「週刊アサヒ芸能」昭和63年8月25日号）

ときっぱり答えている。

＊　＊　＊

一和会幹部の脱会者は、なお歯止めが利かなかった。

10月に入ると、最高顧問の中井啓一、理事長補佐・加茂田俊治、常任理事・坂田鉄夫が相次いで脱会。さらには、有力組織たちの集団離脱劇で一和会が揺れ動いていたとき、脱会組長を痛烈に批判し、

《今後、如何なる逆襲に直面しようと会長を守り、助けて、一和会発展の為、又、各地の親分衆に笑われない様、正々堂々と生きていく固い決意でございます》

と公開書簡で公言していた大川健も、ついに脱会を表明した。

大川健は山口組から一和会切り崩しの重要ターゲットとして、自宅への爆弾攻撃や関係者を狙っての銃撃など、集中砲火を浴びていた。それでも頑として己の信念を通

す姿勢は、敵の山口組からさえ、

「若いが、見あげたもんや」

との声もあがっていたほど。が、そのころには、

「一和会の代紋への魅力はのうなってしもた」

との胸中を、周囲に漏らすようにもなっていた。

11月に入って、一和会の構成員は100人を割った。その後も、獄中の幹事長・佐々木将城、常任幹事・松岡陽年など、残留組長の脱会者が相次ぎ、組員数は50人程度までに減少していく。

もはや一和会といっても、山広会長の出身母体である二代目山広組（東健二組長）の単独組織に等しい感があった。

11月25日、二代目山広組は組事務所を閉鎖、代紋を外し、近くの一和会本部に移転した。同居の格好となったわけだが、兵庫県警は、

「一和会の実質勢力は30人程度。二代目山広組も、本部と事務所の両方に必要な当番組員のやりくりが大変なほど、組員数は激減している。一和会本部が閉鎖される日も近い」

と見ていた。

二代目山広組の事務所閉鎖で、一和会の代紋を掲げる組事務所はすべて姿を消し、その時点で、「一和会解散近し」の声が、山口組、中立関係筋で囁《ささや》かれていた。

一部では「年内解散」との観測もあったが、問題は竹中四代目らを射殺した一和会常任幹事・石川裕雄被告を始め1・26事件のヒットマンたちの控訴審判決だった。

石川は前年3月、大阪地裁で無期懲役（求刑死刑）の判決を受けた際、

「このまま服役する」

と控訴しない意向を示していた。が、検察側が「軽すぎる」と控訴に踏み切っていた。

その大阪高裁での公判が結審したのは12月23日のことで、あとは翌年3月20日の判決を待つばかりとなっていた。

「その二審判決が出たとき、山広会長は正式に態度表明するのではないか」

というのが、おおかたの観測であった。一方で、

「いや、一応控訴審のメドがついたんやから、山広が出処進退をはっきりする日は近いんやないか」

と見る山口組関係者もあった。

いずれにせよ、山広会長引退、一和会解散――は時間の問題と見てよかった。結成

時には6000人の構成員を誇った一和会の命運は、もはや風前の灯であった。

そんな折も折、竹中武が姫路・御着の実家に訪ねてきた渡辺芳則と会談を持ったのは、暮れも押し迫った12月29日のことである——。

第三章

1

姫路・御着の竹中兄弟の実家を訪ねてきた渡辺芳則と竹中武の会談は、朝10時から始まり、夕方になっても終わらなかった。

渡辺が武に相談を持ちかけたひとつは、山口組執行部増員の件だった。すでにこの会談が持たれた昭和63年12月29日の時点で、武の若頭補佐昇格が執行部の総意で内定しており、その発言権はなお増していた。

「山口組を強くするために誰もが納得できる人材やったら、構へんやないか」

武は賛意を示した。

渡辺は意中の人間の名を口にしなかったが、候補に挙がっていたのは、倉本組組長・倉本広文、黒誠会会長・前田和男、弘道会会長・司忍といった四代目体制で直参に昇格した若手武闘派であった。

渡辺の武への相談はもうひとつ、

「山広が引退、解散の話を持ってこっちに来るいうことになったら、兄弟やったら、どんな断りする？」

というもので、これには武は、

「断ることあらへん。むこうの条件を聞いたらええ。そのうえでの話や。皆に諮《はか》らならんから、時間をくれ言うがな」

と応えた。

さらに渡辺によれば、組長代行の中西一男が独自のルートで引退工作を推《お》し進めようとしており、山広に直接会おうと中立系組織の実力者に仲介を頼んでいる動きがあるという。

「兄弟のほうから、それを止めてくれるよう、代行に言うてくれへんか」

との渡辺の頼みを、武は受託し、それからの話はおのずと山口組跡目——五代目問題に及んだ。

もはや対一和会抗争は大勢が決しており、一和会は崩壊寸前、あとはどう幕引きをするかということが後に残された山口組の課題であった。そしてそのけじめをきちんとつけた者こそ、五代目候補の第一人者として浮かびあがってくることは、誰の目にも明らかであった。

いずれにしろ、五代目問題は竹中武がキーマン、そのハンコなしには誰も山口組の跡目に就けないことははっきりしていた。

なんとなれば、四代目竹中正久の実弟であることに加え、対一和会抗争において唯一2人の直参幹部の首級を挙げるなど多くの戦果をあげたばかりか、ナンバー2の加茂田重政率いる加茂田組という中核組織を切り崩し、解散・引退に追いこみ、さらには山広邸襲撃事件を引き起こして一和会を慄然《りつぜん》とさせ、壊滅寸前にまで導いた最大の功労者こそ、竹中武であったからだ。

武自身、跡目候補の有資格者でもあったが、山広に対する仇討ちの一念に燃える本人に、その気はなく、山口組執行部には、

「誰が跡目をとろうと、山口組が盤石となるため、組内の調整には協力するが、五代目と盃をするかどうかは別物である」

と表明していた。

山口組の跡目問題が浮上してきたのは、この年（昭和63年）6月ごろ、5月14日の

山広邸襲撃事件、一和会副会長の加茂田重政、同幹事長代行の松本勝美というナンバー2、3の引退劇を経て、一和会の屋台骨がガタガタになりかけた時期と軌を一にしていた。

四代目山口組本部長の岸本才三、若頭補佐・宅見勝、若中・野上哲男らが、若頭・渡辺芳則の擁立に動きだし、かつての安原会の系譜を引く舎弟の尾崎彰春、益田啓助、益田佳於、若中の中村憲人、古川雅章、松野順一、近松博好、そしてそのグループに近いとされる司忍がこれに同意したのだ。

一方、組長代行の中西一男を支持するグループもあって、水面下で両者の綱引きが熾烈さを増してきていた。そうした両者の対立関係を反映してか、この時分、中西一男と渡辺芳則の仲がギクシャクし、かなり悪化しているとの噂も立っていた。

そうした状況に対し、そんなことではまたぞろ山口組・一和会分裂の二の舞になりかねん、山口組のために決してあってはならんこと——との認識を持ち、事態を憂いていたのが、竹中武であった。

武の耳には、東海地区で義理ごとがあったときも、中西と渡辺がそろって出席したものの、帰りの新幹線に2人は別々に隣りあわせの車両に乗って挨拶も交わさず知らんぷり。見送りに出た者たちは、いったいどちらから先に挨拶したらいいものか、ホームで立ち往生してしまったという話も伝わってきていた。

＊　＊　＊

「2人が組長代行と若頭に決まったとき、ワシは獄中《なか》に入っとったから、ワシが手叩いたわけやないけど、皆が推して決まった以上、2人が五代目の最短距離にいるのは確かや。せやけど、どっちがやるにしても、2人が五代目争いをして口も利かんほど仲悪くしとるいうのは、山口組にとって甚《はなは》だよろしくない」

というのが武の主張で、渡辺との会談で提案したのは、

「せめて兄貴（竹中正久）の山口組四代目襲名が決まった5周年に当たる来年6月5日までは仲良くしてほしい」

ということだった。渡辺はこれを受け入れ、このとき武と約束したのは、

「それなら5周年まで、五代目問題は棚上げにしてはどうか。もし代行が、五代目に名乗りを挙げるんやったら、『代行、降りなはれ。ワシも立候補せえへんから』言うて、止《や》めてもらうわ」

「そら、ええ。山口組のためにもそうしたってくれるか。いまのままやったら、どっちがなっても後に禍根を残すがな。5周年過ぎてからじっくり決めたらええ」

そのうえで、武は、

「月にいっぺんくらいは幹部だけでも一緒に飯食って親睦深めていかな……とりあえず、来年（平成元年）1月27日、兄貴の五回忌に、この御着の実家で幹部一同落ちあってはどうか」

と提案し、渡辺も大いに賛成した。

後日、武からの同じ提案を、中西一男も喜んで承諾したので、事態は武の望む方向に向かうかに見えた。

だが、そうはならなかった。

平成元年1月27日、宅見勝ら渡辺擁立派は、山口組本家で開催された直系組長会において、五代目山口組組長決定の緊急動議を出そうとしたのだ。だが、それが叶わなかったのは、中西支持派に、対一和会抗争の決着がついていないことを理由に反対され、引っこめざるを得なかったからだった。

同日、姫路・御着で営まれた四代目の五回忌法要にも、中西一男、岸本才三は参列したものの、渡辺芳則、宅見勝らは欠席。前年暮れ、御着で交わした約束など、どこかに吹っ飛んでしまった感があった。

武の渡辺への不信感は募るばかりだった。

〈何のためにあれほど時間をかけて話をしたんぞい!?　ありゃ、何だったんやちゅう話や……〉

そもそもその不信感の始まりは、警官まで銃撃した山広邸襲撃事件が起きたとき、渡辺がジャーナリストの溝口敦のインタビューで、

「シャブを打ってやったとしか思われへん。プラスになること、ひとつもあらへんやないの」

と答えた発言にあった。

〈その言い草はないやろ。組のために始めから自分の命を捨てて事を起こした若い者の気持ちも考えんで……そこまで言うかい！〉

武は強い憤りを感じるとともに、たまらなく寂しかった。これから山口組を背負って立とうかとも目される男が……との思いだった。

〈仮にアレが跡目をとるようなことがあっても、その盃だけは呑めん……〉

武の肚は、このときからはっきりと固まっていたといってよかった。

武と渡辺の関係が悪化するなか、それでも二人の仲を修復したいと考える一派は、渡辺擁立派のなかにも存在した。

三代目山口組時代、本部長まで務めた大平一雄の大平組出身で、やはり山健組同様、

旧安原会の譜を継承しながらも、竹中正久や武とも親しくしていた近松組組長の近松博好が、その代表格だった。

渡辺芳則五代目——竹中武若頭こそ、これからの山口組にとってベストとする一派で、近松はそのために両者に呼びかけ、渡辺と武の会談をセッティングした。

渡辺・武会談は2月11日、神戸市の料亭「いけす」で実現し、近松と岸本才三が同席して行なわれたが、実のある話にはならなかった。

あらかじめ武が、近松に、

「五代目問題の話はなしや」

とクギを刺しておいたからだった。

＊　＊　＊

山口組の定例総会で竹中武の若頭補佐昇格が正式に発表されたのは、2月27日のことである。武は立ちあがり、

「不肖私ごときがこうした大任に任じられたかぎりは、恥をかかんように充分頑張ります。とりあえずは、若い人たちと幹部との間のパイプ役に徹するつもりです。何かありましたら、遠慮なくなんでも言うてきてください」

と挨拶した。

この武の山口組若頭補佐就任、執行部入りを、政治性に長《た》けた海千山千のなかに猪が飛びこんだようなもの――と評する者がいたのはいい得て妙とも言えたが、実際、あくまでヤクザとして原理原則を貫こうとする竹中武ほど、政治的人間から遠い存在もなかった。

すでにこの時分、渡辺擁立派によって、対一和会問題の完全決着、五代目獲りに向けた政治的工作は着々と進められており、最終段階を迎えていたのだった。

武の若頭補佐昇格から20日後の平成元年3月19日午後4時のこと。一和会会長山本広の姿は兵庫県警東灘署にあった。同署を訪ねた山本広は一語一語嚙みしめるように、

「5年間、迷惑をおかけしました。本日、解散します」

と述べ、自身の引退と一和会解散を口頭で届け出た。

かくて昭和59年6月、山口組四代目組長の座をめぐって分裂、四代目竹中正久が射殺されて以来、5年越しに続けられてきた山一抗争にピリオドが打たれたのだった。

終始この山広引退工作のイニシアチブを握ってきたのが、渡辺擁立派であった。

3月13日午後、その中心メンバーである宅見勝、野上哲男、岸本才三らは極秘に会談を持ち、同15日、渡辺は上京し、都内のホテルにおいて、稲川会と詰めの打ちあわ

せを行なった。

翌16日、渡辺は滋賀・大津の会津小鉄会長・高山登久太郎宅で山本広と対面、山広はみずからの引退と一和会解散を記した書状を渡辺に差しだした。抗争終結のために奔走した稲川会、会津小鉄首脳の立ちあいのもとだった。

翌17日、山広は神戸の自宅に最後まで一和会に留まり続けた東健二、沢井敏雄、村上幸二、上村進、寺村洋一ら幹部や組員約20人を招集、引退と解散の決断を伝えた。

こうした経緯を経て、19日、山広の東灘署への引退、解散の届け出となったのだった。

一方、山口組執行部では、そんな渡辺派による山広引退、一和会解散の報告を受けて、竹中武が、

「引退、解散だけで対一和会問題の真の決着と言えるのか。そんな大事なことを執行部にも諮らず、独断専行するとはどういうわけか」

と激しく反発、中西一男、若頭補佐の嘉陽宗輝もこれに同調を示した。

18日に続いて開催された22日の緊急幹部会では、中西・武側がさらにその点をついて、

「引退、解散の書状だけでは不充分、山広にけじめの詫びを入れさせるべきだ」

と渡辺側に要求。渡辺派もこれを呑んで、結局それは執行部の合意となった。

3月30日、山本広を乗せたホワイト・グレーのベンツが神戸市灘区篠原の山口組本家に着いたのは、午前10時50分だった。

山広は固い表情のままにダーク・グレーの三つ揃いの背広姿で、車から降りたった。その両側には稲川会本部長の稲川裕紘ら稲川会幹部が付き添っていた。

中西、渡辺を始め、執行部メンバーが待ち構える山口組本家で、山広は彼らに引退と解散を伝え、竹中正久らを殺害したことを詫びた。

次いで元一和会会長は、故竹中正久、故田岡一雄それぞれの仏壇に線香を手向け、合掌し、頭を下げたのだった。

2

——夢にまで見た仇が、いま、竹中武の目の前にいた。

稲川会本部長・稲川裕紘に付き添われる形で、山口組本家応接間に現われた山本広。これを迎えた山口組最高幹部は、若頭補佐の武の他に、組長代行・中西一男、若頭・渡辺芳則、本部長・岸本才三という三役であった。

冒頭、稲川に促された山広は、山口組の4人に対し、

「いろいろ御迷惑をかけ、まことに申し訳ありませんでした」

と詫び、深々と頭を下げた。

その姿を黙って冷やかに見送りながら、武は、

〈もし、ワシがこの山広の立場に置かれたら……〉

と、ボンヤリ考えていた。

〈死んでもこんな真似はせんわ。ワシの詫びが欲しかったら、ワシのクビを奪《と》らんかい！ ──言うわい。なんで山広はそれがでけへんのや？ やっぱり兄貴は、この男の性根、見抜いとったわな……〉

そんな感慨に浸りながら、武の思いはいつものところに行き着くのだった。

〈兄貴も浮かばれんわい、この男のタマをとらん限り。そら、この詫びで、山口組としてのけじめはついたかも知らんが、ワシのけじめはついとらん。この男のクビを奪《と》るまで終わらんがい！〉

山広の詫びる姿を睨《ね》めつけながら、武は改めてそのタマとりを胸に誓ったのだ。

山広は続いて仏間に入り、竹中正久と田岡一雄の位牌に焼香し終えると、山口組首脳とほとんど会話らしい会話を交わすことなく、山口組本家をあとにした。緊張感か

ら解放されたためか、その表情は山口組本家に入るときとはうって変わって、柔和なものになっていた。

だが、自分の背に向けられた武の射るような視線にこもった一念――その変わらぬ煮えたぎるような思いなど、山広には知るよしもなかった。

この時期、山口組の跡目問題はいよいよ大詰めを迎えていた。

山広の〝けじめの焼香〟より3日前の平成元年3月27日――。

この日の午前11時、山口組は神戸市灘区の山口組本家で代行補佐を交えての最高幹部会を開いた。開始早々、ある古参組長が中西代行に向かって、こう口火を切った。

「代行、代行が五代目を指名したらどないや?」

中西がみずからを指名できるはずがないとわかったうえでの、渡辺若頭擁立派の挑戦ともとれる発言だった。

いきなり会議は紛糾するかと見られたが、そうはならなかった。別の長老格の組長がその発言をやんわり抑え、何ら険悪なムードにはならずに進行していったのだ。席上、

「いっそ定例会で五代目問題を議題にし、みんなに自由に意見を出してもらったらどうか」

との提案も出されたが、

「そら、無理や。混乱をいっそう煽るだけやろ」

と反対意見が大勢を占めた。

結局この会合で決まったのは、跡目候補が中西と渡辺の2人に決定したということだった。2人が事実上の出馬宣言を行なったのである。

続いて午後1時から、82名の直系組長（代理出席を含む）を集めて定例総会が開かれ、本部長の岸本が、

「執行部より、皆さまにお伝えしたいことがございます。山口組五代目の候補者として、中西代行、渡辺若頭のお2人が名のりをあげられました。そこで今後は、当事者同士で話しあいを行ないます。そしてもし仮に、この話しあいで結論が出なかった場合には、舎弟組長の調停によって、話を詰めたいと考えております」

との報告を伝えると、本家2階の大広間に居並ぶ直系組長の間からどよめきが起き、直後、大きな拍手が沸き起こった。

ついにこの日、五代目問題が話題になって以来、初めて公式の場で候補者2人の出馬表明がなされたのだった。

この一連の経緯を踏まえて、憮然《ぶぜん》とした鬱々たる思いで、釈然としない日々を送っ

ていたのが、竹中武であった。

＊　＊　＊

4月16日午後1時から、山口組本家で舎弟会が開かれ、代行補佐の小西音松が議長、同・伊豆健児が進行役を務める形で会議は進められた。同会には13人の四代目舎弟のうち、病気療養中と勾留中の者を除く11人が出席した。

最初に進行役の伊豆から、

「舎弟会としては、渡辺若頭を推したい」

との発議があり、その後、皆がそれぞれ意見を述べあった。一部の舎弟から、

「いささか若すぎるのやないか」

との声もあがったが、

「48歳の男盛りやないか。これまでのキャリア、山口組若頭として発揮してきた器量からいっても、申し分なし。むしろ、その若さに期待できるというもんや」

との意見が圧倒的だった。

かくて舎弟会の「渡辺五代目」推挙が決定したのである。

その決定は、舎弟の1人が使者となり、本家応接室で待機している中西代行のもと

へ伝えられた。

中西が、

「山口組100年の大計のために舎弟会の総意を受け入れます」

と淡々とした様子で応じたのは、この10日前に行なった渡辺との初会談よりも早い段階で、すでに渡辺擁立派が直系組長たちから圧倒的な支持を受けている事実を摑んでいたからだった。

中西は知ってしまっていたのだ。渡辺派の中心人物こそ宅見勝で、宅見による多数派工作、舎弟会に対する根まわしなど着々と進められており、もはや中西派が太刀打ちできる余地などないことを。

それゆえ、渡辺との会談の後になされた宅見との話しあいでも、中西の関心事はもっぱら竹中武問題と中西支持派の処遇――渡辺五代目体制下でも、彼らの面子や立場を確保してくれるかどうかということだった。

冷静沈着な人柄の中西の信念は、

「山口組を再び割るようなことがあっては、三代目、四代目に申し訳が立たない。山口組は常に一丸となり、盤石であらねばならない」

というもので、そのためなら、いつでも候補を降りることもやぶさかではなかった。

宅見が中西に確約したのは、渡辺五代目体制になっても、中西派に冷飯を食わせるようなことは絶対にしないこと、また竹中武に対しては、しかるべきポストを用意し、組に残ってもらうよう誠意をもって説得にあたるということだった。加えて、中西本人には、五代目と歪なしの最高顧問という新設のポストに就いてもらい、五代目のアドバイザーになってもらいたいとの旨も、宅見は訴えた。

中西はそうした話に納得し、候補を降りるのではなく、舎弟会の決定に従ってほしい――という宅見の申し入れにも同意したうえで、この日を迎えたのだった。

舎弟会の「渡辺五代目推挙」の決定を受けて、4月20日、緊急幹部会が開催された。中西、渡辺両候補の他に、小西、伊豆代行補佐、木村茂夫若頭補佐、岸本本部長、嘉陽宗輝、宅見、竹中武若頭補佐の計9人の出席者によって、舎弟会の「渡辺五代目」案は討議され、会議はおよそ1時間に及んだ。8人の最高幹部が賛意を表明するなか、

「跡目決定を急ぐ必要はない。まして数の力で押しきるものやない」

と一人、反対の意志表示をしたのが、武だった。

稲川会、会津小鉄会を仲介として、山広引退、一和会解散――という渡辺・宅見主導による対一和会問題の決着のつけかたに対して、武はどうにも納得がいかなかった

のだ。

まして渡辺は、前年暮れの武との御着会談で、同じ動きをしようとしていた中西を止めさせてくれるよう、武に頼んできた男ではなかったか。とんだ矛盾と欺瞞《ぎまん》も甚だしいとしか言いようがなかった。

それより何より、そのとき、日がな一日中話しあって決めた、跡目問題は四代目襲名5周年の今年6月5日まで棚上げするという約束はいったいどうなったのか？

〈男の約束いうんは、そんなに軽いもんかい……〉

武は首を傾《かし》げざるを得なかった。

ともあれ、4月20日、山口組執行部は渡辺芳則の五代目擁立を決めたのである。

＊　　＊　　＊

それから1週間後の27日、午後1時から始まった定例会において、最初に中西が、渡辺五代目決定までの経過を報告し、

「皆さんで盛りたててやってください」

との弁に、大きな拍手が起きた。

これを受けて渡辺が立ちあがり、

「幹部の皆さんの推挙を受けて、五代目組長を私が襲名することになりました。微力ながら山口組のさらなる発展のために努力して参る所存ですので、よろしくお願い致します」

と挨拶、大広間は再び大きな拍手に包まれた。五代目山口組組長が正式に決定した瞬間であった。

定例会の終了後、真っ先に駐車場から飛び出したのは、武の愛車リムジン・ベンツだった。最高幹部会でも定例会でも終始沈黙を保っていた武は、いの一番に帰途についたのだ。

この日を境に、武が山口組本家に姿を見せることはなかった。

5月10日の緊急幹部会、宅見勝の若頭就任が決まった5月17日の定例会、渡辺五代目と四代目時代の直参組長との間で執り行なわれた翌18日の盃直しの儀式、最高幹部の新人事が発表された27日の定例会――のいずれにも、ついぞ武の出席はなかったのである。

武と同じ行動をとったのは、四代目舎弟で二代目森川組組長の矢嶋長次、武ときわめて近い関係にある四代目直若の森田唯友紀、同・牛尾洋二の3人で、彼らはそろって五代目の盃を呑まなかった。

この4人の処遇が発表されたのは、6月5日の定例会においてであった。会議の冒頭、新執行部から、

「竹中組、森川組、牛尾組、森唯組は、今後、五代目山口組とは一切関係がありませんので、了解してください」

との報告がなされたのだ。武は山口組からの脱退をはっきりと決断したのである。本家2階の大広間を埋めた100人近い直参組長の間で、小さからぬどよめきが起きた。ある程度予想されていたこととはいえ、よもやの現実となって、衝撃が走ったのだった。

一和会の教訓があるのに加え、山口組直参という、この時代のヤクザのステータスともいえる座をあっさり放りだす者がいるとは、その栄誉を苦労して手に入れた者には、にわかに信じられぬことであったに違いない。まして竹中武という人間は、山口組に留まれば、最高幹部の椅子さえ約束されている身ではないか。

さらに五代目山口組は、6月5日付で次のような「通知」を全国の任侠団体宛に送付した。

《謹啓　時下御尊家御一統様には益々御清祥の段大慶至極に存じ上げます

扨而今般

元四代目山口組々員
二代目森川組々長　矢嶋長次
竹中組々長　竹中　武
森唯組々長　森田唯友紀
二代目牛尾組々長　牛尾洋二
右記四名の者に付きまして今後　五代目山口組とは何等関係無き事を御通知申し上げます》

3

山口組による竹中組攻撃が開始されたのは、「五代目山口組幹部一同」の名で〝通知状〟が発送された平成元年6月25日より8日後、7月3日のことだった。

その夜、岡山市新京橋の竹中武の自宅兼組事務所に詰めていた組員は、およそ10人。部屋住みの錦大次もその一人で、異変が起きたのは同夜11時半過ぎのことだった。

錦が事務所で何人かの者と花札に興じていたとき、表から車が近づいてくる音が聞こえ、それに気づいた一人が、

「おい、錦、誰か来たぞ」

と告げた。

こんな時間に誰ぞい、と訝しげに、錦が花札を置いて立ち上がった瞬間、玄関先で二度、閃光が走った。続いて「パーン！　パーン！」と2発の乾いた発砲音。

「カチコミや！」

錦はとっさにその場にしゃがみこんだ。銃弾は誰にも当たらず、怪我した者は一人もいなかった。

武は奥の居宅で中西組幹部の萬代ら客たちと麻雀を打っていて無事だった。

竹中組事務所に銃弾2発を撃ちこんだ車は、急発進のけたたましい音をたてながら現場を去っていく。

「おどれ！」

「ヤロー、ナメくさって！」

いきりたった錦始め竹中組組員たちが外に飛びだし、そのあとを追った。が、走って追いつけるものではなく、たちまち車は見えなくなった。

錦は事務所前に駐めてあったジープを駆って、すぐさま逃走車を追った。だが、その逃げ足はことのほか速かった。たちまち見失ったが、それでも錦は執拗にその行方を探し続けた。

ジープで夜の街を走りまわっても見つけられず、ついに諦めて事務所に戻ったときには1時間ほど経《た》っていた。

このカチコミ騒ぎに、さすがに武も麻雀を止めて奥から事務所に出てきていた。戻ってきた錦を見て、

「おまえ、どこへ行っとったんぞ？」

と声をかけてきたが、すでに皆から事情を聞いていたようで、カチコミ相手を見失ったと知っても、さして興味を示さなかった。

錦はこのとき33歳、竹中組本部事務所に部屋住みとして入って3年が経っていた。

岡山で生まれ育ち、若い時分には暴走族に入り暴れたり、ヤンチャしていたこともあったのだが、ヤクザになる気は毛頭なかった。錦の知るヤクザは、どれもこれも一人では何もできないくせに代紋を笠に着て弱い者いじめする輩《やから》ばかりで、根っから嫌いだったからだ。

それがひょんなことから大延という親分と知りあい、その若衆となってヤクザ渡世へと身を投じたのは、錦が30歳のときである。

その親分の大延が竹中武の盃をもらって竹中組傘下となるのは、それから間もなく

のことだった。

時は折しも四代目竹中正久が暗殺されて山一抗争が勃発。直後、武は野球賭博容疑で逮捕され、1年4カ月の勾留を経て保釈となり、シャバに帰ってきたばかりのころである。

なにしろ錦は、歳をとってからの入門であったから、ヤクザのことはさっぱりわからなかった。

それでも竹中組の枝の組員として、ときには当番として岡山の事務所にも詰めるようになって、いままで見てきた手合いとはまるで違うヤクザを知ることになる。

錦はそこで、ヤクザとして多大な影響を受ける一人の男と出会うのだ。

後に山広邸襲撃事件を起こす安東美樹である。

当時、安東は組長付として、常時、武の自宅兼事務所に詰め、野川浩平という金庫番と料理番を兼ねた年長の主のような存在を別にすれば、数名の部屋住みの責任者ともいえる立場にあった。

錦の目に、安東はヤクザとしてその所作が万事サマになっており、カッコよかった。

武に来客があれば、客を応接間へ案内し、安東はドア越しに板敷きの廊下に正座したまま、客が席を立つまで身じろぎもせずに待つのだ。

余計なことは一切喋《しゃべ》らず、何より他人のことを話すのを嫌った。

仮に錦が仲間と他人の噂話でもしていようものなら、

「錦、ちょっと来い」

と呼び、

「ヤクザはな、そんなこと言うたらアカン。人のこと言うな」

と諭すのが常だった。

いつか錦は、そんな安東にシビれ、男として憧れるようになっていた。

＊　＊　＊

やがて安東は一和会会長・山本広のタマとりのため、密かに襲撃班を結成、地下に潜り、竹中組事務所を離れた。

そこで竹中組本家兼岡山事務所に詰める若者が足りなくなり、各傘下組織に、

「誰か出せんか」

と打診があったとき、

「私にやらせてください」

と、真っ先に部屋住みを志願したのが、錦であった。

安東に感化され、せめてその真似ごとを――と思うところがあったのと、竹中武という親分に仕えてヤクザの芯を修業したいという気持ちも強かったのだ。

こうして竹中組の本家兼岡山事務所に部屋住みで入り、武と身近で接するようになると、その凄みは駆けだしの錦にもビンビン伝わってきた。

あるとき、錦は武からこっぴどく怒られたことがあった。自分の所属する竹中組内大延組がよその組織と揉めて一触即発となり、大延組の組員全員に集合がかかったときのことだ。

錦は、竹中組本家兼事務所の部屋住みの仕事があるので、ここを離れるわけにはいかない――と、大延組の集合に馳せ参じなかった。

あとでそれを知った武は、錦を怒鳴りつけた。

「何ぞいや⁉ おまえはヤクザしておって、そういうときに腰あげなんだら、いつ腰あげるんぞ！　そういうときに行くのがヤクザぞい！」

すごい剣幕で叱りとばされた錦は、生きた心地もなかったが、同時に、

〈ああ、その通りや。やっぱりこの人はヤクザとして凄いなあ〉

と感服せざるを得なかった。

錦の見る限り、「筋」ということをヤクザの守るべき生命線として、誰よりヤクザ

の原理原則に忠実たらんとしたのが、竹中武という男だった。

後の話になるが、世に〝山竹抗争〟といわれる抗争が激化し、竹中組は山口組の猛攻を受けてほとんどの者が山口組に帰参し、組員が数えるほどしかいなくなった時期、長い間拘置所にいた武が保釈となり、久しぶりにシャバに帰ってきたことがあった。山口県柳井市の元一和会本部長宅襲撃の指揮を執ったとして逮捕、勾留されていたのだった。

そのとき、武の留守の間に起きていたのが、竹中組組員による他組織幹部の死体焼却事件であった。

自分らの兄貴分を舎弟2人が殺害するに至ったというよその組織の内ゲバ事件であったが、その死体処理に、竹中組組員が手を貸してしまったのである。

自分の留守中、若い衆がしでかした不始末を知るや、

「若い者がそんなことしとんやったら、ことわりだけは行かなあかん」

と、拘置所を出たすぐその足で、真っ先に遺族のもとへ詫びに駆けつける男が、武だった。「ことわり」とは、〝筋〟と同義語であった。

武は相応の香典を包み、お供えの果物籠を持参し、相手の未亡人に対し、

「姐《ねえ》さんですか。このたびは知らぬこととはいえ、うちの若い衆がとんだことをして

……」

と、きっちり詫びたのである。

車の運転手として武に付き、その姿を目の当たりにした錦は、

〈ああ、やっぱりこの親分は違う。2年近くも勾留されとって出所したばかりなのに、1日2日置くどころか、間《ま》なしにこの所作……こりゃ、誰にも真似できん。この人にとって、筋やけじめいうもんが何より大事なことなんやな……〉

とつくづく思い知ったのである。

竹中組がシノギにしていた野球賭博でも、こんなことがあった——。

胴元の竹中組に対し、賭客として1000万円近い金を払えなくなったふたつの組があった。それでもひとつの組のほうは、200万〜300万円の金を用意して、

「少し待ってもらえますか」

と断り、もう片方の組は、何も言わずに逃げまわっていた。武が錦にしきりに言ったのは、

「あっちはなんぼかでも持ってきて、ことわりを入れた。せやけど、こっちは知らん顔や。金の問題やない。ヤクザはことわりを入れるいうんが、肝心なんや」

ということだった。

そんな武であればこそ、五代目山口組が誕生しても、その盃を受けることなく、山口組を離れる決断をしたのも、己の〝筋〟に従ったまでのことであったろう。

＊　＊　＊

岡山市新京橋の竹中組事務所が、山口組から初めて攻撃を受けたとき、襲撃車を追いかけたのは、錦のジープだけではなかった。

同事務所前に張り付き、警戒に当たっていた岡山東署のパトカーもただちに追跡したのだが、300メートルほど走ったところで見失ったのだ。白っぽいセダンから放たれた銃弾は竹中組事務所の外壁に当たっただけで負傷者はゼロ。いわゆるカチコミの見本のような襲撃だった。

だが、翌4日の姫路における銃撃事件は違っていた。2人組の男が、市内の病院の1階玄関ロビーで、武とともに山口組を離れた牛尾洋二率いる二代目牛尾組の25歳の組員と同行の少年に向け、拳銃3発を発砲。銃弾を受けた組員は左太股貫通の重傷、少年も左足を負傷したのだ。

前夜のカチコミとは違って、組員のタマとり狙い、もしくは危害を加える目的でなされた銃撃であるのは明らかだった。

この連日の銃撃事件の意味するところは何だったのか？　また、何者の仕業《しわざ》であったのか？

「山口組による脱会派組織潰し」

と見る捜査員もあったが、渡辺五代目襲名式というヤクザ社会における最も大事な儀式を目前に控えて、本家の意向とは考えにくかった。

「山口組の者の仕業であったとしても、本家の意向とは関係のない、功を焦った連中の個人プレイではないのか」

との見方も強かった。いずれにしろ、この時期、山口組と竹中組との緊張関係はギリギリの域にまで達しようとしていたのは間違いなかった。

そんななか、山口組は7月20日、神戸市灘区の本家2階の80畳敷大広間において、渡辺芳則の山口組五代目襲名相続式典を挙行した。

後見人は稲川会総裁・稲川聖城、霊代は五代目山口組最高顧問・中西一男、媒酌人は大野一家義信会会長・津村和磨、奔走人は稲川会理事長・稲川裕紘、推薦人は四代目会津小鉄総裁・図越利一、松葉会会長・中村益大、四代目今西組組長・辻野嘉兵衛、三代目森会会長・平井龍夫、二代目大日本平和会会長・平田勝義、俠道会会長・森田幸吉、工藤連合草野一家総裁・工藤玄治、四代目小桜一家総裁・神宮司文夫、住吉連

合会総裁・堀政夫、親戚総代として稲川会会長・石井隆匡（取持人兼任）、五代目酒梅組組長・谷口政雄、東亜友愛事業組合理事長・沖田守弘、双愛会会長・石井義雄という首脳の名が並び、見届人には導友会、愛桜会、四代目砂子川組、三代目倭奈良組、三代目互久楽会、二代目大野一家、三代目南一家、四代目佐々木組、諏訪会、二代目松浦組、三代目旭琉会のトップや最高幹部の親分衆が名前を連ねた。

4

五代目襲名式では、中西一男が竹中武に代わって霊代を務めたが、もうひとつ、代々の山口組組長に受け継がれる守り刀の問題があった。それは儀式に欠かせぬ、いわば三種の神器だった。

四代目襲名式で竹中正久が田岡一雄の霊代フミ子から譲り渡された守り刀は、武が保管していた。果たして武はそれをすんなり渡してくれるものかどうか。

山口組は襲名式の1カ月前、6月25日、守り刀を譲ってもらうべく、中西を始め、舎弟頭補佐の石田章六、若頭補佐の倉本広文、前田和男の4人が、岡山の武を訪ねた。

それより3週間前、山口組総本部長・岸本才三、同舎弟頭補佐・西脇和美、同直若の佐藤邦彦の3人が、竹中正久の位牌と仏壇を岡山に運びこみ、武に引き取らせる挙に出ていた。それらは新本家に安置されていたのだが、その部屋を新設された顧問の会議室として使うための処置だったとされる。

そんな仕打ちを受けた矢先の話であったから、並の者なら、

「ふざけるな！　虫のいいこと言いやがって」

と怒るところだが、武はあっさりしたものだった。山口組の4人の使者に対し、

「相続の書類が整えば、すぐにでも渡すがな」

と応じたばかりか、このとき五代目に贈る純金製の三つ重ねの金杯まで中西一男に託している。正久が生前、誕生日の祝いに贈られた金杯で、山菱の代紋が浮き出してあった。

毎月、兄正久の命日には決まって渡辺芳則が姫路・御着の生家の仏前に花を供えてくれるので、そのことへの感謝の気持ち――と、武は中西に伝えた。

こうして守り刀は無事に山口組の手に渡って、五代目襲名式で使用される運びとなったのだった。

五代目襲名式を2日後に控えた7月18日、竹中組は山口組の代紋を降ろし、新たな代紋を掲げた。中央にタテの線が入った菱形で、内側に竹の字がデザインされた竹菱

の代紋であった。武が考案したものだった。

だが、武が山口組離脱を決断したとき、竹中組内から多くの反対の声があがったのも事実であった。

竹中組幹部会の席で、

「ここまで山口組のために戦ってきて、なんでいまになってワシらが貧乏くじを引かにゃならんのよ！　こうなったら、幹部一同、指を詰めて、親分のところへ行って山口組に残ってもらおう」

と激しい反対意見を述べた若頭補佐もいたのだが、そのあとが続かなかった。

28日に開催された竹中組総会では、牛尾洋二を舎弟頭補佐に加え、副組長に高松の青木恵一郎、総本部長に笹部静男、組織委員長を貝崎忠美とする新人事が発表された。

同時に、山口組からの離脱に反対した急先鋒の幹部3人の処分も決まった。舎弟頭補佐の杉本明政が除籍、若頭補佐の生島仁吉、宮本郷弘の2人が破門であった。もとより、この除籍、破門状には型どおり、

「なお、この者との縁組盃事固くお断り致します」

と記されていた。

ところが8月1日、大阪・ミナミの宅見組本部において、宅見を兄、竹中組を追わ

れた杉本明政、宮本郷弘を舎弟とする兄弟盃が交わされ、斯界をアッと驚かせた。しかも、杉本は組長代行に抜擢されている。

それは7月29日の山口組臨時直系組長会で決まった、

「竹中組の組員を拾っても構わない」

との事案を、若頭が真っ先に実行に移したまでのことであったが、明らかに竹中組に対する真っ向からの挑戦といってよかった。

8月11日には、武とともに山口組を離脱した1人、森唯組組長・森田唯友紀が、みずからの引退と組解散を警察に届け出た。組員のほとんどは、山口組系列組織に帰参したのだった。

8月23日、姫路・神戸間を地盤とする竹中組幹部たちは、自発的に集まり、姫路市五軒邸の大西康雄若頭の事務所で会合を持った。むろん議題は、今後、山口組にどう対処するべきか——の一点にあった。

山口組を正式に離脱し、独立組織となった竹中組に対し、全国に通知を出してそれを認めたはずの山口組は、決して友好的な姿勢を見せてはいなかった。いや、一定の距離を置くことさえせず、露骨に敵対視し、攻撃を仕掛けることも辞さなかった。

あまつさえ、竹中組を処分された最高幹部を拾ったばかりか、なお竹中組系組員に対し、アメとムチを行使して組の切り崩しを図ろうとしていた。アメというのは、しかるべきポストを用意して待っているという移籍の勧誘であり、ムチとは、力づくでシノギを奪いとろうとの圧力であった。

そんな状況下、大西組事務所で行なわれた竹中組幹部会は、最初から重苦しい空気に包まれた。

「……実はな、姫路競馬場のカスリを渡せと、山口のヤツらが言うてきとるんや。渡せどころか、竹中組は競馬場から出ていけ、とまで要求しとる。若い者同士の間で、そんな口論があったいうんや」

ある組長が口火を切ると、

「競馬場だけやあらへんがな。姫路の魚町の飲み屋の用心棒も山口組がやるいうて、若い者に圧力《あつ》をかけてきとるちゅうこっちゃ」

別の幹部も、憤懣やるかたないという顔で応じた。

「竹中組も舐められたもんやのう。宣戦布告されたも同じやないかい。こんなことでええんか？　ワシらはいまこそ態度をはっきりさせなあかんのと違うか」

先の組長が、皆に決断を迫るように、強い口調で訴えた。この発言を受けて、

「どうや。各組から何人か若い衆を出して、ワシに10人でも持たせてくれへんか。そ

れやったら、ワシが戦闘部隊の指揮を執って、きっちりやったる」

と檄を飛ばしたのは、総本部長の笹部静男であった。

すかさず、それに、

「よし、そんなら、うちは若い衆3人出したる。そんで、指揮はワシが執るがな」

と応じた者がいた。若頭補佐の竹垣悟だった。竹垣の率いる義竜会は、当時30人近い若者を擁していた。

竹垣の申し出に、笹部は意気に感じたように頷き、

「ほうか、ほな、ワシは総指揮にまわるわ」

と応えた。

竹中組が一丸となって事に当たれば、山口組何するものぞ——と、意気が上がったかに見えた幹部会であったが、そこから先、話はなかなか具体化しなかった。

何ら進展のないままダラダラと話しあいが続くなか、まるでタイミングを見計らったかのように、

「笹部組の事務所が弾かれた！」

との一報が入ったのだった。姫路市東駅前町にある笹部組事務所は、大西組事務所からわずか1キロしか離れていなかった。

途端に空気が張りつめるなか、

「ただのガラス割り、カチコミや。うちの者は誰もケガしとらんわ」

電話で事務所当番から報告を受けた笹部が、世にもつまらなそうに皆に告げた。

笹部組事務所へのカチコミがあったのは、通報のほんの少し前、夜7時半ごろのことで、玄関横の防弾ガラスの窓に4カ所の弾痕が確認され、付近には38口径の弾丸4発が落ちていたという。

「こら、ワシらの今日の集まりを知っとったとしか思えんな」

幹部会出席者からそんな声があがるのも無理はなかった。この竹中組の臨時幹部会は急に決まったことで、身内しか知る者はいなかったはずだからだ。

内通者——口には出さぬが、皆の思いがそこに至ったとき、図らずもそのことが証明される事態が目の前で起きるのだ。突如、大西組事務所の玄関で、閃光が閃いたかと思うと、

「パーン!」「パーン!」

という2発の銃声が轟いた。

敵は笹部組に続いて、大西組事務所にもカチコミを決行、銃弾を撃ちこんだのだった。

「おどれ！　こっちにも来よったか。舐めくさって！」

もはや幹部会どころではなかった。

戦闘部隊の結成云々まではよかったが、以後は少しも実になる話にはならず、話しあいも少々ダレかけていたところへ、このカチコミ騒ぎだった。

〈こら、いよいよ戦闘部隊の結成は急務やないかい。ケツに火がついたわい……〉

戦闘指揮官を志願した竹垣とすれば、身が引き締まる思いがした。

が、その直後、大西康雄から出た言葉は、

「いまから飲みに行こ」

というもので、数人の幹部と連れだって、市内一のネオン街・魚町へと繰り出していった。

これには竹垣も、

〈さすがは天下の竹中組若頭や！　豪胆なもんや……〉

と唸るしかなかった。しかし一方で、

〈せやけど、ホンマにそないなことしとってええんやろか……〉

との不安もぬぐいきれず、思わず、

「ああ、これで竹中組も終わったな……」

と一人、つぶやいていた。

＊　＊　＊

この時分の少なからぬ竹中組幹部の心情はと言えば——、
そら、あくまで山広のタマとりに固執する親分、竹中武の気持ちは痛いほどようわかる。アヤツは四代目を射殺したばかりか、若頭とガードの若中まで葬りよった男や。山口組にすれば、こんな大罪人もおらん。解散、引退し、詫びを入れたいうても、指一本詰めとらんのやからな。

せやけど、その山広の首を狙って、一和会ととことん戦って、どこの誰よりも戦果をあげたんはワシらやないか。どれだけの懲役賭けた思うとるねん。その論功行賞が鉛の弾いうんでは、あまりにも報われん。理不尽な話や。なんでワシらが山口組と戦わなならんのや？　それより何より、なんでワシらが山口組から狙われなならんのや？……

——というのが、正直なところであったろう。

そんな胸中の葛藤を抱え、勇将・竹中武のもと、決してかつてのような一枚岩とも言えず、揺れ動く竹中組に対して、山口組の手の者と思《おぼ》しき攻撃は容赦なく続いた。

笹部組と大西組事務所にカチコミがあった翌日の24日夜には、姫路市土山の竹中組舎弟頭補佐・牛尾洋二率いる二代目牛尾組の仮設事務所が銃撃を受けている。銃弾は2発、西側の窓ガラスと天井のボードに撃ちこまれたのだった。

翌25日深夜にも、兵庫県加古川市野口町の竹中組系組長宅が襲撃され、銃弾3発が玄関や窓ガラスなどに当たったが、前夜のカチコミ同様、怪我人はなかった。

武の実兄である姫路市辻井の竹中組相談役・竹中正の自宅横の事務所にダンプが突入したのは、それから3時間後、26日未明のことである。

そのとき、部屋住みの若衆である立森一刻は、ちょうど大阪に出張っていて、事務所を留守にしていた。

この日は、午後から立森の所属する竹中組内岩崎組（大阪・北区）の定例総会が開催される日で、それへの出席のためだった。

この日の岩崎組定例会は、組にとってとりわけ大事なことが決定されようとしていた。竹中組の舎弟である岩崎組組長・岩崎義夫は、すでに竹中組を離脱して山口組に帰参する肚を固めており、この日、そのことが発表される運びになっていたのだ。

それはほぼ岩崎組幹部の総意でもあり、岩崎組が一丸となって山口組に復帰することに、組内に反対者は誰もおらんやろ――と執行部は見ていた。

だが、立森の気持ちは、皆と違っていた。

〈ワシは誰が何と言おうと、竹中組を離れん！〉

との決断は揺るぎようもなかったのだ。

5

「何、そら、ホンマかい？」

竹中組に残るという立森に、岩崎組の幹部たちは、皆一様にびっくりした顔になった。

「おまえ、本気やったんかい？」

立森の直属の兄貴分である岩崎組若頭も、信じられないというふうに対座する立森の顔を見た。

「冗談でこんなこと言えまっかいな。前から言うてたとおり、ワシは竹中組に残らせてもらいますわ」

何ら迷いもなく、毅然と言いきる立森に対し、若頭を始め、本部長や若頭補佐など執行部の面々は、困ったように互いの顔を見交わしている。

「何でや？　おまえ、竹中組に残ってどないする言うねん？」

「どないもこないも、兄貴、ワシの行く道はこれしかおまへんのや」

「これしか言うて、おまえ……、ワシらは伊原のときかて、山口組に戻る言う岩崎の親分に、みんな喜んで従ったんや。おまえかて、ついてきたやないか。なんで今回は反対なんや」

　こう若頭が言うのに、立森は思わず、一和会の伊原のときとは立場が違いまっしゃろ——と声をあげたかったが、かろうじてそれを抑えた。

〈伊原のときは親分が引退し、組が解散したんやから、どこへ行こうと構わんかったやろが、竹中組は解散したんと違《ちゃ》う、山口組を出ただけのことやないかい！〉

　との言葉を呑みこんだのだ。

　黙ったままの立森に、若頭はなおも迫った。

「なあ、立森、反対しとるんはおまえ一人や。竹中組に残る言うとるんは、おまえだけなんやで。おまえは、親分の決めなすったことに逆らうんかい？　親に叛旗ひるがえす言うんかい!?」

　なんとか翻意させようと、若頭も必死だったのだが、これが裏目に出た。立森もさすがに黙っていられなくなった。

「お言葉を返すようでっけど、兄貴、ほんなら言わしてもらいまっさ。竹中の親分は一本で行く言うとるんでっせ。山口組に戻るいう兄貴たちのほうこそ、叛旗ひるがえすことにならへんのでっか!?」

「何やと!?」

もうこうなると、揚げ足の取りあい、売り言葉に買い言葉で、話しあいにならず、収拾がつかなくなった。

すでに岩崎組長は事務所を先に引きあげたあとだった。

立森も、竹中組に残るという自分の決断を、最初に組長に打ち明けたのだが、執行部同様、組長も本気に受け止めなかった。が、立森の決意が固いと知って、手に負えないと見たのか執行部に、

「おまえらで納得させい」

とあとを託して引きあげたのだった。

結局、立森と執行部との話しあいは平行線をたどったまま、決着はつかなかった。

立森は、よほど開き直って、そのまま黙って岩崎組を飛びだしていくことも考えた。が、あとで何やかやと言われるのも癪だった。竹中組に残るにしろ、岩崎組を去るにしても、筋だけはきっちり通したかった。

そこで組長宛に置き手紙を残すことにしたのだった。

《お世話になりました。私はどこまでも竹中正相談役ひいては武親分についていく所存です》

かくて立森が大阪の岩崎組事務所を去り、姫路へ帰ってきたのは8月26日当日の夕方であった。

この日未明、姫路市辻井の竹中正邸横の事務所は、三代目山健組系組員によってダンプ襲撃されたばかりだった。組員は大型8トンダンプをバックさせて事務所に突入し、事務所のブロック塀を幅3メートルにわたって破壊したのだ。

戦闘服姿の襲撃者は直後、現場から100メートルほど離れたところに停めていた乗用車で逃げ去った。が、6日後、兵庫県警に自首し、26歳の山健組系組員と判明したのだった。

＊　＊　＊

姫路の竹中事務所に帰ってきた立森の目に、破壊されたままのブロック塀は妙に生々しかった。

「はあ、こら、よほど頑丈なダンプを使《つこ》たんやのう」

半ば呆れながら、事務所に入ろうとした立森の前に立ちはだかったのは、物々しい姿で張り付け警戒中の警察官だった。

「ワシは、ここの事務所の人間や」

「ボディチェックさせてもらうで」

「勝手にせえ」

立森が両手を挙げ、警官に身体検査をやらせていると、事務所の中から飛びだしてきた者があった。男は警官を、

「こらあ、死にに来た若い衆にボディチェックするなぁ！　このボケッ！」

と、ものすごい見幕で怒鳴りつけた。

岡山から応援に駆けつけていた竹中組組織委員長の貝崎忠美だった。

「あ。貝崎はん、来てはったんでっか」

「おお、どうやった？　話はついたんかい？」

貝崎も竹中正から聞いていたのか、立森が大阪へ行った事情を知っているようだった。

「はあ、話は平行線で、ようつかんやったんですが、先方の組長には自分の気持ちをはっきり伝えましたし、置き手紙もしてきました。筋は通してきたつもりです」

「ほうか、そんならよかった。せやけど、立森も変わっとるのう」

「何がでっか?」

「みんなが竹中組を離れて山口組に戻ろうかいうとき、山口組には帰りとうない、竹中がええ、言うヤツもおるんやからな……」

「……さぁ、何ででしょうな? ワシにもわかりまへんわ……」

立森が貝崎とともに事務所の中へ入ると、舎弟頭の坂本会会長・坂本義一や、竹中正と親交のあるカタギの社長など何人かが心配して顔を見せていた。

竹中正も奥のソファに腰をおろしており、

「ただいま帰りました」

との立森の挨拶にも、何事もなかったかのように「おお」と頷くだけだった。その様子はいつもとまるで変わらなかった。

正に対して、立森は、

「先方に私の意志は伝えてきました。親分、これからもお世話になります」

と簡潔に報告した。それだけで正には、立森の意とするところがすべて呑みこめたようだった。

「わかった。頼むぞ」

　こうして立森はいままでどおり正に仕えることになったのだが、その選択は、誰が考えても割りの合う話ではなかった。なぜならそれは山口組から命を狙われることを意味したからだ。

　事実その後も、姫路市辻井の竹中正の自宅兼事務所は、火炎瓶攻撃やたび重なる銃撃を受け、部屋住みの組員が犬の散歩中に狙撃されて重傷を負ったり、何度襲撃されたかわからない。竹中正は山口組のターゲットにされて執拗に狙われ、姫路市北条に建築中の家屋を放火されたこともあった。

　それさえ極道の宿命とばかりにあわてず騒がず、常と変わらぬ正の泰然自若とした様子は、立森から見ても驚くべきことだった。

　事務所にカチコミがあったときも、隣りの自宅にいた正は、銃声が聞こえたのだろう、1人で事務所のほうにヒョコヒョコ歩いてきたものだ。それを見た立森は、蒼くなり、

「親分、危ないですよ、出てきたら」

　とあわてて駆けつけたが、正は平然と、

「何でもないがな。それより事務所、カチこまれたんか。おまえたちこそ大丈夫か？　ケガなかったか？」

と訊いてくるのだった。

その点、弟の竹中武のほうは違った。感情もあらわに、激しさを剝《む》きだしにしてくる。

正の事務所がカチこまれたとき、岡山の武からの電話をとったのが、立森だった。

「大丈夫か？　誰もケガないんか？」

そこまでは正と同じでも、

「はい、大丈夫です。ケガ人もいません」

と立森が答えるや、

「こらあ、事務所狙うんやったら、ワシのタマ狙《ねろ》うてこい！——言うとけ！」

とたちまち激してしまうのが、武であった。これには立森も苦笑して、

〈はあ、言うとけって、誰に言うんかな？　狙ったヤツかな、山口組本部かな？

……〉

と、つい自問自答してしまうのだった。

＊　＊　＊

その後も、竹中組に対する山口組の襲撃は止まなかった。

竹中正事務所にダンプ突入があった26日の夜には、姫路市坂田町の竹中組系林田組事務所が銃撃を受けている。同夜7時15分ごろ、三代目山健組系村正会組員が、同事務所玄関横の窓に銃弾を撃ちこんだのだ。組員は待たせていたタクシーで逃走しようとしたが、姫路署のパトカーに追跡され、逮捕された。

翌27日には、高松市松島町の竹中組系二代目西岡組事務所に銃弾2発が撃ちこまれた。

翌28日も、神戸市灘区中原通の竹中組系一志会事務所において銃撃があり、怪我人まで出ている。白昼の午後零時55分ごろ、半袖青色シャツにジーパン姿の男が同事務所玄関に向け、銃弾3発を発射。うち1発が玄関にいた組員の右足太股に当たったのだ。

この日は姫路でも竹中組系組事務所に銃弾が撃ちこまれ、岡山市内の喫茶店でも発砲事件があり、店長が重傷を負っている。

これによって竹中組関連事務所に対する襲撃は6日間連続、12件の集中攻撃が仕掛けられたのだった。

同日の28日、岡山の本部事務所で開催される予定の竹中組定例総会は、ほとんどの幹部が欠席し、流会となった。

翌29日、兵庫県警、姫路署、灘署は、竹中組傘下の笹部組、林田組、一志会の有力3団体が竹中組の看板を下ろしたことが確認されたと発表した。

この3者ばかりではなかった。この時分になると、少なからぬ竹中組系列組織が山口組への復帰を表明し、竹中組の代紋を下ろすところも出てきていた。

悪いジョークのような話も伝わってきた。竹中組を離脱しようとしている幹部が、ある山口組直参のもとへ相談に行ったところ、

「先客がおるで」

と引きあわされた相手を見て、互いに絶句したという。同じ竹中組の、よく知る間柄の幹部同士だったからだ。

竹中組若頭補佐の義竜会会長・竹垣悟も、この時期――盆を過ぎて9月が間近に聞こえようかという平成元年8月末、竹中組からの離脱を決めた幹部の一人だった。

姫路で竹中組を築きあげ、山口組四代目を継承するにまで至った竹中正久に心底から心酔し、正久に育ててもらったからこそ自分の極道人生があると自認していた竹垣にとって、竹中組への思い入れは他の誰よりも強かった。

親分の竹中武が山口組を離れ、一本どっこになると決めたときも、いち早くそれに殉ずる肚を固めたのも確かだった。

武からもらった幹部用の鎖付きプラチナバッジと若衆用のバッジ100個の裏にも「義竜会」と彫り、一本となるや真っ先に竹菱の代紋の提灯を作って事務所に掲げたのも、竹中組の中では自分のところだけではなかったのか――との自負もあった。

結果的には最後の幹部会となってしまったが、8月23日に大西組事務所で行なわれた竹中組幹部会で、

「山口組に対抗する戦闘部隊を作るんやったら、オレがその指揮を執るがな」

との科白《せりふ》を吐いたのも、自分の気持ちに嘘偽りはなかった。人から何と言われようと、吐いたツバを呑みこむつもりもなかった。

だが、もう皆に戦闘部隊を作る気はさらさらないのが見てとれたし、

「何で山口組と戦わなならんの？」

という空気が大勢を占めていたのも明らかだった。

が、それでも、竹中組を去るというのは、苦渋の決断に違いなかった。

6

竹垣悟が竹中組を出ると決めたとき、真っ先に相談した相手が竹中組舎弟頭の坂本

義一だった。

竹垣にとって坂本こそ最初の親分であり、竹中組との縁ができたのも、坂本がいたればこそであった。竹垣が盃を受けたとき、坂本の肩書きは竹中組若頭補佐で、竹中正久の信頼も厚く、程なく若頭に就任した男が坂本だった。

闘将・竹中正久の一門として、御多分に漏れず、坂本も組の抗争事件で本多会屈指の強豪といわれた姫路の小川会幹部を斬殺、懲役10年を務めた実績を持つ剛の者だった。だが、そうした武闘派ぶりとはうって変わって、普段の本人はいたって温厚篤実、組内の人望も厚く、カタギの人気も絶大であった。

そんな坂本に惚れて極道渡世へと足を踏み入れたのが竹垣で、竹垣にとって坂本は極道人生の最初の恩人ともいえた。

坂本は竹垣の一本気なトッパぶりを愛して早くから目をかけ、その適性を見抜いていた。竹垣が博奕ごとに疎く、興味もないと見るや、坂本会が開帳していた常盆にも近づけさせなかった。

「悟よ、おまえはこれから伸びていかなアカン男やから、バクチの手伝いはせんでもええぞ。ええ若いモンが灰皿替えたり、人にペコペコ頭下げとったら大きならへんからのう」

と言い、入門後、3、4年後には竹垣を坂本会若頭に抜擢、まわりを驚かせた。

坂本会若頭を4年務めた後に、竹垣は28歳で竹中正久の盃を受け、竹中組直参に取りたてられ、坂本の期待どおり伸びていく。

それから10年、竹中組の一員となってからもおよそ20年近い歳月が流れていた。

その間、親分の竹中正久は山口組四代目を継承、竹中武の竹中組はグンと大きくなったが、間もなくして四代目は暗殺され、一和会との全面戦争が始まった。5年越しの死闘の末に山口組は完全勝利。その最大の立役者こそ竹中組であったことは世間の認めるところであろう。

だが、親分の竹中武はあくまで四代目の仇討ち——山広のタマとりに固執し、山口組五代目渡辺芳則の盃を呑まず、山口組を離れ、一本となった。竹垣もそれに従い、竹菱の代紋を掲げるに至った。が、それによって、竹中武は叛逆者の烙印を押され、山口組から狙われる立場となったのだった。

なんとまあ、激動の20年であったことだろうか。

竹垣は感無量であった。

〈……そら、ワシかて、育ててもろた竹中組を離れとうないし、心から尊敬し恩ある竹中の親分を殺した山広は許せん。憎き親《にっく》の仇に違いあらへん。そら、なんとしてもヤツのタマをとりたいいう気持ちは同じや。せやけど、親分が四代目を継承し、その歴史に名を刻む山口組に弓を引くことはでけんがな。何よりワシについてきてくれとる義竜会の若い衆を路頭に迷わすことはでけん。最後まであいつらの面倒を見るのが、ワシの務めやないか……〉

竹中組を出ると決めたとき、竹垣の胸中を一抹の寂寥感が駆け抜けたのは当然だが、一方で、これしかない――との気持ちも揺るぎなかった。

竹垣は叱責される覚悟で、最初の親分・坂本義一のもとを訪れた。が、坂本は竹垣に対して変わらぬやさしさを見せた。

「悟よ、おまえはまだ若いんやから、どこへでも好きなところへ行けばええ。ワシに義理立てすることあらへんがな。オラァ、この歳《とし》やし、いまさらよそへ行く気もない。竹中組で終わりや」

坂本が言うのに、竹垣は頭を下げ、

「会長……長いことお世話になりました」

との言葉しか出てこなかったが、

〈この親分と出会ってなかったら、ワシは極道になっとらへんかったかもわからんなあ……〉

との思いを新たにしたものだった。

＊ ＊ ＊

山口組の帰参先として、竹垣が選んだのは、五代目体制下、山健組から直参に昇格した中野太郎率いる中野会であった。

「これからは中野の時代や」

と、その縁を取り持ってくれたのは、兵庫県警暴対課の関係者だった。

竹垣は初犯で神戸刑務所に服役したとき、当時は山健組幹部だった中野太郎と工場が一緒になった縁があった。

その時分、竹垣が工場の副担当と揉め、相手のあまりに横柄な態度にキレ、後ろから飛びかかろうとしたことがあった。その寸前、竹垣を、

「止《や》めろ！ 我慢するんや！」

と止めてくれたのが、中野であったのだ。

話を聞くと、中野は竹中正久と新入考査でたまたま一緒になり、そのとき正久から、

「竹垣いう、うちのトッパなヤツがおるんで、よろしく頼むわ」

と面倒を見てくれるよう頼まれていたのだという。

その時分から好印象を抱いていたこともあって、中野太郎との結縁話が持ちこまれたとき、竹垣は一も二もなくその盃を受ける決断をしたのだった。

竹中組を去るにあたって、竹垣は武から受けとっていた竹菱の代紋のバッジ（自分用のプラチナ鎖付き1個と若衆用の金メッキ100個）を返すことにした。すでにバッジの裏には「義竜会」と彫ってしまっていた。

竹垣はそれを竹中組の舎弟頭補佐である二代目牛尾組組長・牛尾洋二のもとへ持っていき、代紋代として100万円も添えた。

さすがに牛尾もこれには困惑したように、ハタと品物を見据えたうえで、

「竹垣、自分は坂本の出なんやから、これは坂本に返してことわりを言うのが筋と違うか」

と言った。

牛尾は竹中武とともに山口組を離れたあと、同じ直参で兄弟分の身でありながら、あえて竹中武の舎弟に直った男だった。湊組の舎弟だった時代に、竹中正久が惚れこみ、実弟の武と兄弟分の縁を持たせたほどの男であったから、竹垣からみても貫禄充分、そんな厄介な話を持ちこめる人物となれば、牛尾しか考えられなかったのだ。

竹垣はいったん断られたものの、

「叔父貴にしか頼めまへんねん。よろしゅうお願い致します」

と頭を下げ、願いの筋を押し通したのだった。

竹垣は武の返事を待ったが、その後、武から何も言ってくることはなかった。それを以《もっ》て、武が竹垣の竹中組離脱を承諾した証し――と、竹垣は受けとることにしたのだが、実際のところ、武にすれば、もはや竹垣を相手にしているどころではなかった。

そのころになると、竹中組を離脱し、山口組への復帰を表明する者が続出、竹垣のように直接ではないにせよ、武に対してことわりを入れ、それなりの筋を通して去る者は稀《まれ》であった。牛尾自身、間もなく引退と組の解散を決めている。

そして8月31日までには、多くの竹中組系組織が解散したり、山口組に復帰するため竹中組の看板を下ろしたのだった。

こうした状況下、武は岡山の自宅に籠もったまま、独り考えこむことが多くなった。もとよりこんな事態は、山口組を出ると決めたときから、ある程度予測できたことだった。去る者は去ればいいし、誰であれ、引き止めようなどとは毫《ごう》も考えたことさえなかった。

とはいえ、この有様はいったい何事であろうか。ここまで雪崩《なだれ》を打ったように竹中組を離れ、山口組に戻る者が出てこようとは、武にも少しばかり意想外であった。

〈極道の絆だ、やれ盃やいうても、これほど脆いもんやったとは……〉

と改めて思い知ったのである。

だが、事ここに及んでも、自分の生きざまや信念、スタイルを露ほども変えようとは思わなかった。山口組を離脱し一本どっこになったことを少しも悔いてはいなかった。極道として間違ったことをしたとも思っていなかった。

親の仇も討たんで、何が極道ぞい!?

男として認められん者の盃を何で呑めるんや?

あるいはそんな武に対して、

「ヤクザ界全体のことも考えんで仇討ち仇討ち言うてからに……。もっと大所高所から物を見なあかんのやないか」

「心服しとらん者の盃は呑めん言うのはそのとおりやろが、人の盃を呑むんやのうて、菱の代紋の盃を呑むいうふうに割りきって考えたらよかったんや」

などと批判する者がいたのも事実であったろう。

だが、そんな器用さや政治的功利主義的思惑からも、一番遠い地点にいたのが、竹中武という極道だった。

＊　＊　＊

8月31日、2日間鳴り止んでいた銃声がまたまた岡山の空に響きわたった。同日未明、岡山県美作《みまさか》町で、竹中組組員の住むマンションに拳銃3発が撃ちこまれる事件が起きたのだ。

同日午後、岡山市の官庁街に程近い竹中武宅兼竹中組本部事務所は、異様な緊張感に包まれていた。およそ50人近い人数の竹中組組員が事務所に詰め、軽口を叩く者さえなく、いずれも神経をピリピリさせた様子で屯《たむ》ろしていた。

パトカーで常駐する張り付け警戒中の警官たちの表情も、常ならず険しかった。だが、それは岡山で3日ぶりに起きた銃撃事件のせいではなかった。

間もなくこの竹中武宅兼本部事務所へ、山口組幹部の使者が乗りこんでこようとしているがゆえの緊張ムードであった。その旨の電話が先方からあったため、竹中組も急遽、これだけの人数が事務所に集結し、山口組の使者を待ちうけることになったのだった。

もとより、いままさに敵対し抗争中の相手である山口組の訪問が、決して友好的な楽しいものであるはずもなかった。竹中組が報復《かえし》を一切せず、山口組が一方的に執拗な波状攻撃を仕掛けている状況下、それは和解交渉というより、武に全面降伏を求める使者であるのは明らかだった。

山口組の使者は、若頭補佐の倉本組組長・倉本広文、黒誠会会長・前田和男、弘道会会長・司忍という渡辺五代目体制になって昇格した新幹部3人であった。

いずれも山一抗争で功績のあった若手武闘派で、肚のすわった男たちだった。そうでなければ、抗争中の敵本丸へ乗りこんで直談判するという命懸けの使者は務まらない。まして相手は、名にし負う猛者《もさ》軍団・竹中組なのだ。

「来たぞ！」

近づく車が見えたのだろう、表から使者の来訪を伝える竹中組組員の声が、事務所の中にも聞こえてきた。

山口組の訪問者は、倉本、前田、司という3人の幹部以下、それに従う総勢約20人の面々だった。

竹中武は事務所応接間で山口組の幹部3人と対座した。

彼らの訪問を聞いたときから、武にはその用件が何であるか、察しがついていた。そのためにどんな条件を出してくるかも、ほぼ読めた。

そのとき、武の脳裡《のうり》にまざまざと浮かんできたのは、ちょうど5カ月前、山口組本家で目《ま》のあたりにした山本広の姿であった。渡辺芳則、中西一男、岸本才三、武の前で深々と頭を下げ、詫びを入れる山広の姿。

〈あんな屈辱に甘んじるくらいなら、ワシは腹を切るがい！〉

山口組の使者の用件は、案の定、

「竹中組の解散、組長は引退せよ」

との強硬な申し入れであり、その条件も、

「竹中組組員は山口組が引きとり、山一抗争で服役中の組員の面倒も山口組が見る」

というもので、武の推測通りであった。山口組は武に、

「イエスかノーか」

と返答を迫った。

武には否も応もなかった。

「そんな話はワシのタマをとってからにせい！」

7

山口組が竹中武に対して突きつけた引退勧告——。

その返答期限を9月4日までと指定したのも、翌5日の山口組定例会に合わせてのことであったろう。定例会において、

「竹中武は引退、竹中組は解散した」

と発表し、山口組は対竹中組問題を一件落着としたかったのだ。

だが、いかんせん、武は一筋縄でいく男ではなかった。

4日当日、再び同じ山口組の使者——倉本広文、前田和男、司忍という3人の若頭補佐のメンバーが、岡山を訪れ、武と面談したものの、わずか3分ほどで引きあげざるを得なかった。

武の答えは「ノー」で、交渉決裂であった。

山口組の竹中組攻撃が再開されたのは、それから間もなくのことである。

山口組最高幹部が竹中組を引きあげた約1時間後の午後4時25分ごろ、岡山市田町の雑居ビル3階にある竹中組系貝崎組事務所に、銃弾数発が撃ちこまれたのだ。男2人組による襲撃で、彼らはすばやく逃走した。11階建ての同ビルは1階から5階にかけて事務所や飲食店が入居、6階から11階までがマンションとあって、周辺は大騒ぎとなった。

それから5時間後、姫路でも銃撃事件が発生、狙われたのは市内辻井の竹中正宅で、

同宅北側で2発の銃声が鳴り響き、直後、白色の乗用車が西へ逃げ去った。

5日の山口組定例会では、岸本才三本部長の、

「竹中組には手を出すな」

との通達が出されたのだが、それを無視するかのように、山口組の竹中組攻撃は続いた。

6日未明、岡山東警察署に、

「宮本興業事務所をやったで」

と、組員と思しき男の声で、〝犯行声明〟の電話が入った。同署員が急行したのは、先に襲撃事件のあった貝崎組事務所と同じ雑居ビルだった。同ビル1階にある竹中組系宮本興業事務所の玄関シャッターには、銃弾3発が撃ちこまれた跡があった。

7日午前零時25分ごろには、姫路市東駅前町の竹中組総本部長を務めていた笹部静男の自宅兼組事務所横の強化プラスチック製の厚さ3センチの窓ガラスに数発の弾丸が撃ちこまれ、1発が貫通したのだった。

だが、このカチコミ、的になった笹部はつい先ごろ、竹中組からの脱退、山口組への復帰を決めたばかりであっただけに、情報が正確に伝わっていなかったがゆえの誤射とも見られた。同じ日の夜には、兵庫・太子町の竹中組幹部宅近くの会社員宅玄関

ドアに発砲されるという、完全な誤射事件も起きている。

翌8日、姫路市の竹中組舎弟頭の坂本義一会長率いる坂本会事務所にもカチコミがあり、撃ちこまれた銃弾は5発だった。

山口組の引退勧告を、

「ワシのタマをとってからにせい」

と、武が拒否して以来、その銃声は鳴り止むことなく、以前からのものを加え、山口組の竹中組への攻撃は実に20回を数えようとしていた。

10日には、姫路市内で重点警戒中の兵庫県警機動隊員が挙動不審な男を発見し、職務質問しようとしたところ、男は拳銃を放り出して逃走。銃刀法違反の現行犯で逮捕されたこの男は、山口組系宅見組内組員だった。

翌11日には三重県下で竹中組系下部組織に対して発砲があった。

これに対して、竹中組は一貫して沈黙を保ち、武はまったく動く気配を見せなかった。

このままでは格好がつかん、せめて一太刀なりとも入れさせてほしい——といきりたつ組員があっても、武は、

「返しはまかりならん」

の一点張りで、ひたすら我慢の2文字を貫いていた。

その間、竹中組若頭というナンバー2の大西康雄を始め、多くの幹部が竹中組を去って山口組への復帰や引退を決め、全盛時には66団体、2000人ともいわれる勢力を誇った竹中組も、もはや数十人を数えるほどになっていた。

こうした状況に至ったのは、何故であったのか？

「五代目問題を契機にヒシから脱退した途端、早くも竹中組を去っていく組幹部、組員が現われ、その後もその流れに歯止めがかからんかった。原因は竹中組の代紋ではシノギができんいうことと、山口組から狙われ身の危険にさらされるということに尽きるんやないか」

と、竹中組関係者は分析したものだった。

＊　＊　＊

山口組の竹中組攻撃は、さらにエスカレートした。それまでの切り崩しを目的とした下部組織に対するものから、ついに〝本丸〟である竹中組本家兼本部事務所を直接狙った攻撃へと変わったのだ。

9月21日午後2時ごろ、岡山市の竹中組本部へタクシーで乗りつけた男が、やおら拳銃を数発、玄関ドアに向け発砲。張り付け警戒中の岡山県警機動隊員の間隙《かんげき》を縫っての大胆な襲撃だった。

すぐにその場で取り押さえられたヒットマンは、宅見組系下部組織の者だった。

2日後の23日朝7時過ぎにも、竹中組本部玄関を狙って拳銃をぶっ放す者が現われた。

事務所前へ歩いてやってきた男の犯行であったが、やはりその場で逮捕された。五代目山口組舎弟頭補佐の石田章六率いる章友会の組員だった。

度重なるカチコミに、このときはさすがに事務所にいた組員もキレて、

「そいつをこっちに渡さんかい！」

と、警備の警官に、身柄の引き渡しを要求した。

「アホなこと言うな！　渡せん！」

「ボケ！　渡せ！」

両者の間で小競りあいになったのも、事務所詰めの竹中組組員の欲求不満が溜まりに溜まってきた証しでもあったろう。

奥の居宅にいた武にも、この騒動は聞こえてきたが、山口組のカチコミに対して、武はすでに怒りも通り越し、

〈ようやってくれるわい〉

との冷やかな感慨が湧くのみだった。

どんな事態になろうと、これに反撃し、菱の代紋に弓を引くという考えは、武のなかになく、いまは耐えるしかない——との思いが胸中を占めるだけであった。

10月5日午後1時、山口組本家で開催された定例会において、岸本総本部長は、

「竹中組組員を拾うのは、10月15日付を以て終了してください。以後は一切認めません」

との通達を出したが、もはや竹中組は、それだけ山口組から格好の草刈り場とされた感があった。

翌日からは、2週間近く鳴りを潜めていた山口組のヒットマンがまたぞろ動きだした。

6日午前9時35分ごろ、竹中組本家兼本部事務所にゆっくりと近づいてくる1台の紺色のジープがあった。東の県道から路地を通って徐行してきたジープは、竹中組事務所とは反対方向へ左折するウインカーを出した。と見るや、いきなり反対にハンドルを切って、警官が張り付け警戒中の事務所に向かって突っこんだのだ。

ジープは急停車し、警官隊が躍りかかろうとすると、助手席の窓に開けられていた

穴から38口径拳銃がヌッと突きだされた。

「パーン！　パーン！　パーン！」

たちまち銃口は火を噴いて、5発の銃弾が竹中組事務所玄関などに撃ちこまれた。

現行犯逮捕されたこのヒットマンは、地元岡山の五代目山口組直系、二代目熊本組下部組織の幹部組員だった。

翌7日、竹中組本部近くで、三代目山健組系列組員らが逮捕され、8日の昼下がりには、乗っていた車から拳銃1丁と実弾が見つかり、二代目熊本組傘下組員が現行犯逮捕されている。

この組員が竹中組本部近くの市道で逮捕されたのは、岡山市京町の竹中組系安東会事務所に発砲し終えた15分後のことだった。安東会は前年5月14日、一和会山本広会長邸襲撃事件を引き起こした首謀者・安東美樹会長が率いる組織で、安東は兵庫県警から殺人未遂などで全国に指名手配され、逃走中の身であった。

平成2年になると、集中的に狙われ始めたのは、竹中組相談役で武の実兄である竹中正であった。

1月23日、姫路市辻井の自宅に火炎瓶が投げこまれる事件が発生。前年8月、9月の事務所への拳銃発砲に次ぐ3度目の襲撃だった。

2月5日には、姫路市北条の正所有の土地に新築中の住宅が放火され、火は鉄骨2階建て延べ約810平方メートルのうち、1階の床など約60平方メートルを焼いた。

2月18日、正の自宅西側にある事務所を2人組が襲撃、玄関ガラスに向けて拳銃7発を撃ちこんで逃走する事件も起きた。

モニターで2人に気づいて表に出た組員が、彼らの不審な仕草にあわてて事務所内に避難した直後の銃撃だった。組員がハチの巣にならなかったのは、防弾ガラスであったがゆえの僥倖《ぎょうこう》に過ぎなかった。

この襲撃は、山口組がそれまでの単なるカチコミや放火から、本気でタマとりを狙いだしたと見ていい事件だった。

それが証明されたのは、竹中正久四代目の月命日にあたる2月27日に起きた襲撃事件であった。

同日朝、姫路の竹中正事務所にいたのは、立森一刻、正野大、岡太次郎という部屋住みの組員3人だった。

このところ、火炎瓶攻撃や銃撃を受けたり、事務所が頻繁に狙われているとあって、3人ともゆめゆめ油断しているわけではなかった。北条の家の放火を含めれば、今年に入って襲撃はすでに3度、間隔的にもそろそろ4度目があってもおかしくない時期だった。

が、3人のうち一番若い25歳の岡が、時計の針が午前10時を指したころ、

「犬かて散歩させてやらな可愛そうや。ここんとこいっこも外へ出とらんやないか。ワシ、行ってくるわ」

と言いだした。正の愛犬を外に散歩に連れだすというのだ。

「そら止《や》めといたほうがええで、ターちゃん。ヒシがいつ狙って来よるか、わからへんさかいな。相談役からも、外に出たらアカン言われとるやないか」

他の2人が岡を止めた。

「なあに、平気や。このままやったら、犬かてフラストレーション、溜まってまう」

岡は若さゆえに怖いもの知らずというか、いま竹中組が置かれている状況も、さして気にしているふうもなかった。

岡は立森同様、もともとは山本広の懐刀と言われた伊原金一の伊原組の出身だった。伊原の舎弟だった原重夫組長率いる原組組員で、原組は関東の茨城を拠点にしていた。

伊原組の解散に伴って、親分の原が竹中組傘下となり、岡もそれに従った。岡が原組組員として姫路の竹中正の事務所に当番で詰めたとき、正に気に入られ、そのまま部屋住みとなり、茨城から姫路に移ってきたのだ。それが5年前、20歳のときだった。

竹中組が山口組を去り、独立組織になると、親分の原重夫は山口組への復帰を決断したが、岡はそれに従わず、竹中組を選んだ。それほど竹中武、正の兄弟に恩を感じ惚れこんでしまった男が、岡だった。岡もまた、竹中ファミリーから実の家族の一員のように可愛いがられていた。

「ほな行ってくるわ」

犬の散歩に出かける岡を、

「おお、ターちゃん、気をつけてな」

と、立森と正野がその背に声をかけた。

間もなくして、犬だけがトコトコ事務所に帰ってきたので、

「――――?……」

2人とも怪訝《けげん》に思って見ていると、

「立森さん、大変や！　あんたんとこの人が撃たれたで！」

車で駆けつけてきて、急を知らせてくれる人があった。近所のタクシー会社の馴染みの運転手だった。

8

「――ターちゃんが……撃たれた？……」

立森と正野は唖然となった。危惧していたことが現実となってしまったのだ。

「せやから、言わんこっちゃない。あれほど止《や》めえ言うたのに……」

2人はすぐに車で近所の東和というタクシー会社に駆けつけた。岡太次郎は事務所で腹を押さえ、「うん、うん」と唸っていた。

「ターちゃん、大丈夫か。どこ撃たれたんや？」

「……背、背中や」

「どれ、見せてみい」

岡のセーターとシャツを脱がせ、2人がその背中と腹を点検すると、双方に血染めの弾痕があったので、

「あっ、こら、抜けとるで！」

と、立森が叫ぶように言った。銃弾は背から腹に抜けているというのだ。

「穴もちっこいぞい。こら、ツーツーやなあ。大丈夫、心配いらん」

正野も口にした。銃弾が貫通しているうえに22口径拳銃の小さい銃弾だから、命に別状はないとの意だった。

「やりよったのは、どんなヤツや？」

立森の問いに、

「白いカローラの3人組や。ワシは追っかけたんやが……」

犬の散歩中の岡を、後ろから近づいて銃撃したのは白いカローラに乗った3人組で、岡を狙撃するなり逃げ去ったという。それを岡が、撃たれながらも追いかけようとしたと聞いて、立森も内心で、

〈ほう、こいつもええ根性しとるわい〉

と見直す気になった。あとで話を聞いた岡山県警の捜査官も、

「竹中組いうのはそないな組か!?」

と驚嘆したというが、岡は20パックもの緊急輸血を要する、1カ月の重傷だった。

3月に入ると、山口組の竹中組攻撃はさらに激しさを増した。

3月3日、前年の平成元年8月に引退していた元竹中組舎弟頭補佐・牛尾洋二が経営する姫路市の不動産会社に、男が入ってきて、いきなり拳銃4発を撃ち、逃走。この銃撃で事務所にいた従業員2人が左足、腰を撃たれ、重傷を負った。

翌4日には、姫路市延末の故・竹中四代目の内妻宅がカチこまれるという、およそあり得ないような事件が起きた。襲撃した男は午前6時過ぎ、電動式の門扉を鉄棒で叩き壊して玄関前に侵入、玄関の木戸と表札に5発の銃弾を撃ちこみ、車で逃走したのだ。

内妻は、前年春に新築したばかりのこの家でひとり住まいを続けていた。前年11月5日に営まれた竹中四代目の山口組組葬で喪主に予定されていた人物こそ、彼女であった（急病のため、急遽、中西最高顧問が喪主代行を務めた）。

それだけにこの事件に対し、兵庫県警幹部は、

「先代組長の妻といえば、山口組組員らにとっては〝親〟同然。これに対して刃を向けるなど、これまでの暴力団社会の常識からは考えられない」

と述べたほどだ。犯人は不明ではあったが、一連の流れから警察当局ならずとも山口組系組員のしわざと見る向きは多かった。

もとより山口組上層部の意とするところとは考えられず、枝の組員の暴走と推測された。さすがに山口組もこれはまずいと思ったのだろう、事件発生の夜には、地元の直系神田組の幹部らが内妻宅に赴き、厳重警戒に当たった。

翌5日には、ついに初の死者が出るに至った。

同日午後11時50分ごろ、岡山市十日市東町で帰宅して車を車庫に入れようとした47歳の竹中組幹部が、待ち伏せしていた男に襲撃されたのだ。幹部は車の窓越しに拳銃を乱射され、首や胸を撃たれて即死した。

この現場から南へ3・5キロ離れたビルの前で、飲食店経営者が何者かに腰を撃たれ重傷を負う事件が起きたのは、それから4時間後のことである。同じビルに住む竹中組幹部と間違えられた可能性が濃厚だった。

竹中組に2人目の死者が出たのは、1週間後の12日。同日午後11時20分ごろ、知人の女性とJR山陰線の鳥取・倉吉駅前路上を歩いていた岡山の竹中組幹部が、後ろから来た男に声をかけられ、いきなり拳銃を乱射されたのだ。

胸と腹に銃弾を受けた幹部は、1時間後に病院で死去し、同行の女性は右腕を銃弾が貫通、3カ月の重傷を負ったのだった。

山口組の竹中組攻撃は、もはやカチコミや放火など威嚇の段階を通り越し、はっきりタマとりを狙ったものに変わっていた。

＊　＊　＊

和歌山市に本拠を置く竹中組系小宮組組員の華藤《はなふじ》士郎が、3人の兄貴分とともに和歌山から岡山に赴き、竹中組本部兼本家に詰めたのは、平成2年4月7日のことである。

華藤はこのとき、まだ18歳の少年。親分の小宮組組長・小宮鉄二は、竹中組若頭補佐兼同和歌山支部長という要職にあるバリバリの竹中組幹部だった。

華藤は小宮組に入門した4日目、他組織とのゴタゴタで相手組幹部を拉致してヤキを入れるという組の抗争事件に参加、そのトッパぶりが親分小宮の目に止まり、何かと可愛がられた。

小宮が和歌山から岡山の竹中組本部兼本家へ上がる際も、華藤は当番を含めて何度か同行を許されたものだった。

もとより本部へ行っても、枝の少年組員にすれば、竹中武は仰ぎ見るような存在、接触する機会さえなかった。が、一度だけ声をかけられたことがあって、華藤には忘れられない出来事となった。

その日、華藤が兄貴分と2人で小宮組長に同行して岡山の竹中組本部へ車で到着したのは昼前だった。

車には、華藤と兄貴分が早朝から和歌山県海南市塩津漁港まで出向いて購入してきたシラスが山のように積まれていた。シラスは竹中武の好物で、小宮が岡山へ行くたびに持参を欠かさなかった。この日は本部の昼食でシラス料理を皆で食べようという話になっていたのだ。

小宮一行が本部に着くと、さっそくシラス丼を始め、ホウレン草とシラスのお浸し、大根おろしにシラスを混ぜて卵黄を落としたもの、ワカメとシラスの汁物など、シラスづくしの料理作りが開始された。小宮に指示され、本部部屋住みの組員たちに混じって、華藤もその準備を手伝うことになった。

食事の用意ができたとき、華藤は、

「おい、これ、親分のところへ運んでくれんか」

と、たまたま居あわせた直参の一人から声をかけられた。なんとシラス丼を盆に乗せて武の卓へ持っていく役目を仰せつかったのだ。18歳の枝の少年組員に与えられた、またとない栄誉ある機会だった。


華藤が緊張しながらも、武の居るところまで行き、

「失礼します！　本家親分、お食事できました！」

とハキハキ言い、その卓の上にシラス丼を置くと、武は、

「うん」

と頷いただけだった。

凄みのある武のたたずまいに圧倒されつつ、華藤はその場を離れ、遠からぬところに直立不動の姿勢で立っていた。

やがて食事を終えた武は、ゆっくりとした動作で華藤のほうに顔を向けた。と思うと、おもむろに口を開き、

「おい、シラスは何の稚魚や？」

と、華藤にボソッと訊ねた。

それは華藤にとって、まさかの事態であった。よもや本家の親分が、自分のような小僧っ子に何か物を訊《たず》ねたり、直接口を利くような事態が起こり得ようとは、その僥倖が容易には信じられなかった。

しかし、質問の答えはまるでわからず、興味もなければ見当もつかないことだった。

〈シラスは何の魚の子かて？　わからんわ。なんと答えたらええんや？　けど、何か答えな……ええい、ままよ！〉

もはやヤケクソだった。

「はい、シラスですか。ウナギの子やないかと思いますが……」

華藤が元気よく出まかせを口にすると、武は少し口の端を緩め、

「ダボ、カタクチイワシの子じゃ」

と静かに告げた。

「はい、えらいスンマヘン！　よう勉強しときます！」

顔を赧《あか》らめて応え、一礼する華藤を見て、武はまた少しニヤリとした。

それから2時間ほどして、小宮たちは竹中組本部を引きあげた。和歌山へ帰る車中、小宮が華藤に、

「今日は親分、機嫌良かったな。珍しいこともあるもんや。普段は枝の若い衆にあんなに物は言わん人や」

と、うれしそうに言うのだった。

＊　＊　＊

そんな印象深い出来事があったのはいつのことだったろうか。

自分が小宮組長の盃をもらって間もない時分、竹中組が山口組を去って一本になったばかりのころではなかったか——と、華藤は思い返さずにはいられなかった。

あれから竹中組の置かれた状況は大きく様変わりした。山口組の執拗な攻撃も、去年の10月でピタッと止んでいたのが、ここへ来て、またぞろ激しくなり、ついには2人の死者まで出る事態に至ったのだ。

そして2人目の死者が出た2週間後の3月21日には、竹中組本部にショベルカーが突入を図るという事件まで起きていた。

竹中組本部前の電柱や駐車中の車にぶつかりながら突っこんできたショベルカーが、警戒中の岡山県警によって寸前で阻まれたのは同日早朝のこと。運転席を鉄板で囲んだ要塞さながらのショベルカーを運転していた山口組系大石組組員が取り押さえられたのだった。

そうした状況下、竹中組本部兼本家の警備を緊急に強化する必要が生じ、各組から組員を本部に出すことになった。そこで和歌山の小宮組からも4人が本部に詰める運びとなり、4月7日、華藤と兄貴分3人が岡山入りとなった次第だった。

彼らが竹中組本部に到着したのは、同日午前10時ごろ。本部前には2台のパトカーが駐まり、機動隊を含む警官が20～25人体制で警戒に当たり、見るからに物々しい雰囲気だった。

本部には4人の竹中組直参以下、傘下組織の組員二十数人が詰めていた。華藤の目から見ても、事務所内の空気はいつも以上にピンと張りつめ、皆がピリピリしている感があった。

そんななか、竹中武はいつもと変わらぬポーカーフェイス、泰然自若とした様子で、

華藤も思わず、

〈さすが本家親分や！……〉

と内心で感嘆の声をあげたものだ。

華藤たちは翌日の夜9時から、他の組の若衆らと併せ8人ほどのメンバーで本部の寝ずの番に入った。

皆で夜通し雑談しながら時を過ごし、コーヒータイムとなったのはそろそろ夜が明けようかというころだった。それでも外は薄暗く、朝というにはまだ遠い未明であった。

そのとき、事務所の外からにわかに騒然とした只ごとならぬ気配が、華藤たちに伝わってきた。

「──ん？」と皆で顔を見合わせていると、「止まれえ！」という大声が聞こえてきた。続いて「また来よったぞ！」の声。

「ヒシの攻撃や！」

それと察した華藤の兄貴分は、すぐに直参が待機する部屋に報告に行き、華藤は別室で寝ている者を起こしてまわった。他の者はモニターで外の状況を確認したり、傘下団体や直参に電話連絡を入れだした。寝ていた者たちも皆はね起き、事務所に集まってくる。

事務所の外からは「ドカン！」という破壊音、「ガリガリガリ！」ともの凄い大きなエンジン音に混じって、「止まれぇ！　止まらんかい！」との警官と思しき者の叫び声。

破壊音と唸るようなエンジン音は次第に近づいてきた。

「パン！　パン！　パン！」

と10発くらいの発砲音が聞こえたのは、外で何が起きているのか、モニターで確認できるようになったときだった。

山口組による竹中組本部兼本家への二度目のパワーショベル特攻だった――。

9

山口組のパワーショベル攻撃と知るや、

「オドレ！……」

小宮組組員の華藤を始め、竹中組本部で寝ずの番をしていた傘下組員たちは、皆いきりたった。一様に血相を変え、いまにも飛びださんばかりだった。

それをリーダー格の竹中組直参の1人が、

「待て！　とりあえずは落ち着かんかえ！」

と抑えた。

この日未明、竹中組本部へ向かって、約30メートル南側の市道から狭い路地へ重量10・2トンの大型ショベルカーを突進させてきたのは、山口組の大石組内池田組組員だった。

それにいち早く気がついたのは、竹中組本部前で警戒に当たっていた岡山県警の警察官であった。

竹中組本部前は前年9月以来、岡山県警による24時間完全張り付け態勢が敷かれていた。同本部に通じる道路を封鎖するため、要所には車止めのバリケードが置かれていたほどだが、ショベルカーはそれを物ともしなかった。

竹中組本部目指して突っこんできたパワーショベルを制止しようと、警官3人がすばやくパトカーから飛び出した。が、それを振り切ってスピードを増したパワーショベルは、横付けされたパトカーに、「ドカン！」と体当たりを食らわし、約10メートル引きずって、警官詰め所をぶち壊した。

さらに「ガリガリガリ！」と民家のコンクリート塀をも5メートルにわたってなぎ

倒した。

「止まれぇ！　止まらんかい！」

警察官が怒声を発しながら、「パン！　パン！　パン！」と拳銃11発を威嚇発射したのは、パワーショベルのタイヤなどを狙ってのものだった。

竹中組本部に詰めていた華藤たちが聞いた一連の物音こそ、こうした山口組パワーショベルと岡山県警の攻防戦のそれであったのだ。

だが、警官による11発の威嚇発砲も、運転席を防弾ガラスで囲ったパワーショベルには、みじんも応えた様子はなかった。

拳銃発砲音のあとに、華藤たちの耳に聞こえてきたのは、

「ドシーン！」

という再びの轟音であった。どうやらパワーショベルは本部の通用門に体当たりしたようだった。その10秒後には、

「ガシャ！　ガシャ！　ガシャ！」

と耳をつんざくような音。

「ガレージや！　ガレージに突っこみやがった！」

誰かが言っているそばから、三たび、

「ドシン！」

との衝撃が轟いたとき、ついに1人がぶち切れた。華藤の横に立っていた別の竹中組傘下組織の若衆が、やおら、

「このアホンダラ！」

と叫びながら玄関に向かって駆けだしたのだ。

これを見た竹中組直参が、

「おい、待たんかえ！」

とあわてて止めたが、我慢が限界に達したのは、その若衆だけではなかった。

華藤も真っ先にその者の後に続き、他の本部詰め組員たちも皆が皆、玄関へ先を争うように駆けだしていた。

だが、そのとき、1人だけ玄関ではなく、奥の本家（竹中武の自宅）のほうへ向かって駆けていく若者の姿があった。

華藤の親分・小宮鉄二と同じ和歌山の竹中組幹部である松田廣海率いる松田組組員で、富久山《ふくやま》という華藤より一つ年上の19歳だった。

それが華藤の視野にも入り、

〈あいつ、どこ行くねん？〉

とチラッと脳裡をかすめたが、皆と同様、華藤の怒りの矛先は表のパワーショベルにしか向いていなかった。

表に出た華藤たちの目に飛びこんできたのは、惨憺たる光景であった。

「――こりゃなんちゅう……」

本部事務所前は戦場さながら、あっちこっち破壊された跡もひどかった。門扉は崩れ落ちて原形を留めておらず、道路には引きちぎられたバンパーや庭石が転がっていた。警官詰め所は壊され、パトカー同様に乗用車も大破しており、見るも無残な有様だった。

「あんガキャ、ようもやりくさったな！」

＊　＊　＊

怒り狂う竹中組組員たちを尻目に、パワーショベルは執拗に前進と後進を繰り返し、竹中組本部〝特攻〟のチャンスを窺った。

これを操縦するのは、若い大石組内池田組組員ただ一人。なのに、敵は完全武装した大型パワーショベルとあって、竹中組組員たちはなす術《すべ》もなかった。その歯がゆさ、苛立《いらだ》たしさに、誰もが、

「クソッ、ナメくさって！」

と地団駄を踏んだ。

それでも何人かは、崩れ落ちた門扉のコンクリート片や石を拾い、

「おんどれ、コラッ！　何さらすんじゃい！」

「降りてこんかい、ダボ！」

と口々に叫びながら、それを思いきりパワーショベルに投げつけた。

が、動く要塞ともいえる重機は、そんなことではビクともしなかった。

竹中組組員たちの無駄な抵抗を嘲笑《あざわら》うかのように、パワーショベルは縦横に動いて、
そこかしこへの体当たりを繰り返した。

しかし、竹中組組員たちも決して諦めなかった。

「ヤロー！」

「オドレ、見とれよ」

今度はパワーショベルに体ごと飛びつく者が出てきた。何人もが重機に飛びついたうえでよじ登り、運転席に近づこうと試みた。が、いかんせん、彼らは次々に振り落とされた。なかにはブロック片を手にしてよじ登り、運転席の窓を叩き壊そうとブロックを振りおろす寸前までいきながら失敗した者もあった。

その果敢な挑戦者を振り落としたパワーショベルが、いったん竹中組本部に向け突進したかと思うと、すぐまた後進をはじめたとき、その事態は起きた。玄関から1人の若者が飛び出してきたのだ。

「おまえ、こらっ！　ええ加減にさらさんかい！」

と喚きながら、パワーショベルによじ登っていくその若者こそ19歳の富久山だった。富久山は左手に包丁を握っていた。

スルスルと苦もなく運転席までよじ登るや、富久山は、

「こらっ、降りてこんかい！」

とパワーショベルの操縦者を怒鳴りつけた。と同時に、わずかに開いていた運転席の窓の隙間から包丁を突き差し、相手を刺そうとした。

だが、それはもう少しのところで敵に届かなかった。富久山はなお諦めず、二の太刀を繰り出そうと包丁を構えた。

その瞬間、彼の躰を摑んできた者があり、すんでのところで要塞車の操縦者は刺される難を逃れた。富久山の行動にいち早く気づいてパワーショベルをよじ登ってきた警察官だった。

頭に血が昇り、興奮していた富久山には、それは新たな敵の出現としか思えなかっ

たのだろう、

「離さんかい、こらっ！」

相手を振り払おうとして、包丁を持ったほうの腕を振りまわし、警官を斬ってしまう。

警官は負傷しても怯まず、富久山に立ち向かい、加勢も加わって揉みあいとなり、そろって重機から振り落とされた。

「ダボッ、どかんかい！」

富久山の抵抗もそこまでだった。彼はその場で銃刀法違反、殺人未遂、公務執行妨害の現行犯で逮捕された。

やりたい放題に暴れまくったパワーショベルがエンストを起こし、動かなくなったのは、それから間もなくのことだった。

機動隊はすばやくこれを取り囲むや、竹中組組員たちを近づけさせないように牽制したうえで、防弾ガラスをこじ開け、殺人未遂、公務執行妨害、建造物損壊の現行犯で、その男――山口組系大石組内池田組の若衆を逮捕した。

前日、警備のため和歌山から岡山の竹中組本部に詰め、寝ずの番の当番となった日の未明に起きた襲撃とあって、華藤には後々まで忘れられない事件となった。

パワーショベル特攻を行った若者は、攻撃中も、警察官に逮捕され、連行されていくときも、

「こらっ！　竹中、出てこんかい！」

「男なら出て来て勝負せい！」

などとひたすら喚き散らしていたものだった。

＊　　＊　　＊

この山口組による竹中組本部へのパワーショベル特攻事件の間中、竹中武は本部奥の自宅でいったい何を思っていたのか、もとより竹中組の枝の少年組員・華藤士郎には知るよしもなかった。

事件の翌日、華藤たち小宮組組員はいったん和歌山に引きあげることになり、その挨拶のため、小宮組本部長以下4人が奥の本家を訪ねたのは、夜の8時ころだった。

竹中武は居間のソファに一人座って、冷たい茶を飲んでいた。

この夜の武は、華藤の目にもなんとなくいつもと違って見えた。どんな状況に置かれても、武のポーカーフェイスとも言うべき表情や、泰然自若とした様子は常に変わらないのだが、この夜はどこか寂しげに映ったのだ。

「本家親分、私ら小宮組の者はこれから和歌山に帰らせていただきますが……」

小宮組本部長が挨拶の口上を述べると、いつもの武なら、黙って頷くか、「うん」と短く応えるのが常だった。

だが、この日の武は違った。挨拶に応える代わりに、

「大石のところの若い者は何を喚いとったんぞい？」

と本部長にパワーショベル事件のことを訊ねたのだ。

思いもよらぬ武の質問に、本部長も少し驚いた顔になり、あわてて、

「はあ、なんや、『出て来んかい！』とか『出て来て勝負せい！』とかなんとか、そんなようなことを喚いとったようです」

と答えた。

武は「フンッ」と鼻を鳴らし、

「ワシもナメられたもんやのォ……」

とボソッと漏らしたものだった。

次いでグラスに入った茶を一気に呷《あお》るように飲み干すと、

「うん、御苦労さん、道中気をつけて帰れ」

と労った。

華藤の親分・小宮組組長小宮鉄二は、もともとは紀州和歌山に本拠を置く一本どっこの最高幹部として渡世を張っていた。名だたる武闘派として知られ、数々の抗争を繰り返してきた。

昭和50年代、和歌山に進出してきた山口組系益田組と抗争となり、同時に大阪の酒梅組ともぶつかって、組をあげての大抗争となった。その果てに組長を始め、主だった幹部が軒並み逮捕され、長期服役を余儀なくされた組は自然消滅するに至った。

そんな小宮が竹中武の盃を受け竹中組に加入したのは、一足先に竹中組直参となっていた和歌山の舎弟・松田廣海とともに早くにその門を叩いていた縁があったからだった。

小宮は竹中組若頭補佐兼和歌山支部長に任命されるほど、武からの信任も厚く、小宮もまた武に心服していた。

小宮が折に触れ、華藤を含め小宮組組員に語ったのは、

「山口組三代目田岡一雄組長が日本一の親分なら、山健組初代組長山本健一若頭が日本一の子分や。ほな、日本一の極道は誰や？　――となったら、そらもう竹中組竹中武親分しかおらんわな」

「あれだけ筋というもんに厳格な人もおらんわ……どこまでも己の義に忠実な人や」

「利に動かず、情で動くホンマもんの任侠人や」

ということだった。

10

前年10月でピタッと止んでいた山口組の竹中組攻撃が、この年——平成2年に入って早々に再開され、しかもそれはタマとりを狙った容赦ないものに変わった。

3月になると、山口組の攻撃はいよいよエスカレートし、ついには竹中組から2人の死者まで出る事態となり、竹中組本家兼本部事務所へのパワーショベル特攻も繰り返されるに至った。

その意味するところは何であったのか?

竹中組がいまなお山広こと山本広のタマとりを諦めず、その首を狙って暗躍しているとの確かな情報を、山口組が摑んだからに他ならなかった。

その事件は、同年1月24日夜に起きた——。

同日深夜、竹中組組員3人が山口県柳井市の元一和会幹部宅を急襲、元幹部が不在のため、その妻の手足をガムテープで縛りあげて拳銃を突きつけ、夫の居場所を訊きだそうとしたのだ。

が、夫人は気丈にも、

「殺したかったら撃ちなさい」

と拒絶し、組員たちは諦めざるを得なかった。

この元幹部は大阪を本拠にして一和会最後の本部長を務めた人物で、みずからは一和会解散前に引退、組を解散し、生まれ故郷の柳井市に戻って隠遁生活をしていた。

現役時には山広の右腕ともいえる存在だった元幹部は、引退後も山広と近く、ずっと交流は続いていると見られていた。柳井市の自宅に山広が立ち寄ったとか、一時身を潜めていた、あるいは近所のゴルフ場に出かけたりしているとの情報が、竹中組に入っていた。

この元一和会本部長が心臓を悪くして同市内の病院に入院すると、

「山広は必ず見舞いに来るやろ」

と、竹中組組員3人が、前年10月ごろから同病院を張ったのだった。

その見張りは1カ月以上に及んだが、山広はついに現われず、元幹部は退院し自宅に戻った。

それによって、3人の竹中組組員たちも次の手を考えざるを得なくなった。

あくまでも山広のタマとりを狙う彼らコマンド部隊こそ、和歌山を本拠とする竹中組幹部の松田廣海率いる松田組メンバーであった。

そこで3人を指揮した松田が、次に立てた計画が、

「しゃあないな。よし、そんならいっぺんヤツを攫《さら》って、山広の居場所を白状させようか」

という元幹部拉致作戦であった。やがて、

「元幹部はその日、間違いなく柳井市の自宅におる」

との情報を摑んだ彼らはただちにその計画を実行に移し、1月24日の元幹部宅急襲となったのだった。

竹中組襲撃部隊にとって、誤算は元幹部の不在であった。部隊の指揮を執り、岡山から電話で彼らに指示を出していた松田は、それを知って首を傾げた。元幹部の在宅は十中八九確かなことであったから、この日を選んで行動に移したのだ。

それが不在とは、自分たちの情報が外に漏れているとしか思えなかった。ついそんな疑念が湧いてしまうほど、その時分、毎日クシの歯が抜けるように身内の竹中組離れが続いている状態であった。

だが、松田は諦めなかった。親分の竹中武の意志はただひとつ、山広のタマとりで

ある。どんな状況に置かれようと自分はそれに向かって邁進するしかない——松田の思いは、些《いささ》かも揺るぎなかった。

元一和会幹部は、この監禁事件を警察に届けなかった。が、事件は間もなく警察に漏れ伝わり、山口組の情報網のキャッチするところとなった。

「山広が竹中組に襲われた」

との尾ひれのついた情報まで流れ、山口組とすれば、それはとうてい看過できない事態であった。稲川会、会津小鉄会の奔走があり、山広の命を保証したうえで山一抗争終結、五代目体制を発足させた山口組、ならびに渡辺五代目の面子は丸潰れになりかねなかった。

かくて山口組の竹中組攻撃は再開され、それは苛烈《かれつ》を極めるものに変わったのだった。

＊　＊　＊

その時分はすでに、幹部や直参が次から次に竹中組を離脱して山口組へ復帰する者があとを絶たず、かつて2000人とも称された竹中組も、残っている組員は数十人と言われるような有様になっていた。

竹中組の代紋ではシノギができず、おまけに山口組に始終命を狙われるとあれば、それも起こるべくして起こることで、武ももはや、

「仕方ない。抜ける者《もん》は止められへん」

と諦念の境地に達していた。

それでも松田組組長・松田廣海は、竹中組を離れようとは露思わなかった。

松田にすれば、同じ和歌山で竹中組幹部を務める小宮鉄二という兄貴分こそいたが、親分はあとにも先にも竹中武ただ一人、いったん交わした親子の盃をそう簡単に水にすることなど、考えられなかった。

まして他の組へ移ろうとか、山口組へ戻ろうなどという気にはみじんもなれなかった。それは確かに松田に対しても、相応のポストや支度金を用意しているとの甘言で、他の組から誘いがあったのも事実だった。

だが、そんな状況下、竹中武という親分がまだ現役で頑張っているのに、なんで子分が抜けなあかんのや、カタギになるなら別やけど、なんでよそへ行かなあかんのや？——という気持ちがなおさら湧いてきた。

松田にとって、それほど惚れこみ心服していた親分が、竹中武という極道だった。

言うに言われぬ魅力と味があり、性根こそきついが、若い衆思いの親分であること

を誰よりも知っている松田には、忘れられない思い出があった。

まだ竹中組が山口組を出る前、対一和会抗争も大勢が決しかけていた時分だが、武が仕事で和歌山へ来たことがあった。これを迎えるに当たって、松田は地元の世話になっている社長に、

「社長、親分来るんで、車貸してもらえんか」

と頼んだ。金儲けが下手な松田はいつも貧乏していた。

「親分来るんやったら、おまえのポンコツで迎えに行くわけにはいかん。オレの車持ってけ」

と社長も二つ返事でベンツの新車を用意してくれた。

それで松田が高速の出口まで迎えに行くと、武は、

「おお、松田、ええ車に乗っとるな」

とひと言。が、すべて見抜いていた。食事のとき、

「それはそうと、あの車、おまえのじゃないやろ。貸してくれた社長に電話して、もしよかったら、食事、一緒にどうですかと誘ってみろ」

と松田に言うのだ。喜んでそれに応じて料理屋にやってきた社長に対し、武は、

「松田がお世話になってます。今後もよろしく松田のこと頼んます」

と言って深々と頭を下げるのだった。

これには松田もジーンと来て、言葉が出てこなかった。社長も感激し、あとで、

「いい親分持ったなあ」

と松田にしみじみ言ったものだ。

武は無骨でトッパ、金儲けが下手な松田の性分をよく知っており、その和歌山行きのあと、松田が当番で岡山本部へ来たとき、

「松田、この前、なんぼ使《つこ》うたんや。これで足りるか」

と、ポンと100万円出すような親分であった。

竹中組の会費も安いことで知られ、その分、懲役に行っている者やその留守を預かる家族のための積み立てにまわそうというのが、武の方針だった。それも決して強制ではなく、会費とは別に、

「気持ちのある者は1万でも2万でも積み立てに入れてくれんか」

という考えかたで、両方併せてもしれた金額であったという。

竹中正久四代目が一和会ヒットマンの凶弾に斃《たお》れた直後、武は後に無罪となる野球賭博の容疑で岡山県警に逮捕されるのだが、そのとき竹中組は舎弟から100万円、直参から50万円を一律集めたとされる。1年2カ月ほどの勾留を経て、シャバに帰っ

てきた武がそれを知ったとき、色をなして怒り、

「誰がそんなことをしたんや!? みんなに返せ!」

と命じたという。金には恬淡としていた男が武だった。

＊　＊　＊

山口組から離れ一本となった竹中組が、その山口組から岡山の本部といわず系列組織の事務所や関連施設にカチこまれたり、あるいは関係者への銃撃があったり、執拗な攻撃を受け、日ごとに組員もいなくなったとき、松田は、

「なんとしても親分を守らねばならん」

と和歌山から岡山に移住する決断をする。もはや当番のときだけ岡山の竹中組本部へ詰めるなどと悠長なことをしている場合ではない、と判断したのだ。

岡山へ移ると決めた時点で、松田は肚を括った。もう和歌山へ戻れるとは思えず、それこそ長い懲役へ行くか、何らかの形で殺されるか、どっちかだろう――と覚悟を決めたのだ。

だから、若い衆を連れていくつもりはなく、彼らに対しては、

「誰もついてくるな。行っても殺されるくらいなもんや」

と命じたのだが、松田の意に反して、若い衆はみんな松田についてきた。

それほど松田が命がけで惚れこんだ相手が、竹中武という親分であったのだ。

松田の目から見ても、武は一貫して筋を通し、信念を曲げないことでは徹底しており、わが親分ながら惚れ惚れするような筋金入りの極道だった。

山口組執行部の若手武闘派3人が、岡山の本部へ引退勧告に来たときも、武は一歩も引かず、

「そんな気はさらさらない。一人になっても、ワシは組を畳む気はない」

と撥《は》ねつけた。

そんな姿を目のあたりにして、松田はなお武に傾倒し、その若い衆であることに誇りを持ったものだ。

それだけに山広のタマとりという武の目的——竹中組の悲願は、なんとしてもやりとげたかった。親の仇を討つ——それは極道とすれば当たり前のことで、極道の本分であり、極道の筋であるはずで、親分・武の考えかたが間違っているとは思えなかった。

そのことをなしとげるため、武は山口組にヘタを打たせるわけにはいかんからと山口組から籍も抜いて、ちゃんと筋を通しているではないか。

武が常々言ったのは、

「ヒシに対して何ら遺恨はない。むこうからいくら攻撃を受けても返す気はない。ヒシと喧嘩しとるんやないから。あくまでも狙いは山広や。まして山口組はワシの兄貴が継承した組織や。そこに弓を引くわけにはいかん。一発でも返すわけにはいかんのや」

ということだった。

山広のタマとりのために松田たちが目をつけたのが、山口県柳井市に住む元一和会幹部の存在であった。元幹部は山広といまも交流があり、接触しているとの情報を入手したのだ。

松田は松田組組員3人を柳井に送りこみ、これに張りつかせた。元幹部が地元で入院したと知ったときには、必ず山広の見舞いがあると想定して、彼らを病院に張りこませた。

山広はなかなか現われず、張りこみは1カ月、2カ月と長期にわたった。そんなとき、松田に、

「むこうに行ってる若い衆、苦労してないか。これ渡しとけ」

と、ぶ厚い封筒をくれるのが、武だった。金のない松田を気遣ってのことだった。

「いえ、親分、まだ大丈夫ですから」

松田が恐縮して断ると、

「おまえにやるんやない。若い衆にやるんや」

と言って、武はそれを松田の懐にねじこむのだった。

結局、山広は病院に現われず、松田が次に打って出たのは、その元幹部を拉致する強硬手段であった。山広の居所を吐かせるためであったが、結果的にはその作戦も実らず、山口組の怒濤の逆襲が開始される——。

第四章

1

　和歌山から竹中組の本丸がある岡山へ移った松田廣海は、山口組の格好の的として狙われる破目になった。

　竹中組本部近辺を車でパトロールしたときには、山口組の刺客の車に前と後ろから襲われ、あわや挟み撃ちに遭いそうになるのをどうにか逃れたこともあった。

　そうしたことは一度や二度ではなかった。山口組からの襲撃は日常茶飯事、死と隣りあわせの生活が始まったのである。

　竹中組に初めて死者が出たのは、松田組による柳井市の元一和会幹部宅襲撃事件から40日後の3月5日のこと。岡山市十日市東町の自宅に車で帰ったところを、ガレージで待ち伏せていた山口組ヒットマンに射殺されたその幹部と、最後に別れたのも松田だった。

「気をつけて帰れよ」

と見送り、笑って別れた仲間が、1時間後には屍となる、そんな世界に彼らは生きていたのだ。

その幹部のもとに真っ先に駆けつけたのも、松田だった。

車の窓越しに拳銃6発を首や胸に撃ちこまれ即死した幹部は、ハンドルにうつ伏せたまま、クラクションは鳴りっ放しであった。

松田がその足で、急遽、若い衆3人とともに姫路へ向かったのは、身内の応援のためだった。岡山同様、姫路も相談役の竹中正を始め、関係者を狙う動きが盛んな状況なのに、警備の手薄さは否めなかった。

すでに岡山県警は全市に非常線を張っており、姫路へ向かう松田たちの車は、岡山市金岡西町の岡山ブルーハイウェイ君津インター料金所で県警の検問を受けた。

風貌やブルゾンという定番の服装から、彼らを一見してヤクザ者と見た警官たちは、車を料金所脇に誘導し、松田以下4人を職務質問すると同時に、トランクはもとより車内を隈なく捜索した。だが、拳銃や銃弾、刃物など銃刀の類《たぐい》は一切発見できなかった。

「ワシら、姫路に見舞いに行くだけや。何も持っとるわけないやろ」

「………………」

「ほな、行ってええんやな」

「……ああ、ええで」

岡山県警は彼らを解放せざるを得なかった。

料金所を離れ、ハイウェイに乗って車を疾走させた途端、松田たちはしてやったりの顔になった。

彼らが拳銃と銃弾を隠し持っていたのはトランクではなく、車内に特設した引き出しで、エンジンを掛けオーディオと紛らわせたスイッチを何カ所か押さなければ開かない仕組みになっていた。彼らはまんまと警察の目を潜り抜けたのだ。

ところが、その車内の秘密の武器隠し場所は、およそ6時間後、姫路からの帰り、一発で摘発される。同じ岡山ブルーハイウェイ君津インター料金所で、岡山県警の検問を受けたとき、警官は何の迷いもなく、一発でそのボタンを探しあてたのだ。たちまち特製引き出しが開いて、拳銃3丁と実弾44発が発見されたのだった。

してやったり――の顔になったのは、今度は岡山県警のほうであった。

松田には、帰りの警官たちが、最初からこの仕掛けと拳銃があることを知っていたとしか思えなかった。

〈おかしい。おるはずやった元幹部がおらんかった柳井のときと一緒や。こら、ワシらの情報が漏れとるで……〉

と疑わざるを得なかった。

松田たち4人は即、銃刀法違反の現行犯で逮捕されてしまう。

これによって明るみに出たのが、竹中組内松田組による柳井市の元一和会幹部襲撃事件で、全容が割れたのは逮捕後7日目の3月13日であった。

3月25日、銃刀法違反が不起訴処分となり、晴れて無罪放免となった松田は、岡山警察署を一歩外へ出ようとしたところで、再逮捕される。柳井市事件の住居侵入、逮捕監禁容疑であった。

＊　＊　＊

そして6月18日——。

世に〝山竹抗争〟といわれた山口組と竹中組の抗争——実質的には竹中組に対する山口組の一方的な攻撃でしかなかったが、それが一挙に終息へと向かう劇的な事態が訪れた。

同日午前9時過ぎ、岡山県警暴力団対立抗争事件総合対策本部と岡山東、西、南の各署は250人の署員を動員。竹中組本部事務所や組員宅など16カ所を一斉に家宅捜索した。

午前9時22分、竹中武への逮捕状が執行されたのである。1月24日の柳井市における元一和会幹部宅での監禁事件を指揮したとする住居侵入、逮捕監禁容疑であった。

竹中組本部周辺には、朝からヘルメット姿の機動隊員を含む大勢の捜査員が集結、捜査車両も12、13台は来て、現場は時ならぬ物々しい光景が出現していた。

捜査員が竹中組本部に踏みこんだのは、午前9時20分。トラブルらしいトラブルはなく、武も捜査員の示す逮捕状を見ても、

「わかった。着替えさせてくれるか」

と抵抗することもなく、すぐに着替えを始めた。

10分後、グリーンのポロシャツ、ブレザーを羽織ったこざっぱりした格好で現われた武は、手錠を掛けられ、両脇を捜査員に抱えられて用意してあった護送車に乗りこんだ。

半年以上にわたる籠城生活ゆえに顔色こそ蒼白かったが、やつれた様子はなかった

ばかりか、不敵な笑みさえ浮かべていたのは、事ここに及んでも、胸中では警察に対して、

「フン、とんだ茶番ぞい！」

と毒づかずにはいられない武なりの矜持《きょうじ》があったからだ。

その後、武とともに最後まで本部に留まっていた約10人の組員も、次々と任意同行を求められ連行されていった。もぬけのカラとなった本部内では、捜査員たちが壁も床も洗いざらいひっくり返して捜査を行ない、それは当日だけで終わらず、翌19日までかかった。

県警側の押収物件は、初日だけでも約80点。日本刀2振りの他、ソファなども運び出されたばかりか、本部の玄関上に掲げられていた竹菱の代紋も、彼らによって剝《は》がされ、持っていかれたのだった。

かくて竹中組のドン・竹中武は社会不在を余儀なくされ、竹中組は組織体として存亡の危機にさらされることになった。

現に警察当局の「G資料」（暴力団リスト）によれば、この時点での竹中組組員は14人。果たして竹中組は今後、組織として成り立っていくのか、疑問視する向きも少なくなかった。

ここに至って山口組も攻撃の矛先を収め、世にいう山竹抗争もようやく終焉を告げたと見てよかった。もとより両者の間で手打ちはあり得ず、終結宣言がなされたわけでもなかった。

山口組サイドからすれば、対竹中組問題が正式に決着がついていないままであることに変わりないのだが、形はどうあれ、実質的には片がついたというのが、執行部の判断であった。

警察庁も武の逮捕から2カ月後の同年8月17日、正式に「竹中組は消滅した」と認定。「G登録」からも竹中組を外しており、警察当局は〝元竹中組〟との扱いであった。

だが、武自身はみずからの引退や組解散を表明したわけではなく、どこにも「解散届」を出していなかった。

「たとえワシ一人になっても竹中組の看板は降ろさん」

との考えかたは、獄中にあろうが、シャバにあろうが、些《いささ》かの揺るぎもなかった。狙いはどこまでも山広の首であった。そのタマとりに執念を燃やし続けていた。どんな状況に置かれようとも、その信念は毫《ごう》も変わらず不退転のものであった。

しかし、そんな武に、思いがけないところから蹉跌《さてつ》が訪れる。それはいかな武とはいえ、神ならぬ身でどうにもならない結末であった。

＊　＊　＊

仇と狙う当の山広こと元一和会会長の山本広が、入院先の神戸市中央区内の神戸市立中央市民病院で、内臓癌のため急死してしまうのだ。

平成5年8月27日午前3時5分のことで、享年68。臨終に立ち会ったのは、夫人と親戚、それに一和会時代の側近などごく少人数で、波瀾の人生の末の、ひっそりとした山広の最期だった。

ヤクザ渡世を引退して4年余り、彼は周囲の者には常々、

「ワシの残された人生は、懲役から帰ってきた人間に、たとえミソ汁の一杯でも飲ませてやって、労をねぎらってやることや」

と心境を吐露していたと言われる。が、引退間もないころから、病魔は確実にその体を蝕んでいたようだ。2年後には体調を崩して大腸の手術を受け、約1カ月入院して退院したが、その後の病状は一進一退が続いた。すでに癌に侵されていたのである。

死の2カ月前の6月には腸閉塞を起こして、やはり神戸市立中央市民病院に緊急入院し、10日後に退院している。

が、8月16日、容体が急変して再入院、薬石効なく11日後の8月27日未明、近親者に看《み》とられて元一和会会長は静かに息を引きとったのだった。死因は内臓癌で、肝臓、膵臓から肺にまで転移していたという。

引退後、4年余の間、山本広はどこでどう暮らしていたのか？

「神戸の地を離れ、大半は京都周辺にいたと言われるが、時に九州、中国地方、四国などで過ごすこともあった」

との話も伝わっており、あるいは、山梨県にある日蓮宗総本山の身延山久遠寺で作務衣姿で竹ボウキで庭掃除をしていた――との目撃談も残っている。

山口組の攻撃を受けながらも、その山広の行方を必死で追い続けてきた男が、武であった。

竹中組は真偽も定かでない些細な山広の潜伏情報にも食らいつき、全国どこへでも飛んでいって、そのタマとりに命を賭けてきたのだ。

山広の死――を知ったとき、武の胸中に湧きあがってきた感慨は何であったのか。無念さ、あるいは諦念や虚無感、それとも憤怒《ふんぬ》、または絶望であったのか？

その思いを、武は誰にも語ることはなかった。

＊　＊　＊

平成13年春、姫路の竹中組組長実兄・竹中正の若者である立森一刻は、正から、

「おい一刻、今日、岡山で総会があるから行ってくれるか」

と命じられる。

「はあ」

と応じながらも、何で直参でもないワシが総会へ出なあかんねんや——と、立森は訝った。

それでも胸弾む思いがしたのは、この時分、竹中組は組織的に充実しており、見違えるような活況と勢いを取り戻しつつあったからだ。

この年1月27日、五代目山口組は総本部において竹中正久四代目の十七回忌法要を営み、そのあとで最高幹部や古参の直系組長たちが大挙して姫路・深志野を訪れ四代目の墓参を行なった。それを出迎え談笑したのが竹中組組長・竹中武で、両者の関係が修復される記念すべき第一歩となったのだ。

武も元気で、このごろはよく地元の岡山を出歩くばかりか、東京へも出かけたり、精力的に活動していた。

加えて今年春までに、姫路事件で懲役20年といった長期刑を務めた古参幹部たちが続々出所し、竹中組の戦列に復帰していた。

姫路事件は昭和55年5月、竹中組（当時は竹中正久組長）の若頭補佐・平尾光をリーダーに、幹部の大西正一、高山一夫、山下道夫、系列の山田一の5人が襲撃班を作り、国鉄姫路駅前で、木下会高山雅裕会長、同会組員の2人を射殺し、同会幹部3人に重傷を負わせた事件だった。これによって、平尾、大西、高山の3人がそろって懲役20年の刑を打たれたのだが、世を震撼させると同時に武闘派竹中組の名を全国に知らしめた事件でもあった。

そんな姫路事件の伝説の猛者《もさ》たちも出席する岡山本部の竹中組定例会に顔を出した立森一刻は、錚々《そうそう》たるメンバーとかつてない賑わいに驚いた。

2

立森一刻は目を見張った。

竹中組本部広間にひしめく竹中組直参並びに新参組員の面々。その数、ざっと40人くらいはいるだろう。

かつて警察当局によって組員わずか14名と認定され、G登録からも外された竹中組のどん底時代を知っているだけに、それは夢のようだった。

姫路事件の長期服役を終えて帰ってきた古参幹部たちに加え、彼らが獄中で若い衆にしたメンバーも出席しているためだった。

立森は彼らの一番後ろの席にそっと腰をおろした。多人数ゆえに畳に座りきれず、板の間の席になった。

定例会が始まり、最初に親分の武が挨拶に立った。

所詮ワシには関係ない会合や——と思いながら、下を向いて座っていた立森が、武からいきなり、

「おい、一刻立て！」

と名ざしされたものだから、大層驚いた。

何が何だかわからぬままに立ちあがると、皆が一斉に振り返って立森に目を向けてくる。

「刑務所に行っとったモンや新しいモンは知らんやろが、この男は立森一刻いうて、昔からうちの相談役のとこにおる男や」

武に紹介され、立森は面映《おもは》ゆかった。

「一刻、今日からおまえはワシの若い衆や。ワシ付きや」

武の突然の指名に、立森は〈えっ!?〉と思わず息を呑んだ。事前に誰からも何も聞いておらず、予想だにしていないことだった。

「一刻、何をボサッと突っ立っとるんぞい？　みんなに挨拶せんかい」

武に促され、立森は我に返ったように、

「立森一刻言います。よろしゅうお頼み申します」

と、あわてて頭を下げた。

それでもなお狐につままれたような感じだった。

この日の定例会で発表されたのは、竹中組の新執行部人事であった。

若頭＝高山一夫、舎弟頭＝平尾光、本部長＝大西省一、若頭補佐＝山下忠、岡太次郎、幹部兼組長秘書＝黒田仁、錦大次、幹部兼組長付＝立森一刻、中川義一という陣容だった。

定例会が終わると、組長秘書に任命された黒田仁が立森のもとへやってきて、

「いっちゃん、親分がな、一刻が来るからいうて、マンションのいっちゃんの部屋、全部リフォームしたんやで」

と言った。黒田は山下や錦らとともに岡山本部でずっと部屋住みをしている男だっ

た。

黒田が言うのは、本部の隣りに建つ武所有のマンションのことで、昔から竹中組の者が事務所や住まいとして使っていた。その3階のひと部屋が立森のために用意されていたのだ。

「そら、もったいないようなありがたい話やな」

「いっちゃん、親分に一番可愛がられてると違《ちゃ》うか。いつも親分、一刻、一刻言うてるからな」

「何言うてんの。相談役が一刻言うてひとつも名字呼ばなんだから、そないして呼ぶだけじゃ」

と、立森は応えたものの、内心では満更でもなかった。それより何よりうれしかったのは、姫路事件の猛者たちも帰ってきた定例会で、久しぶりに往年の竹中組が戻ったかのような活気を感じたからだった。

立森がさっそく姫路に帰って、

「武親分の若い衆にしてもらいました」

竹中正に報告すると、

「おお、知っとんがい」

との返事が返ってきた。どうやら立森の送りこみの件は、武との間で話はできていたものらしい。

「知ってはったんでっか。ワシ、相談役から何も聞いとらんし、いきなりなんでびっくりしましたわ」

「よかったやないか。これでおまえも名実ともに竹中の直参や」

「ありがとうございます。明日から岡山へ移ります。お世話になりました」

「おお、頑張れや。おまえならやれるで」

＊　＊　＊

岡山の竹中組本部に顔を出した立森に対し、

「おい、おっさん、いよいよこっち来たんやな」

と真っ先に声をかけてきて、歓迎の意を表してくれた男がいた。竹中武に仕えて約40年、部屋住みの主ともいえる存在であった。

たちまち立森の顔が綻んだ。

「おっさん言うて、ワシのほうが20も年下やないの」

いつもの科白《せりふ》を口にすると、相手も、

「いや、おっさんや」

と、決まり文句を返してきた。

立森は姿勢を正して、

「野川の兄貴、ワシ、組長付になりました。よろしくお願いします」

と大先輩に対して頭を下げた。

「おっさん、こっちゃこそよろしく頼むで」

男は野川浩平といい、竹中正久の代から一筋に竹中組に在籍している名物男的な古株であった。

もともと野川は竹中正久の姫路の若衆・森田三郎の若者であった。その森田がシノギにしていた競輪のノミ行為でヘタを打ったとき、その尻ぬぐいのため姫路から岡山へ飛んだのが、武だった。

武がまだ20歳くらいの時分で、最初は短期間で片をつけ、姫路に帰ってくる予定だった。

ところが、武はそのまま岡山に居ついて岡山竹中組を結成、岡山の人となってしまうのだ。

そのとき、武と一緒に姫路から岡山に移住、以来ずっと武に仕えてきた男が野川であった。

齢《よわい》は正久とほぼ同じ、性格は個性的で少し変わっていたが、忠誠心が篤く、愛すべき人柄で、正久、正、武の兄弟からも、

「浩平、浩平」

と、ことのほか可愛がられた。

野川には、「竹中正久にゲンコツを入れた唯一の若い衆」との伝説があった。

まだ正久が山口組四代目を継承する以前の竹中組組長だった時分、野川が姫路の竹中組事務所で部屋住みをしていたときのことだ。

事務所で新聞を読んでいた正久のすぐ近くの事務机に座って、たまたま「あ〜あ」と大きな欠伸《あくび》と伸びをした男が野川だった。そのとき、野川の手がゴツンと正久の頭を直撃してしまったのだ。

これには事務所にいた誰もが一様にびっくりした。

「あっ、すいません」と野川。

正久も一瞬、ムッとして野川を見たが、それだけのことで、あとは何事もなく新聞を読み続けた。

気性の激しさで知られ、機動隊相手に目を剝《む》いて怒鳴りつける正久の姿を知ってい

る者からすれば、音がするほどゲンコツを当てられても怒らない正久というのは、少し意外かも知れない。

これをして、つまらないことで腹を立てない正久の度量の大きさと言ってしまえばそれまでだが、それにしても、わざとではないにせよ、親分にそんなパンチを食らわせてしまう若い衆というのも、なかなかの強者《つわもの》には違いない。

この出来事がいつか笑い話として、

「竹中正久の頭を殴った唯一の若い衆」

という野川浩平伝説が生まれることになったのだった。

現実の野川は、竹中正久、武兄弟に心服しており、絶対服従を誓って、「右を向いてろ」と命じられれば、1年でも2年でも右を向いているような男だった。正久からは愛され、武からは信頼もされていた。

ただし、正久の姐《ねえ》さんとは合わず、姐から、

「浩《こう》ちゃん、こんなことしたらアカン」

と注意されると、

「ワシャ、おまえの若い衆じゃあれへんわ」

口応えしたりしていたから、武に付いて姫路を離れ、岡山へ行く一因となったかも

知れない。

武にとことん惚れこんで、山竹抗争が始まるや竹中組を脱退する者が後を絶たず、組員がほとんどいなくなったあとも、野川は最後まで武の側《そば》を離れなかった。

＊　＊　＊

その野川が喉頭癌のため66年の生涯を閉じるのは、姫路事件の長期服役者がそろって竹中組に復帰した翌年のことだった。

あるとき、竹中組組長秘書の錦大次は、野川から、

「錦、ワシ、検査入院で、いま病院や。スリッパ買《こ》うてきてくれんか」

と頼まれたので、

「ああ、ええよ。すぐ行くわ」

と気軽に応じ、野川の入院する竹中組本部近くの病院へ、スリッパを買って訪ねた。

同じ岡山本部の部屋住み仲間である2人は仲が良く、野川は舎弟格の錦をよく可愛がっていた。

「兄貴、大丈夫かい？　もう酒は控えなあかんな」

心配する錦に、

「検査や。どこも悪いことあらへんがな」

野川はあくまで突っ張った。が、その実、少し前から、好きな酒を飲んでも喉につっかかるような感じになっていた。

そこで病院で検査してもらうことになったのだが、本人同様、錦にしても、まさかそこまで悪化していようとは露ほど思ってもいなかった。

ところが、検査のはずなのに、野川はいつまで経っても退院してこなかった。錦がお見舞いに行っても、その身は痩せ細って点滴ばかり打っているので、さすがにおかしいと思い、

「野川の兄貴、どないなっとるんですか?」

と武の姐に訊ねた。すると、姐は、

「錦だから言うてあげるけどな、浩《こう》ちゃん、もうあかんねん」

と言うから、錦は仰天した。末期の喉頭癌というのだ。

〈そんなアホな……〉

竹中組の名物男・野川浩平が最期《さいご》を遂げるのは、それから間もなくのことだった。

その最期、肩で息をしながら苦しむ姿を、錦はとても見ていられなかった。涙をポロポロ流しながら、

「兄貴、もういいがな、ゆっくりせえ」

と野川に声をかけるしかなかった。

野川の死に、涙を流したのは錦だけではなかった。その野辺送りのときには、親分の竹中武も泣いていた。錦にとって、武の涙を見たのは初めてのことだった。

思えば、野川は武の側に仕えて40年、料理番兼部屋住み長を務め、武の信任も厚く、組の絶頂期もどん底のときも体験し、親分と苦楽をともにしてきたのだ。ある時期には、野川は事務所の奥の武の居宅――奥の間の武の隣りの部屋で寝起きしていたこともあったほどだ。

そんな長いつきあいの野川に対して、武もとりわけ思い入れが強く、思い出もあったのだろう。

かつて新京橋の竹中組本部事務所を改築中で、仮事務所が大工町にあったとき、武は毎日、野川の運転する90ccのカブバイクの後ろに乗って大工町へ通ったこともあったという。

「ホンマですか。親分」

錦が訊《たず》ねると、武は、

「ああ、ワシ、浩平の運転でカブの後ろに乗って行きよったんや」

と、懐かしそうに応えたものだった。

野川に可愛がられた錦は、よく麻雀をしたあとなど、

「錦、また負けたんか」

と野川から声をかけられた。

「ああ、スッテンテンや」

と言うと、野川が、

「持ってけ」

と渡してくれるのが、２０００円だった。どうせくれるなら1万円くらいくれたらええのに――とも思って苦笑するのだが、錦には、金もないくせに、その野川の気持ちがうれしかった。

武の料理番といっても、野川の作れるものはそう多くなかった。カレーライスと肉じゃがが得意料理で、武もそれを気に入り、「旨《うま》い」と言って食べるのが常だった。

が、錦から見ると、武はどうも味オンチだった。錦たちが「水汁」と呼んだ野川のダシを入れない味噌汁を飲んでも、「旨い」と言うのだから推して知るべしで、武は誰が何を作っても料理には文句ひとつ言ったことがなかった。

3

平成13年春、竹中組組長秘書に抜擢された錦大次が、竹中組本家兼本部の部屋住みとなったのは、山一抗争も終わりかけた時期だった。

山広邸襲撃事件を引き起こして全国指名手配となり、逃亡生活に入った安東美樹の後釜として、竹中組内大延組組員の錦がみずから部屋住みを志願したのだ。

その後、五代目山口組が誕生し、竹中組は一本となり、世にいう〝山竹抗争〟が始まると、錦の所属する大延組も、他の大方の組同様、竹中組を離れて山口組に復帰した。錦も親分の大延に従い、再び山口組の枝組員となったのだ。

だが、錦は親分の大延と意見が合わず、衝突を繰り返し、ついには、

「ワシ、もう辞めますわ」

と盃を返し、逆縁をぶつけてしまう。

激怒した大延から絶縁処分を受けた錦は、浪人の身を1年ほど過ごすうちに、このままでは終われないとの気持ちが高まって抑え難くなる。まだ30代半ば、これからやないか、もういっぺんだけ、ヤクザせないけん——と。

このとき、錦の胸にあったのは、竹中組の存在であった。

部屋住み時代、男として憧れた安東美樹からヤクザの生きかたや厳しさを教わったことが忘れられなかったし、竹中武という親分にも魅かれるものがあった。

もう一回ヤクザやるなら竹中組しかない——との思いが、何にも増して強くなったのだ。

そう決断すると、錦は岡山に武を訪ねた。

「戻らさしてください」

と頭を下げて頼んだ。

が、若い衆がもうほとんど残っていない状況でありながらも、武はそれを受け入れなかった。

「もうちょっと待っとらんかい」

と応えたのは、錦が絶縁の身であることを知っていたからで、あくまでヤクザの筋を通そうとする武ならではの対応であった。

それでも、

〈竹中でまたヤクザやりたい言うて、うちに戻ってもいっこもええ思いできんとわかっとんのに、何を考えとるんかのう？　アホなやっちゃ……〉

と、錦の生半可ではない覚悟の程を感じとったのだろう、武は気長に錦を待った。若い衆にも、

「錦が弁当を持って仕事行きよるんなら、うちの事務所に来い言うとけ」

と申しわたしたものだ。

錦が再び竹中組の門を叩き、本家兼本部の部屋住みに復帰したのは、それから1年後のことだった。

全盛時の竹中組を知っている錦の目に、丸っきり若い衆の消えた本部事務所は荒れ放題であった。が、錦にすれば、そこに戻って初めて自分の所を得た気がした。

竹中組にカムバックして錦がつくづくわかったのは、武に拾ってもらった自分がいかにラッキーであったか――ということだった。それほど竹中武という親分は、たとえどんな人間がその俠名を慕って、「盃をください」「若い衆にしてください」と望んで門を叩いてきても、めったに聞き入れる男ではなかった。

シノギに関しても、野球賭博や博奕一辺倒で、それ以外の現代的なシノギ、経済ヤクザなら飛びつくようないい話が転がりこんできても、乗ろうとはしなかった。たとえば、東京に進出して企業に入りこむとか、しかるべき筋からの現実味のある話でも、耳を傾けようとしないのだ。いくら錦たちが、

「親分、ええ話やないですか。いつまでも博奕のカスリだけではメシ食えませんよ。東京進出して企業に入りこみましょ」

と勧めても、

「ワシャ、そういうことは嫌いや。そんなもんできん」

で終いだった。

それでいて、詐欺師のような手合いが持ちこむ億単位の大きな話には、すぐに飛びついた。それは錦たちから見ても詐欺とわかるような案件であったから、

「親分、そんな話は絶対ないですよ」

と諌めるのだが、武は疑うということを知らないようだった。仕方なく錦たちが、そうした連中を武に内緒で引っ張りだし、

「おまえら、ええ加減なことばかり言いやがって！」

と締めあげなければならなかった。

よく武の姐さんが、

「あの人を騙すのは簡単よ」

とこぼしたものだった。

＊　＊　＊

姫路の若手実業家の山際完司も、武とはちょうど30歳の年齢差があり、親子ほど歳《とし》が離れ、住む世界も違うのに、武からとりわけ可愛がられた一人だった。

兵庫県相生市で生まれ育った山際と竹中組との縁は、山際が17歳のとき、地元・相生の高校を中退しヤンチャしていた時分にできた。

香港のカンフー・スター、ジャッキー・チェンの大ファンだった山際は、姫路の竹中正の若い衆に、ジャッキーに実際に会ったことがある者がいると聞いて、矢も盾もたまらず、彼を訪ねて行ったのが始まりだった。その男が竹中正の若者・岡太次郎で、そこから2人の交流が生まれるのだが、山際がすぐに知ったのは、岡の親分である竹中正こそ、ジャッキーから「日本のお父さん」と呼ばれる人で、それほど2人は親密な仲であるということだった。

が、いかんせん、その人は山口組四代目の実弟で、竹中組相談役という大物、少年の山際がおいそれと口をきける相手ではなかった。

山際が相生を出て姫路に落ち着いたのは19歳のときで、母から資金を借りて姫路駅前の屋台村の一角に飲食店を出したのが、事業家としての一歩であった。

そこへ客として来るようになったのが岡で、2人はより親しくなっていく。山際は辻井の竹中正の事務所にも出入りさせてもらえるようになり、そのうちに岡が用事で岡山の竹中組本部へ行くときには、同行を許されるようになったのだった。

岡山の本部で噂に聞く竹中武を初めて見たときには、山際の緊張は他にたとえようもなかった。

そんなふうに姫路と岡山の竹中組周辺で付かず離れず接していた山際に、武と初めて口をきけるチャンスが訪れたのは、それから3年ほど経《た》ったときだった。

そのころの山際は、事業の他、独学で修業に励んでいた彫師のほうの仕事も、それなりに認められるようになっていた。そんな折、岡が、山際に、

「どや、練習がてら、岡山の若い衆、突いてみんか」

と声をかけてくれたのだ。

「僕でええんですか」

「おお、親分にも話してあるで」

こうして岡山の竹中組本部の部屋住みの若い衆に刺青を彫れることになり、山際は岡山に毎週通うことになったのだ。

1回目の当日、竹中組本部隣りのマンションで作業を終えた山際が、武に挨拶して

帰ろうとすると、

「先生、今度いつ来るんや」

と、珍しく武が話しかけてきた。

「はあ、実は来週、僕はちょっとアメリカへ行きますんで、来週は来れません」

武は「ホーッ！」という顔になって、

「先生は刺青入っとんかい？」

と訊いてきた。

「はい、練習のため、自分でも落書きはしてます」

「ほう、先生は刺青入ってアメリカへ行けるのに、ワシは刺青も入っとらんのにアメリカに行かれへんがな」

武のいかつい顔が、たちまち綻んだ。武流のジョークであった。

山際にすれば、武と初めて交わした会話だったが、何か言い知れない温かみが感じられて忘れられないものとなった。

山際が22歳のときで、世は平成8年、山竹抗争といわれた山口組による竹中組攻撃もとっくに止んで、すでに過去の話となっていた。

決してそのけじめがついていたわけではないが、久々に訪れていた少しばかり平穏な時代であった。戻ってきた若い衆もいて、竹菱の代紋を掲げた竹中組は、一本どっことして堂々所帯を張っていたのだった。

一方で、武は竹中組のメンバーを中心に総勢30人ほどの岡山タイガースなる草野球チームを作って、その監督を務めていた。対外試合で采配を振ったばかりか、時には選手としてバッターボックスに立って存分に楽しむなど、そこには普段めったに見られない武の姿があった。

抗争の連続であったころにくらべれば、竹中組にとって牧歌的と言ってもいいような時代の到来であったろう。

* * *

武に可愛がられ、十数年にわたる交流を通して、山際が武に対して思い知ったのは、不器用で無骨、愚直なまでにまっすぐなその人柄であった。

言うことはハッキリしており、相手が誰であれ目線は同じ（嫌いな人間は寄せつけもしなかったが）、ズルさや嘘を嫌って、筋を重んじ、けじめを最も大事にした男が、竹中武というヤクザだった。

武の晩年、気軽に話ができるほど親しくなっていた山際は、二人きりで話をする機

会があったとき、

「ヤクザはやはり一番大事なのは、筋いうことですか？」

と訊《き》いたことがあった。すると、武は少し考えたあとで、

「う～ん、筋も大事やけど、一番はけじめと違《ちゃ》うか」

「はあ、けじめですか……」

「そうや。山広はけじめをつけれんかった。だからワシは最後まで行ったんや」

「なるほど、そうですか」

「それとな、どんな人間であっても礼は尽くさなあかん。ことわり入れてきっちり頭下げないかんのや」

武らしい言葉であった。

武の前で、自分を大きく見せるための虚言や虚勢が少しも通用しないことも、山際には新鮮な驚きであった。

武と会話していて、それまで黙って山際の目を見ていた武が、フッと目を逸らすことがあった。山際が話を膨らませたときで、1回目や2回目のときは、たまたまテレビに目が転じただけのことだろうと思っていた。

だが、そうではなかった。自分に都合のいい飾った話をしだした途端、武はプイと

横を向いてしまうのだ。山際には、すべてを見透かされているような気がしてならなかった。

山際の知る武は金にもきれいで、カタギの人間に対して、

「カネを持ってこい」

という発想がみじんも見られなかった。ヤクザとしても珍しかった。

それを痛感したのは、平成14年夏、山際が姫路一の繁華街魚町に居酒屋をオープンしたときのことだった。

そのとき、山際は店の内装工事を担当した業者から、ある相談を持ちこまれたのだ。聞くと、その社長、昼は真面目な内装会社を経営していながら、今度は姫路で夜の仕事——風俗業のデリヘルを始めるという。

そこでさっそく地元のヤクザ組織から、みかじめ料を払えとのクレームが入ったのだが、社長とすれば、

「そこにすんなり払いたくない。どうせなら竹中組に面倒見てもらいたいから、竹中武親分にお願いできないか」

とのことだった。

山際は旧知の岡を通してその件を武に伝えたところ、後日、武から社長への伝言と

して、

「昼間の正業があって表の顔があるんやったら、それを貫いて、夜のそういうことはせんほうがええと違《ちゃ》うか。

ただ、どうしてもと言うんであれば、ワシらは命を賭けて頑張らしてもらう。せやけど、私ら岡山やからなんぼ若い者走らせても、姫路までは40、50分から1時間はかかる。それだけは了解してもらいたい。

けど最後にもう1回言えば、できたらそういうことは辞めて、昼の仕事だけに力を入れて大きくなって欲しいわな」

との言葉が返ってきた。

それを聞いたとき、山際は、

〈ああ、やっぱり親分や。いい悪いをきっちり評価してくれはった……〉

と思わずにはいられなかった。

そこいらの並の親分なら、月5万円で面倒見たる、10万円でどうや——という話にしかならないところだろう。が、武の場合、決してそうはならなかった。

結局、その社長も、武の助言に従い、デリヘル商売からきっぱりと身を引いたものだった。

第五章

1

万を超す最強軍団・山口組を以《もっ》てしても、竹中組を潰すことは適《かな》わなかった。手勢十数人と言われるまでに追いこまれながらも、竹中武はこれを凌ぎきり、竹菱の代紋を守り抜いたのだ。

平成13年1月27日、山口組は武の実兄である竹中正久四代目の十七回忌法要を総本部で営んだあとで、主だった幹部が姫路・深志野の四代目の墓参に訪れた。これを出迎えたのが武で、談笑する両者の姿に、その対立関係も過去のものになったと見る向きも多かったろう。

山一抗争から山竹抗争という抗争に次ぐ抗争の時代を経て、竹中組にもようやく抗争のない日々が訪れたのだった。

だが、その一方で、五代目体制下、独立組織の相次ぐ加入などで膨張を続け、天下に比類なき巨大組織に膨れあがった山口組を、突如襲ったのは、その根幹を揺るがすような衝撃的な事態であった。

事件が起きたのは、平成9年8月28日午後3時半ごろのことだった。

そのとき、新神戸オリエンタルホテル4階のティーラウンジ「パサージュ」奥の南隅テーブルで、珈琲を飲みながら談笑していたのは、五代目山口組若頭・宅見勝、同総本部長・岸本才三、同副本部長・野上哲男の3人である。

そこへ殺到したのが、宅見若頭を狙った4人の中野会ヒットマンだった。いずれも青色の夏用の戦闘服、つば広の野球帽を被り、サングラスを掛けていた。

4人は、山口組の若頭補佐を務める中野太郎率いる中野会の傘下組織から選ばれた加藤総業鳥屋原精輝、誠和会川崎英樹、至龍会吉田武、三笠組神戸総業若頭補佐・中保喜代春というメンバーだった。

現場指揮を執ったのは中野会財津組組長・財津晴敏、襲撃隊を選抜し、総指揮官となったのは中野会若頭補佐で壱州会会長の吉野和利だった。

真っ先に宅見たちのテーブルに足早に歩み寄ったのが鳥屋原で、彼は1メートル近くまで近づくや、立ちどまって宅見に話しかけた。宅見が振り向いた瞬間、鳥屋原は右ポケットから45口径を取りだして発砲、銃弾は宅見の胸を貫いた。

それでも宅見はのけぞりながらもの凄い形相で鳥屋原を睨《にら》みつけ、摑みかかるようにに起きあがろうとした。

鳥屋原のすぐあとに続いていたのが中保喜代春で、中保は後に「ヒットマン――獄中の父からいとしいわが子へ」（講談社文庫）という回想録を刊行、この場面をこう振り返っている。

《しかし、次の瞬間には鳥屋原はさらにもう一発、宅見組長の胸めがけて拳銃を発射していました。宅見組長がカッと目を見開いたまま、右肩を下にしてドッと床に倒れ込みました。

すでに宅見組長は口からおびただしい量の血を吐いて、意識もないようでした。しかし、鳥屋原はなおも容赦せず、倒れた宅見組長めがけてさらに二発の弾丸を弾きました。そのたびに宅見組長の体がビクン、ビクンと震えるのが見えました》

宅見を撃った鳥屋原がただちに逃げ去るのを見て、二番手の中保は止《とど》めを刺そうと、倒れている宅見の背中に向け、38口径を構えた。が、2発発砲した銃弾は2発とも外れ、床の大理石を弾いた。

と同時に、他の2人のヒットマンも中保の背後から宅見目がけて拳銃を発射、4人併せて10発の銃弾が乱れ飛んだ。

ラウンジ内に「パーン！」「パーン！」と響きわたる発砲音、「キャアー！」という女性客の悲鳴、ガラスの割れる音、スチール製トレーがぶつかりあう金属音、恐怖に戦《おのの》きながら床に身を伏せる客たち……ラウンジやロビーは上を下への騒動となり、混乱を極めた。

不幸だったのは、流れ弾が当たってしまった客がいたことで、宅見たちの隣席に座っていた歯科医が頭部に銃弾を受けてうつ伏せに倒れこんだのだ。

中野会襲撃犯4人組は、銃声を聞いてすぐにラウンジに駆けつけた宅見の護衛の組員を振りきって逃走に成功する。

7発の銃弾を浴びた宅見は、神戸市内の病院に搬送されたが、約1時間後の午後4時32分に死亡が確認された。流れ弾を受けた歯科医は、神戸大学付属病院に収容され緊急手術を受けたが、6日後に死亡した。

宅見と同席していた岸本、野上はかすり傷ひとつ負わず無事だった。

＊　＊　＊

襲撃犯が捕まらず、誰の仕業《しわざ》ともわからぬ事件直後から、ヤクザ関係者の間で確信的に囁《ささや》かれだしたのは、

「あそこや。こんなドでかいことをするのは、あそこしかあらへん。中野会や」

という、「ケンカ太郎」の異名をとる山口組の超武闘派・中野太郎を頭領とする中野会の名であった。

「去年の京都の事件絡みのもんやろ」

との声も聞こえてきていた。

京都の事件というのは、平成8年7月10日正午ごろ、京都府八幡市内の理髪店「ニコニコ」で、中野会会長・中野太郎が散髪中に起きた襲撃事件だった。

ニコニコ理髪店は、中野の自宅に程近い閑静な高級住宅街の一角にあり、中野が毎週一回程度利用する行きつけの店だった。その日は中野の他に客はなく、昼食時ということもあって、店が面するメインストリートは人通りもなく、あたりは静かだった。

そのとき中野はちょうどカットを終え、髭剃りの真っ最中、店内には中野の髭を剃るニコニコ店主の他は、ガード役の中野会幹部の高山博武がいるだけであった。

そこに2台の車に分乗して乗りつけたのは、ポロシャツやジーンズ姿の6、7人の男たち——地元京都の会津小鉄系組員であった。

彼らは理髪店の大きなウインドーガラス越しに、中野太郎という目当てのターゲットを確認するや、店に接近するなり、ガラス上に拳銃を撃ちこんで、店内に雪崩《なだれ》こもうとした。

「バン！　バン！　バン！」

とガラスが割れる音と乾いた銃声がほとんど同時に響きわたり、店主の、

「うわぁ、会長、危ない！」

との叫び声があがった。

すかさず中野のボディガード役の高山が拳銃を取りだして応戦、6、7人の会津小鉄系ヒットマンとの間で激しい銃撃戦が繰り広げられた。

それはたまたま現場を目撃した近所の住民が、ヤクザ映画のロケと見紛うほど現実離れした光景で、わずか1分足らずの出来事だった。銃撃戦の果てに、男が倒れ、襲撃者たちが車に飛び乗って逃げ去った。

路上には車1台が乗り捨てられ、回転式拳銃2丁とともにほぼ即死状態の男2人が血を流して横たわっていた。襲撃した会津小鉄側の2人で、高山によって返り討ちに遭い、射殺されたのだった。

理髪店店主は上着の袖を銃弾が貫通しただけで無事で、的にされた中野太郎本人も

奇跡的に無傷であった。

山口組と会津小鉄の大抗争に発展すると見られたこの事件も、案に相違して、その夜のうちに両者の手打ちはなされた。会津小鉄が山口組本部を訪れ、宅見若頭などに詫びを入れて和解が成立したのだ。事態収拾のためにいち早く会津小鉄側と接触し、和解交渉を進めたのも、宅見を中心とする山口組首脳だった。

当事者であり、若頭補佐という執行部の一員でありながら、中野は終始、蚊帳の外に置かれていた。そのため、和解交渉にあたって、中野会側の意向は一切反映されず、中野会は、

「そんな話がどこにあるんや！」

と反発を強めていたというのだ。

そうした背景もあって、宅見若頭射殺事件が起きたとき、その直後から、山口組内部でも、

「中野会の仕業や」

と、ほぼ断定に近い推測が駆け巡ったのだった。

もとよりニコニコ理髪店襲撃事件が宅見事件につながったのは、事実には違いなかったろう。が、それはあくまで一面に過ぎず、もっと深いところにその原因はあり、

宅見と中野の確執もそんな皮相的なものでなかったことは、後に明らかになってくる。

＊　＊　＊

宅見若頭襲撃事件から3日後の8月31日、山口組は中野会会長・中野太郎を「破門」処分にした。

事件後、ヒットマンたちがオリエンタルホテルから逃走用に使った白色のクラウンが、中野会傘下の組幹部所有のものと判明、事件への中野会関与の疑いが濃厚になったからだった。復帰の道が残されている破門処分となったのは、まだ犯人が特定されていなかったことにもよるが、渡辺芳則五代目の意向も大きかったとされる。

9月2日午後1時、京都府八幡市内の中野太郎の自宅で、中野会幹部三十数人が集まり、会合が開かれた。席上、中野は、

「うちがやったのではない。いまはじっと我慢せよ、いつか山口組に復帰できるから。山口組に残りたい者はうちから出ていっても構わない」

と話した。

翌3日、事件の巻き添えで重体が続いていた歯科医師が、入院先の病院で死去したことで、事態は急変する。山口組は中野の処分を破門から急遽「絶縁」に変更したの

だ。それはヤクザ界からの永久追放を意味するものだった。

だが、中野太郎は山菱の代紋を剝奪されても、その絶縁宣告を肯《がえ》んじようとはしなかった。みずから引退もせず、中野会の解散もせず、一本どっこのままに組織の存続を図った。

中野会に対する山口組の報復攻撃が開始されるのは9月2日のことだった。同日午前と午後の二度にわたって、福岡県前原市の中野会系列組織事務所へのカチコミが行なわれたのだ。

以来、翌平成10年1月までに、その報復攻撃は相次いで37件にも及び、2人が死亡、警察官や一般人を含む10人の負傷者が出ていた。

その後は報復禁止令もあって、しばらく沙汰止みになっていた山口組の中野会攻撃だが、決して諦めたわけではなかった。とりわけ親の仇討ちに執念を燃やす初代宅見組系列組織は、中野会幹部の確実なタマとりを狙って、その機会を窺い続けていた。

翌平成11年5月18日、初めて中野会最高幹部が狙撃される事件が起きた。

京都市内の市営団地で、中野会若頭補佐が腹などに3発、ガードの組員が6発の銃弾を受け重傷を負ったのだ。2人とも一命を取り留めたのは、防弾チョッキを着用していたがゆえの僥倖《ぎょうこう》に過ぎなかった。襲撃したのは、宅見組幹部ら2人だった。

そして4カ月後の9月1日、ついに中野会最高幹部初の死者が出た。

同日午後7時55分ごろ、大阪市生田区内の麻雀店へ4人組が侵入、奥のソファに向けて拳銃を乱射したのだ。男は腹部に銃弾2発を受け病院に搬送されたが、2時間後の午後10時ごろ死亡——中野会若頭である山重組組長・山下重夫の最期《さいご》だった。

山下とともに近くにいた組員も腹部に1発撃たれ、重傷を負っていた。

ヒットマンはいずれも宅見組系列の組長や幹部で、宅見組混成部隊であった。

さらに3年後の平成14年4月20日には、中野会のナンバー3である山下重夫若頭に続いて、ナンバー2の同会副会長、弘田組組長・弘田憲二が沖縄で射殺されるという衝撃的な事件が起きていた。

弘田は那覇市内の国道を、助手席に乗って車で走行中、信号待ちのところを、オートバイに乗った男に撃たれたのだった。同日午後2時20分ごろのことで、直後、オートバイの男は病院へ急行する弘田の車と激しいカーチェイスを繰り広げた末に、病院前で追いつき、弘田に止《とど》めの銃弾を撃ちこんだのだ。

胸などに3発被弾した弘田は約1時間後に死亡が確認された。

このオートバイの男は、山口組直参の天野洋志穂率いる天野組組員で、天野は宅見事件当時、宅見組副組長を務めていた。

山口組にとって、大きな課題とされた〝中野会問題〟。その問題に決着をつけなければならない時期は、いよいよ迫っていた——。

2

宅見射殺事件後、斯界で言われ続けてきた〝中野会問題〟というのは、山口組の報復だけを意味するものではなかった。

その本質は、絶縁となっても解散・引退を拒んで渡世を張り続ける中野会会長・中野太郎に対して、どうけじめをつけるのか——という山口組の面子《メンツ》に関わる問題であった。

事件当時（平成9年8月）、54団体、1200人とも言われた中野会の勢力は、絶縁によって離脱者が相次ぎ、同年末までに24団体、50〜60人にまで激減したというのが、兵庫県警の分析であった。

だが、実際のところは、「100から200人以上はまだ残っている」とされ、山口組の猛攻を受け続けたあとでも、その数字は維持されていた。

そしてその残ったメンバーというのは、金や名利で転ばず、中野太郎に心底惚れてついてきている本物の武闘派ぞろいという評がもっぱらだった。

「喧嘩は数でやるもんやない」

と、山口組との一戦も辞さず――と主張する幹部の存在もあったという。

とはいえ、中野太郎もまた、竹中組組長・竹中武同様、山口組からどれほど攻撃を受けようと、一切報復はしなかった。

武の場合、兄の正久が四代目を継承した山口組に弓を引くことはできないという考えかたであったのに対し、中野が皆に報復を禁じていたのは、それは親分・渡辺芳則に歯向かうことになる――との理由だったとされる。

中野自身、絶縁後も変わらぬ強硬な姿勢を崩さず、中野会は宅見若頭殺しに関与していないと頑強に否定し通した。

事件翌年のジャーナリスト、須田慎一郎のインタビュー（「週刊文春」平成10年3月26日号）でも、

《――それなら、なぜ、絶縁処分になったんですか？

「あんなもの、勝手に（山口組）執行部が出しよった。『何考えとんねん』ということですわ。まあ、親分（注・渡辺芳則五代目）1人対執行部十何人で押し切られたというのが真相と違いますか」》

とツッパリ、

「親分の親衛隊だという気持ちは変わりません」

とも答えている。

そうした背景もあってか、この時分、たびたび流れたのが、中野会の山口組復帰説であった。そのため、山口組執行部は平成10年3月の定例会で、

「中野会の復帰は絶対にない。報道や情報に惑わされないように」

と通達しなければならなかったほどだ。

だが、山口組にあって、中野太郎と話のできる者となれば、元親分の渡辺五代目以外に考えられず、中野会問題の決着は容易なことではなかった。

では、誰なら中野太郎と話ができるのか？　第三者の立場で、中野会問題の解決に向けて、中野と対等に話ができるほどの大物親分が存在するものなのか。

そんなとき、急浮上してきた一人の男の存在があった。

竹中組組長・竹中武である。

なんとなれば、武は、作家の溝口敦の著作「荒らぶる獅子　山口組四代目　竹中正久の生涯」（徳間書店、昭和63年刊行）の文庫化にあたって、その解説（平成10年12月15日記）で、

《私は平成元年四月に山口組を離れたのだが、それでも兄の残した山口組は強くあって欲しいと思う。他団体に侮られてはならない。近年、山口組では若頭の宅見勝が殺され、若頭補佐の中野太郎が絶縁された（平成9年）。その前から山口組はゴタゴタが続いている。仮にしかるべき人間に頼まれれば、私は外部の人間として、中野問題の解決に動くこともいとわない。それぐらいの気持ちは持っているといっておきたい》

と書いていたからだった。

果たしてこれを読んだものかどうか、間もなくして武に接触を求めてきた2人の人間があった。2人とも渡世の人間ではなく、山口組に近いとされる関西の実業家であった。

彼らの招きに応じ、武は2人と京都で会った。ともに業界では知られたやり手の社長ということだが、武にはどちらも初対面であった。

料亭で会食するうちに、相手から飛びだした言葉に、武はわが耳を疑った。

「竹中の親分、山口組に戻ってもらえまへんか。中野会を解散さすことができるのは、親分しかおりまへん」

聞くなり、武は腹も立ってきた。

「あんた、ワシのこと、何を知ってまんねん!?」

「よう知っとりまっせ。筋を通すためなら梃子《てこ》でも動かん、けじめをつけるためなら命を捨ててかかる人やいうことを」

「……確かにワシは、中野問題の解決に向けて動いても構へんいうことは言うとるわい。せやけど、それとワシが山口組に戻るいう話は別や」

「親分が古巣に戻ってくれて、中野問題を解決してくれはったら、山口組にとっても万々歳いうもんでっしゃろ」

「何を言うとるんや。だいたいカタギのあんたらが、こないな話をするのは筋違い、いや、お門違いいうもんや。どこにそんな資格があるんぞい!?」

「御無礼は承知で申しあげとるんですが、もし親分が山口組に戻りはって、親分とこにおった人――元竹中組の人たちが親分とこに帰りたい言うたら、みな戻したってくれるいうようなお気持ちありますか。お気持ちだけお伺いしたいんですわ」

「そら、ワシとの盃があった者は別として、下の者は出とうて出たんやない。上が出たんで仕方ないから出たんや。ワシのとこに戻りたい言うたら、拾ってもええ思とるわい。……どっちにしろ、これはカタギのあんたらと話すことやない。カタギはんの出る幕やないやろ」

話はそれで終いだった。2人の話の主旨は、中野会問題解決という以前に、武の山口組復帰というほうに重点があるようで、武に言わせれば、それこそ話にならなかった。

どれほど山口組に影響力を持つ人物か知らないけれど、カタギの彼らがそんな話を持ちこんでくること自体、武には奇怪なことで解せなかった。

彼らだけではなかった。それ以降も、中野会問題を解決できる切り札と見ているのであろう、各方面からの武に対するアプローチは続いた。

「四代目の親分が菅谷政雄にやらはったときみたいな形にしてもらえまへんか」

との話が持ちこまれたこともあった。

山口組から絶縁となったあともしばらく渡世を張り続けた三代目山口組時代の大幹部、菅谷組組長・菅谷政雄の名も、中野太郎と同ケースとして引きあいに出されたのだ。

そんな菅谷に対して、けじめをつけるべく中心的に動いたのが、当時の若頭補佐で後の四代目、竹中正久だった。癌に蝕まれた菅谷がようやく引退を決断し、田岡三代目と会う段となった際、竹中は菅谷に、

「親分にはカタギになりますではなく、カタギになりましたと言わなあかん」

と申しわたした。

菅谷はそのとおりの口上で三代目に謝罪し、みずからの引退と菅谷組の解散を告げたのだった。

その兄の四代目と同じ役どころを、武に求めてきた筋があったのだが、武はそれを、

「そら、菅谷のときとは事情が違《ちご》とる。いまや日本の国全体が、中野会を指定暴力団として認めてしもてるんやからな。同じ形で引退、解散いうんはでけんやろ。それに兄貴とワシとでは立場がまるきり違う。当時の兄貴は山口組内竹中組で執行部、いまのワシは山口組外竹中組や」

と一蹴したものだ。

中野会が大阪府公安委員会によって暴対法に基づく「指定暴力団」として官報に公示されたのは、宅見事件より2年後、平成11年7月1日のことだった。絶縁処分を受けたヤクザ組織が公的機関から指定団体として認定されるという前代未聞の措置であった。

指定時の中野会の勢力は約20団体、約170人、平成13年の再指定時は19団体、約150人と、宅見事件のあった平成9年の末（24団体、50〜60人）よりむしろ増えていた。

中野会問題の厄介なところであった。

それでも山口組の報復は確実に戦果を挙げ、初代宅見組系列組織が中野会ナンバー2の弘田憲二副会長、ナンバー3の山下重夫若頭を射殺するに及んで、山口組内でも、

「それなりの格好はついた」

と見る向きも出てきた。

とりわけ捜査当局から宅見若頭射殺事件の指揮を執った吉野和利若頭補佐とともに事件のキーマンと睨《にら》まれ、山口組からも中野会最高幹部の中でも最大のターゲットの一人と目されていた弘田憲二のタマとりは、大きな戦果とされた。

この事件以降、山口組の中野会攻撃もピタッと止まり、抗争がほぼ終焉状態となったことからもそれは窺えよう。

弘田はかつての山一抗争において、四代目山口組系豪友会との間で〝高知戦争〟と言われるほど激烈な抗争を繰り広げた一和会系中井組の若頭を務め、武闘派として名を馳せた。山一抗争が終わり、中井組解散後も、弘田は一和会の立役者とあってしばらく山口組に受け入れられなかったというが、平成4年ごろ、手を差しのべたのが中野太郎であった。

中野会副会長として迎えられた弘田は、武闘派でかつ資金力も豊富な実力者、中野

の信頼も厚かった。弘田も自分を拾ってくれた中野に惚れこんで、宅見事件後も、

「中野会がどうなっても、ワシは会長についていく」

と公言していたと言われる。

それだけに弘田の喪失は、中野にとっても大きな痛手となった。どれだけ山口組の攻撃を受けようと屈せず、突っ張り通してきた男にも、さすがにそれはこたえたのだ。

さらなる不幸な事態が中野の身に降りかかるのは、弘田事件の翌年、平成15年1月末のことである。中野が京都の自宅で、脳梗塞で倒れたのだ。

大事には至らなかったのだが、山口組にとって、中野会問題の解決はますます急務となった。

そのキーマンとも目される男が竹中武であったが、彼の近辺にも、それから間もなくして、とんだアクシデントが待っていた。

その日早朝、たまたま所用で上京中の武のもとへ、1本の電話が入った。

宿泊中の新宿のホテルの部屋で、携帯の電話をとったのは、同行してきた組長付の立森一刻であった。岡山の本部事務所当番からのもので、

「いま、事務所に、大阪府警の家宅捜索が入りました」

との緊急の電話だった。

「大阪府警？　何でガサ入るんや？」

「はあ、何でも大阪のM組におった佐橋いう若い衆の一件で、親分に対する供述教唆いう容疑とのことです」

「M組の佐橋？……ああ、あの件やな。で、何やて？　キョージツなんたら？　もう1回言うてみい」

「供述教唆です」

「そんな罪あるんか？」

「はあ、そう言うてます」

「ちょっと待ってや。親分、起こすさかい」

立森は隣りの部屋へ行き、まだ寝ていた武を起こして携帯を差しだした。

「親分、事務所に大阪府警のガサが入っとるらしいです」

「何でどや？」

「Mさんの若い衆の一件で、なんや親分、供述教唆とかいう容疑で……」

「何ぞいや、そりゃ!?」

武は立森から引ったくるように携帯をとった。

それはしようもない事件であった。

あるとき武は、東京で知りあい親しくなった新聞販売店所長から相談を受けた。

所長は武の前に一人の若者を連れてきて、

「実はうちの店に勤めてるこの佐橋という子が、大阪のM組から追い回されて困っとるんです。この子の話を聞いてもらえませんか」

と言うのだ。

聞くと、その佐橋という20代の若者、昔、大阪の竹中組傘下組織にいて、岡山の本部事務所にも当番で行ったことがあるという。

3

元M組組員である若者・佐橋は、組を抜けたいばかりに警察に駆けこみ、やられてもいないのに、

「M組長にバットでどつかれた」

と訴え出たのだという。

そのため、M組長は即座に大阪府警に逮捕される破目になったのだが、これに激怒したM組が佐橋に追いこみをかけたのは当然であった。

親交のある新聞販売所所長から相談を受け、当人の話を聞いた武は、

「そら、いかんぞい。嘘ついたらあかん。極道、舐めたらあかんぞ」

と、若者を諭した。

佐橋の虚偽の訴えで逮捕されたM組長は、すでに起訴され公判も始まっているという。

「おまえは懲役に行ったことあるんかないか知らんけど、行った者《もん》のつらさ、行った者が一番ようわかる。そんな人を懲役にやるような嘘をついたらあかん。ましておまえはもう極道の足洗《あろ》うて新聞店に勤めて真面目にカタギでやろうとしとる男やないか。ホンマのこと喋《しゃべ》らなあかんで。そしたらM組にはワシが話つけたる」

武の言葉に、若者はうなだれていた頭をあげ、大きく頷いた。M組にいつ捕まるかと、生きた心地もない日々を送っていた男にすれば、ようやく光が見えてきたような思いがしたのであろう。

「わかりました。ワシ、裁判でホンマのこと喋ります」

ときっぱり応えた。

佐橋は武との約束どおり、M組長の公判に証人として出廷、裁判長に、

「私は嘘をついていました。M組長に殴られていません」

と証言し、警察での供述をひっくり返した。おまけに、

「私が本当のことを話す気になったのは、ある親分さんに相談しましたら、嘘をついたらあかんと言われたからです」

と、言わずもがなのことまで言ったものだから、

「誰に相談したんですか？」

裁判官にこう訊《き》かれると、

「竹中組の竹中武組長です」

武の名まで出してしまった。

いずれにしろ、警察の面子は丸潰れであった。大阪府警はただちに佐橋を偽証罪で逮捕するとともに、竹中武に対して〝供述教唆〟の容疑で逮捕状をとり、竹中組本部に家宅捜索をかけ、全国指名手配の措置をとったのだった。

岡山の本部当番からの電話を終えた武は、立森一刻に携帯を返すや、

「おい、一刻、おまえ、岡山帰られへんぞ」

と告げた。

「何でですか？」

「大阪府警が、おまえを犯人隠避で手配したぞい」

「は？　犯人隠避て、オレ、親分の横におるだけでんがな」

「しょうがないがな。オレもおまえも当分岡山帰られへん。それにしても、よう無理やりこじつけたもんやな」

「親分、このホテルもヤバい違《ちゃ》いまっか？　すぐに移動しましょ」

「おお、そうするか」

「せやけど、別のホテルもあきまへんで。親分ばかりか、自分らの名前でも、どこ泊まってもバレまっせ」

立森の言に、武は少し思索したあとで、東京の知人の実業家に連絡をとった。

するとその社長は、新宿歌舞伎町のとあるマンションに従業員寮として使っている3LDKの空き部屋があるので、そこを自由に使ってもらって構わない――と、願ってもない話をしてくれるのだった。

「親分、そこ入りはったらどないです」

「そやな、ほな、そうさせてもらうか」

こうして武と立森は、東京・新宿歌舞伎町のマンションを根城にして、それから1年余りの逃亡生活を余儀なくされることになる。

だが、それは逃亡生活――凶状旅という様子からは程遠く、些《いささ》かも逃げ隠れしているふうには見えなかった。武は岡山にこそ帰らなかったが、平気で夜の街を飲み歩いたり、人と会ったり、気ままに東京での暮らしを愉しんだ。それまであまりつきあいのなかった関東の同業者と知りあい、親交を結ぶようになるのもこの時期だった。

つまり、警察の監視の目もさほど厳しくなく、武は逃亡者らしからぬ、ほとんど日常生活に支障のない日々を送っていたのである。

＊　＊　＊

溝口敦原作の『実録　竹中正久の生涯　荒らぶる獅子』が「Vシネ」として映像化され（辻裕之監督、小沢仁志主演）、それが好評を博したため、その外伝として『武闘派極道史　竹中組～組長邸襲撃事件』が製作される運びとなったのも、武が逃亡中の身で、新宿にいた時分のことだった。

その話を、たまたま新宿のマンションを訪ねた折、武から聞いた若手実業家の山際完司は、

「親分、また僕を俳優として出さしてください」

と頼んでいた。

武と親交があり、何かと可愛がられていた山際は、前作の『荒らぶる獅子』にも台

詞なしのチョイ役で出ていた。

2年前に撮影された同作には、武も物語の締め括りにナレーターとして声だけ出演し、関係筋の話題を呼んだものだ。

武は、山際の申し出に苦笑し、

「何や、懲りもせず、また出たいんかい？」

「出たいですよ」

「どんな役で出たいんだ？」

「僕は死ぬ役がいいです」

「何どいな、おまえ、死にたいんか」

山際の言い草に、武が珍しく大笑いした。

「いえ、そういうわけやないんですが、少しでも大きな役をやってみたいんです」

「ふ～む、せやけど、おまえ、セリフ言えるんかい？　あれは難しいぞ」

前作でナレーターを務めた自分のことを振り返るように、武が言った。

岡山の本部2階で行なわれた武のナレーション録《ど》りには、山際も立ちあっていた。

いつもと勝手が違い、柄にもなく武が緊張する様子が伝わってきて、山際は、

〈ああ、親分もやっぱり人の子や。あんなに性根のすわった人でも、緊張するいうん

があるもんなんや……〉

と、ホッとしたような感慨を抱いたものだった。

「セリフ言えるよう頑張ります」

映画製作にも関心のある山際は、武の前で映画出演へのヤル気を見せた。武や実兄の四代目のことを題材にした映画とあれば、何が何でも出たかったのだ。そして出る以上は少しでも存在感のある役を演じたかった。

その熱意に、武も応えた。

「わかった。ワシから監督に頼んでみるがい」

かくして山際が辻裕之監督からキャスティングされたのが、昭和61年2月、山一抗争の最中に起きた、世にいう〝竹中四代目墓前射殺事件〟で射殺された竹中組系列組員の役であった。

その役が決まったとき、武は山際にこう言った。

「ええか、おまえが演じるモデルの人物には、遺族もおれば親族も生きとるわけやからな。恋人や無二の兄弟分だった者もおるかも知らん。そういう人たちの気持ちになって、心して演じたれよ」

武の言葉に、山際は少し考えこみ、

「じゃあ、親分、セリフ、どない言えばいいですか」

と訊《たず》ねた。武はその問いに、

「……そら、おまえ、桜の花のようにきれいに散るとかやにゃあに……とか言わんかい」

と、「にゃあに」と播州方言をまじえて答えた。

山際はさっそく自分の撮影の段になって、辻監督に、

「監督、台本にないセリフをアドリブで入れさせてください」

と頼みこんだ。最初は訝っていた辻も、山際の提案する台詞を聞いて、

「うん、いいんじゃないか。それで行こう」

となった。

それは山際演じる組員が竹中四代目の墓に向かって吐く台詞であった。

「自分も桜の花のようにきれいに咲いて散りますさかいに……」

山際は万感の思いをこめて熱演したのだった。

「はい、カット！」

監督は一発でＯＫを出すと、

「よかったよ、山際君」

と誉めた。

「これ、実は竹中の親分にいただいたセリフなんです」

山際がバラすと、辻も「ホーッ」と驚いたようだった。

＊　＊　＊

東京での「Vシネ」の撮影が始まり、山際も上京し、潜伏先の新宿のマンションに武を訪ね、挨拶すると、

「山際、おまえ、泊まるとこあるんかい？」

「カプセルホテルでも泊まります」

「何や、ここ、部屋が空いとるんやから、ここへ泊まったらええ。おまえ、カネつかうな」

となって、山際は撮影期間中、2週間ほど、武の住むマンションに居候させてもらうことになったのだ。

武と過ごしたその2週間は、山際にとってなんとも名状しがたい日々となり、あとで振り返ったとき、忘れられない思い出となった。

ある日、トイレに立って、ふと武の部屋を見ると、四苦八苦して自分の背中に虫さ

されの塗り薬を塗ろうとしている武の姿が目に入った。

「親分、塗りまひょか」

と声をかけると、

「おお、頼むわ」

山際は武から痒み止めの塗り薬を受けとって、作業を開始した。

「ここでっか」

「左、いや、右や」

「ここらあたりでっか」

「そこやない。もっと右や、いや、左……右や」

少しも的に当たらず、山際も終いには嫌になった。

「ええ加減にしてください。僕、薬を上下さしときますから、親分のほうで勝手に動いてください」

若い衆でない分、ズケズケ物を言った。

すると、武も山際の言うとおりに躰《からだ》を動かし始めたから、その仕草がどことなくユーモラスで、山際はおかしかった。

「どうですか、親分」

「おお、ようなってきたわい」

あまり効いているふうには見えなかったが、そのヤセ我慢もまた、山際には微笑ましく感じられてならなかった。

襟元から覗《のぞ》かせる武の肌はきれいで、田岡三代目や兄の四代目同様、刺青の類《たぐい》は躰に一切入っていなかった。その理由も、

「何でそんな痛い思いせなあかんのや」

と、はっきりしていた。

あるいは、こんなこともあった。夜、マンションで武を始め、側近の黒田、立森たちとの食事を終え、皆でテレビを観ながら雑談していたときのこと。山際が好きなオカキを食べていると、武が目を剝《む》いた。

「ワシがダイエットしよんのに、目の前でお菓子ボリボリ食べやがって……」

「すんまへん。親分も食べはりますか」

「いらんわい。ダイエットしとんじゃ」

「わかりました」

おかしさを嚙み殺しながら、山際が構わず一人で食べていると、武がそーっとテーブル上の菓子袋に手を伸ばしてきた。山際がその手をパシッと叩いて、

「ダイエット中でしょ。ダメです！」

と取らせなかった。

「そんなもん、目の前で旨《うま》そうに食いやがって……」

武が子どものように不平を漏らした。

山際はいよいよおかしさを押し隠し、

「じゃあ、親分、欲しいんですよね。ちゃんと『くれ』って言ってください」

と、さながら駄々っ子をあやすように言った。

「……お、おお、ほな、ワシにくれや」

武も渋々ながらそれに従うのだった。そこにあったのは、世間でコワモテのイメージしかない男の、稚気愛すべし——とでもいうべき紛れもない一面であった。

4

新宿の武の住むマンションに居候させてもらっている間、山際は料理作りを担当、そのプロ料理人さながらの腕前に、武たちは舌鼓を打った。「Vシネ」に出演したギャラが5万円出たことで、山際は皆で外食した際、武に、

「食事代、僕に出させてください」

と申しこんだのだが、払わせてもらえず、それならせめて料理ぐらいは作らせて欲しい――と、料理番を志願したのだった。

東京に来る前も、山際はいっぱいの食材を買って岡山の事務所を訪ね、武と組員たちに料理を振るまったことが何度もあった。武は山際を歓迎し、

「おお、何持ってきてくれたんぞい」

「魚です。エビもあります。親分、何か食べたいもんありますか」

「エビフライ、食いたいな」

武の要望に応えて、山際が料理を作っていると、途中、武が台所に様子を見に来た。

山際が立派な皿に豪華な料理を盛りつけていると、

「それ何ぞ？」

「親分のです」

「こっちは？」

「皆さんの分です」

「みんなと一緒にせい」

武は自分だけ特別扱いされると、怒った。

それは新宿での逃亡生活においても同様で、皆と一緒に旨そうに食べる武の料理を作るのは山際の喜びともなり、腕にヨリをかけて作った。

そんな山際の東京での居候暮らしも、12日間でピリオドが打たれるのは、急遽姫路へ帰らなければならなくなったからだった。山際の経営する飲食店で小火騒《ボヤ》ぎが起きたのだ。

「何どんや、おまえ、帰るんか？」

武は山際の帰郷を残念がった。

「はあ、いったん帰ります」

「もうじき酉の市で、ワシ、お祭りに呼ばれとるんや。ワシのような岡山の田舎者でも、あっこの若い衆たちが整列して迎えてくれるんぞい。おまえにええとこ見せられる思とったのにな」

新宿花園神社で開催される酉の市のことで、「あっこの若い衆たち」とは、新宿に本拠を置く任侠界と神農業界のさる大物親分2人の身内のことだった。武は東京で、知人や兄の正を通して2人と知りあい、親交を結ぶようになっていたのだ。

この年の酉の市は、一の酉が11月23日に当たり、明日に迫っていた。

「僕かて行きたかったですよ、親分。姫路で火事の処理だけして、またすぐ戻ります」

　山際はその日のうちに姫路に帰っていった。

　山際が銃刀法違反・火薬類取締法違反で兵庫県警に逮捕されるのは、翌23日のことだった。

　友人の竹中組関係者から預かっていた拳銃と実弾が見つかり逮捕されたのだが、山際は警察の取調べに対してその者の名はおろか、竹中組の夕の字も出さなかった。

「拳銃と実弾は三宮の飲み屋で知りおうた人から譲り受けたもんです。尼崎の出身で田中言うてましたけど、そいつが何者なのか、あとは何も知りまへん」

　ということで押し通したのだ。刑事は、

「山際、一応な、おまえの言うことを信じて、尼崎の出で田中いう前科前歴のある人間調べてきたで。この中におるか」

　と数枚の写真を持ってきて、山際に見せもした。

「いえ、おりまへん」

「おまえ、ええんやな。このままやったら懲役行かないかんぞ。拳銃と実弾《まめ》で、銃刀法と火取《かとり》の併合になるさかい、高くなるぞ」

「そりゃ行きたくないですよ。早《は》よう田中を捕まえとくんなはれ。山際に拳銃渡した

――と、田中に吐かせたってください」

山際はあくまでも友人を庇って、一貫して供述を変えなかった。友人のため、警察に対してとても初犯でカタギとは信じられないような性根を見せつけたのだ。

ついには捜査官も諦め、山際は神戸地裁に起訴された。公判が始まって、山際にくだったのは、懲役3年の一審判決だった。

山際はただちに控訴した。保釈も効いて、山際が4カ月ぶりにシャバに出たのは平成17年春のことである。

*　　　*　　　*

山際が神戸拘置所に収監されていた折、何よりうれしかったのは、武から手紙をもらったことだった。

供述教唆などというわけのわからない容疑で指名手配を受け逃亡中の身だった武も、正月明けて早々、大阪府警に出頭していた。もともとが無理なこじつけの罪。10日間の勾留ののちに不起訴となり釈放されたばかりだった。

武はかねてから山際にも、

「正月明けたら警察へ行って、おめでとさん言うてモチでも食うてくらあ」

と言っていたのを、そのとおり、実行に移したのである。

武の山際宛の手紙には、

《保釈やどうやこうやと、貴君も焦ったらあかん。黙って座っとったら、えてしていい結果が出ることが多いから。私も今回、大阪府警に出頭し、弁護士も何も立てず、真実のままに話をしてきて、何もなく帰ってきました。だから、貴君も自分の真実を貫いてまっすぐ行きなさい。貴君も今回は映画だなんだとカブレたんやろけど、貴君のような普通のカタギの者がそんなことをしてはいけません》

という意のことが書かれ、検閲を意識してさしさわりのない文章になっていたが、それでも武の温かい気持ちが伝わってきて、山際は自然に目頭が熱くなってきたものだ。

平成17年の正月が明けて早々、大阪府警に出頭した武が何事もなく無罪放免となったのは、ちょうど翌日が実兄の正久四代目の20年目の命日に当たる1月26日のことである。武はそれに間にあわせたのだった。

岡山に戻った武に、側近の一人が、

「親分、どないでしたか、大阪府警は?」

と訊ねると、武は、

「何もないがい。のう、ワシ、もともと地声がごっついのにやな、最初に偉そうな刑事が、『声が小さい！』とワシに言うから、『おまえ、誰に言うとんねん！』と取調べ室でカチあげたったわ。警察もカマシ入れたらビビると思とるんやろが、何でワシがビビらなあかんのぞい！　風呂もワシひとりだけ一番風呂や」

と、快適だったとばかりに、大阪府警の留置場暮らしを語った。

保釈でシャバに出た山際は、自宅で1カ月ほど休養をとり体調を整えた後に、岡山の武のもとに挨拶に出向いた。

武は竹中組本部2階応接間で山際を迎えると、

「おお、山際、おまえ、だいぶ窶《やつ》れてもうたやないか。ちゃんと食うとるんかい」

と、真っ先にその躰を案じた。

「いえ、大丈夫です。拘置所で貧血を起こし、ひっくり返ったこともあったんですが、親分の顔見たら、すっかり元気になりました」

新宿で別れて以来、およそ半年ぶりに武に再会でき、山際は感無量であった。

「バカヤロ、おまえ、肉食うてもっと太らな……」

武も久しぶりに可愛がっている若者の顔を見て、表情が途端に崩れた。それは渡世の関係者には絶対に見せたことのない顔であった。

その笑顔に何より温かみを感じて、山際はこみあげてくるものがあり、あとの言葉が出てこなかった。

武も、そんな山際の様子を察して頷いている。2人はしばらく黙ったままだった。

目の前のテレビでは、開幕して間もないプロ野球の試合が放映されている。

2人してそれをぼんやり眺めていると、そのうちに山際はフッと武の視線を感じた。

山際がそのほうを見遣《みや》ると、武がニコッと笑って、

「なあ、山際」

と話しかけてきた。

「おまえ、今日びはヤクザでもポリグラフかかる前にペラペラと歌《うと》うてまうヤツばかりなのに、おまえはカタギなのに何も歌わん。ポリグラフもかからん。できるこっちゃない。よう辛抱したのう」

「いえ、いえ、自分なんか……」

「そら今度の一件、執行猶予ついたらええやろし、それに越したことはないけど、よしんば、刑務所行かなあかんかったらあかんかったで、そんときは、よう人を見てこい」

「はあ、人、ですか……」

「そうや、人や」

武はそのあとで、ハタと思い出したように、

「待てよ、人と言やあ、その前に、ワシがおまえにとっておきの人物を紹介したるわい。歳は正《マーシ》の兄貴と同じ65の弁護士や。ここへ1回行け。ワシから聞いてきたいうてな」

と山際に告げた。

「わかりました」

武が推薦してくれるとなれば、山際には否も応もなかった。その人物こそ、神戸在住の元検事で弁護士という、名を置宮義一と言った。

山際は武の紹介で、この置宮を三宮に訪ね、結局、控訴審の弁護を引き受けてもらうことになったのだった。

最初の打ちあわせのとき、一審における山際の関係調書に目を通してきていた置宮は、

「こんなもん、実刑にしかならん調書やぞ」

とズバッと言った。

「はあ、私の供述、そんなにまずかったでっか。……全部先生にお任せしますから」

山際が応えると、置宮は真顔でこう続けた。

「ワシはな、武さんやマーシ、四代目——竹中兄弟に裁判の仕方教えてもろたんや。こんな3年や4年というのと違うぞ、向こうは。無罪をとるか、20年行かないかんか、そういうレベルの話や。せやから、言葉いうのは、よう考えて物言わないかんぞ」

山際がビックリして、

「先生、裁判教えてもろたて、どういうことでっか？」

と訊くと、置宮は、

「面会に行くとやな、あの兄弟は『先生、ワシ、このこと喋っとらん。ここ突っこんでみい、警察、ここ、調べてないんや。ここにワシのアリバイがあるってもっていけるで』って教えてくれるんや。法廷で言えよ、先生——ってな。引っくり返ったこともあったで」

現実に、武を始め、マーシこと正、正久四代目——竹中兄弟はかつて3人が3人とも無罪を勝ちとった経験があった。

置宮弁護士は山口組の田岡三代目や初代山健組組長・山本健一の弁護を引き受けたことがあり、その縁で竹中正久も担当するようになったという。

正久がまだ四代目を継承する前、置宮が四国のある土建会社の弁護に付いたときの

こと。その会社が地元の山口組からいじめられてほとほと困っていると聞いた置宮が、正久を訪ねてそのことを相談すると、

「よし、わかった」

正久はその場で相手の組に電話を入れ、

「やめとけ。ワシの知っとる人の関係先や」

と話したところ、その件はピタッと収まったという。

さっそくそこの土建会社の社長が、

「ありがとうございました」

と置宮弁護士に300万円の謝礼を包んできた。

それを置宮が代理として正久に届けると、正久は、

「先生な、ワシら、先生に物事頼まなあかん人間やぞ。そんなもん受けとれへん。持って帰ってくれ」

と受けとらず、代わりに弟の正に接待役を命じ、姫路の街で置宮を酒や料理でもてなしたという。

置宮にすれば、正久に対し、すっかり義理が生じてしまったのだ。

「どないぞ、これ、弁護士もでけんがな」

置宮が当時の困った立場を、山際に訴えたものだった。

「どうしたもんかと思いよったとき、その義理を返せる絶好のチャンスが訪れたんや」

正久の山口組四代目襲名が決まったのである。

その機を逃さず、弁護士は正久を訪ねていき、

「親分、これはお祝いやから受けとってもらわな困りまっせ」

と300万円を持っていったのだった。

これには正久も、しゃあないなと受けとらざるを得なかった。

「よかったがな。それ、親分にとってもらえなんだら、ワシ、そのゼニ持って死なれへんがな」

置宮は笑いながら山際に語ったのだった。

5

武が大阪府警に出頭するとき、東京から一緒に新幹線に乗り、ずっと付き添った男がいた。

東京・新宿で稼業を張る芳元組組長・芳元満也で、関東神農業界では知られた実力派親分であった。

武が出頭するというとき、芳元が心配して、

「大阪府警の厳しさは東京にも聞こえてきてますが……」

と水を向けると、

「なあに、そんなもん、どうってことあらへん」

武は鼻で嗤《わら》った。

芳元が東京から大阪府警まで同行したのは、武が出頭を決断するにあたって、その身を案じた芳元が知りあいの捜査官に掛けあったり、何かと骨を折ったことにもよる。それほど2人のつきあいは、立場の違いを超えて親しいものになっていた。

芳元が驚いたのは、出頭してきた武に対して、大阪府警のお偉いさんが直々、表玄関で出迎えたことだった。堂々としている武にひきかえ、むしろ府警の連中のほうがコチコチになっているのもおかしかった。

「ほな行ってくるわ。芳元さん、いろいろお世話になったのう。ありがとな」

「親分、躰だけは気をつけてくださいよ」

芳元は大阪府警に入る武の背を見送った。

芳元が武と知りあったのは、この1年半ほど前、平成15年夏のことだった。

武の兄である竹中正から都内のホテルで紹介されたのだが、芳元にすれば、正とてその日が初対面であった。

竹中正といえば、昭和60年9月、山一抗争が激化していた折も折、四代目山口組直参組長の織田譲二とともにＤＥＡ（米連邦麻薬取締局）の囮捜査によって、麻薬・銃器密輸などの容疑でハワイにて逮捕され、後に完全無罪となった事件がよく知られていた。

それから8年後の平成5年4月、芳元もまた同様にＦＢＩ（米連邦捜査局）の囮捜査によって麻薬密輸等の容疑で、同じハワイで逮捕された。芳元のほうは無罪とはいかず、米連邦刑務所で10年余の服役を余儀なくされるという苦い経験があった。

その芳元に興味を抱いたのが、ハワイで同じような体験をした竹中正で、知人を介して接触を求めてきたのだ。

2人は都内のホテルで会うことになったのだが、芳元はまだアメリカの連邦刑務所を出所し、帰国してから半年ほどしか経《た》っていない時期だった。

その席で、竹中正は芳元に、

「よろしかったら、うちの弟も紹介しますわ。ちょうどいま、東京へ来とる言うてますから」

と言い、2人のいるホテルへ、1時間ほど経ってやってきたのが、竹中武であった。
関西と関東、年齢もヤクザとしてのキャリアもポジションも違うのに、ウマが合ったのか、武と芳元はたちまち親交を結ぶようになり、その交誼は武が亡くなるまで続いた。

芳元にとって武は、メディアや世間で通っているイメージと違って、気難しさやとっつきにくさもなく、人間味があり、つきあって楽しい人物だった。それは確かにこうと決めたら決して曲げず、一途で頑固一徹なところがあったのも事実だった。

たとえば、新宿・歌舞伎町の韓国クラブなどで飲んでいると、たまたま店に来ていた山口組関係者が、武に気づいて挨拶に来ることがあったが、武はそっぽを向いて返事もしないのだ。

あとで芳元が、

「何でですか?」

と武に訊《き》くと、

「ヤツらとワシは敵同士やからな」

と、ボソッと答えるのだった。

武の側近から聞いたところでは、昔から、気に入らない人間とは口も利かないというのが、武の流儀なのだという。

が、芳元の前では、武はざっくばらんで面白く、茶目っ気もあった。ある日、4つになる娘を連れて武と会ったとき、娘は武を見るなり、

「あれっ?」

と、不思議そうにジッとその顔を見遣りだした。

すかさず武は察して、

「アンパンマンやろ。アンパンマンに似とるんやろ」

と返したから、娘はわが意を得たりとばかりに、

「そう、アンパンマン」

にっこりと笑って喜んだ。

「ほな、アンパンマンがお小遣いあげような」

そう言って、武は1万円をその子にあげるのだった。

自分より若い芳元を常に「さん」づけで呼んで立て、芳元の若い衆をアゴで使うようなことも決してなく、周囲に気を遣わせないように振るまう男が武であった。芳元から見れば、むしろ武のほうが気遣いの人だった。

〈まあ、人の評価なんて、見ると聞くとではまるで違うもんだなあ〉

と芳元はつくづく思わずにはいられなかった。

＊　＊　＊

1月26日の夕方、起訴されることなく勾留を解かれ大阪府警を出た武は、翌27日、兄正久の没後20年の命日であったので、姫路・深志野を訪れ、兄の墓に詣でた。

その帰り、御着の生家に寄り、脳梗塞で倒れ寝たきりとなった姉を見舞った。

そこで武がおのずと思い出したのは、2年前に姉と同じように脳梗塞で倒れた中野会会長・中野太郎のことで、中野会問題こそ山口組の目下の懸案事項には違いなかった。

逃亡生活を終えて身軽になったいまこそ、自分がその解決のために動いてもいい──と、武は改めて考えたのだった。

中野太郎は平成15年1月、京都・八幡町の自宅で脳梗塞で倒れたものの命に別状はなく、治療とリハビリのあと、自宅療養を続けていた。

その中野に対して、

「おまえ、もう引退・解散せえ」

と言えるのは、山口組にあって渡辺五代目ただひとり。それが言いにくいのであれば、

「リハビリに専念せえ」

と言えば済むことではないか——と、武は思ってしまうのだが、それとてかなわない状況とあって、中野会問題はなかなか決着がつかずに長びいているのであった。

一方で、その時分、山口組に大きな動きがあり、山口組は転換期を迎えようとしていた。

前年11月28日、山口組総本部で緊急直系組長会が開催され、席上、総本部長の岸本才三によって、

「親分は16年間にわたり、当代として組織運営に当たってこられたが、心身ともにお疲れになり、体調もよくない。ついては、親分は長期静養に入られ、その間、組の運営は執行部による合議制にする」

といった主旨の通達が出されたのだ。いつもの定例会には顔を見せる渡辺五代目の姿も、この日はなかった。

この青天の霹靂ともいえる山口組トップの突然の「休養宣言」は、集まった組長たちを仰天させた。

それは事実上の引退宣言にも等しかったことが後に明らかになるのだが、山口組内部で何か大きなうねりが起きようとしていたのは間違いなかった。

平成17年が明け、例年なら1月8日に渡辺五代目の誕生会を兼ねた山口組の新年会が開催されるはずで、それは五代目体制発足以来の恒例となっていた。だが、この年は五代目の誕生会は行なわれず、代わって三代目・四代目時代の慣習どおり、1月10日に直系組長が集まり、五代目不在のまま新年会は開催されたのだった。

果たして五代目の休養宣言の意味するところとは何であったのか。なおかつ山口組は、宅見勝若頭射殺事件以来、ナンバー2である若頭の不在が8年間続いていた。

山口組はこれからどこへ向かおうとしているのか。2月、3月と山口組に目立った動きは何もなく、ようやくそれらしき形が見えてきたのは、4月になってからのことだった。

4月5日の定例会において、新若頭誕生の布石とも見られる注目すべき直系組長昇格人事が発表されたのだ。

このとき、直系組長に昇格したのは、二代目弘道会会長・髙山清司、山健組内極心連合会会長・橋本弘文、同太田会会長・太田守正の3人。併せて、初代弘道会会長だった司忍若頭補佐が「弘田組組長」に就任することも発表され関係者を驚かせた。

同じ組織の先代と跡目が同時に直参という弘道会のケースは、これまでの山口組にはなかったもので、それが新若頭決定に向けた人事を意味するであろうことは明白であった。

そしておおかたの予測どおり、4月25日の緊急最高幹部会において、司忍の若頭就任が決定し、5月10日の定例会でそのことが正式に発表されたのだった。

＊　＊　＊

司忍若頭が誕生して初めての定例会となった6月6日、そこで新執行部が発表され、役員人事が大きく動いた。新たに3人の若頭補佐昇格が決定したのである。

それはまさにサプライズ人事といってよかった。新若頭補佐に抜擢されたのは、二代目宅見組組長・入江禎、二代目弘道会会長・髙山清司、極心連合会会長・橋本弘文の3人であった。

このうち、髙山、橋本の2人はつい2カ月前に直参に昇格したばかりで、直参歴わずか2カ月での執行部登用など、山口組史上いまだ例のない大抜擢であったろう。

このころになると、マスコミや渡世関係者の間からは、

「山口組のトップ交代も近いんやないか。六代目は司若頭で決まりやろ」

との声も、澎湃《ほうはい》とあがりだしていた。

7月末には、「兵庫県警調べ」として、

《司忍の六代目決定》

と報じる夕刊紙もあったほどで、それはあたかも既定路線のような流れになっていた。

実際、司の若頭就任決定以来、山口組は、

「田岡三代目の祥月命日の務めを欠かさないように」

「墓所の清掃の当番制」

「機密保持」

といった通達を出したり、ブロック制の改革など、急速な組織改革に取り組んでいた。

一方で、「休養宣言」以来、渡辺五代目は組織運営に一切関わらない状態が続いていたから、近々のトップ交代説はなお信憑性を増した。

その説が事実だったことは間もなく判明する。

7月25日、山口組の最高幹部会において、司忍の六代目就任が内定したのである。

その4日後の29日には、午前11時半より山口組総本部2階の大広間において、臨時の直系組長会が開催された。大広間に１００人の直系組長が集結し居住まいを正すなか、正面中央に渡辺五代目が腰をおろし、傍らに司若頭と岸本総本部長が座った。

まず岸本が立ちあがり、手にした巻紙を開いて五代目の言葉を代読した。

「16年間、組長を務めてきたが、体力的限界を感じたので引退する。組としては数多くの人材がいるが、私としては司若頭が一番よいのではないかと思い、推挙する」

大広間が静まりかえるなか、感極まってすすり泣く者の姿もあったという。

続いて司忍が立ちあがり、

「指名を受けた以上、山口組のために身命を賭し、粉骨砕身頑張りますので、よろしくお願いします」

と力強く決意を述べた。

六代目山口組組長が誕生した瞬間であった。

6

中野会本部長の近藤大恵に、

「兄弟、久しぶりやな」

と一本の電話が入ったのは、五代目山口組に待望久しい新若頭――司忍の就任が決まって間もないころだった。

「おお兄弟か」

相手は、かつて近藤と同じ中野会に所属していて、いまは五代目山口組系極心連合会に移籍し同会幹部を務める男だった。

「中野会におって、昔から中野の親分にズバズバ物言える身内いうたら兄弟ぐらいしかおらん思っとったけど、いまもそのようやのう」

「なんや、だしぬけに……」

「いや、うちの橋本が中野の親分に会いたい言うてるんや」

「そら、伝えてやってもええけど、用件は何や？」

「中野会の解散、引退いう話になるやろな」

「それやったら、ワシより上の者《もん》、若頭《かしら》や舎弟頭に言わんかい」

「いや、言うたけど、ようつながらんのや」

「…………」

ああ、最初にズバズバ云々と言うとったのは、そういうことやったんか――と、近藤はそこで初めて合点がいったのだった。

確かにそれは誰が考えても、中野には伝えにくい話には違いなかった。話を聞くなり、中野が烈火のごとく怒るのは目に見えていた。

誕生したばかりの司忍若頭が、司六代目となる日も近いのではないかと噂されていた時分で、中野会問題は山口組にとって早期解決を要する緊急課題だった。その決着なくして六代目体制の発足もないだろう――というのが、世間の見方だった。

そこで中野太郎との交渉役として白羽の矢が立ったのが、極心連合会会長の橋本弘文であったのだ。橋本は司若頭のもと、執行部入りも内定していた。

元中野会の兄弟分から頼まれた近藤が、さっそく親分の中野に、会って解散の件を話しあいたいという橋本の意を伝えると、

「何い！」

中野の眉毛がたちまち吊りあがった。予想どおりで、近藤が知らんぷりをしていると、間もなくして意外な反応が返ってきた。

「よし、会うぞ」

「えっ？」驚いたのは近藤である。

「親分、会いまんのか？」

「会う」

このとき、近藤は初めて中野の心奥を知った思いがした。

〈ああ、そうか、親分は解散、引退を考えてはったんやな……〉

近藤はショックを受け、少しの間、啞然として中野の顔を見つめていたが、

「そんならワシもそのように先方に連絡しますよ」

近藤は京都・八幡町の中野宅を出ると、すぐに相手に電話を入れ、その旨を伝えた。

これには極心連合会側も大いに喜んで、

「恩に着るで。借りができたな、兄弟」

と近藤に感謝の念を伝えてきた。

だが、結局、その中野・橋本会談が実現しなかったのは、程なくして橋本が競売入札妨害の疑いで大阪府警に逮捕されてしまったからだった。それは山口組定例会において、橋本の若頭補佐昇格が発表された2日後のことである。

この結果を踏まえて、近藤は、中野会若頭の加藤眞介と舎弟頭の桑原真一に対して、

「ワシは親分に、あんたらがよう言わんことを言いましたで。解散・引退の話しあいの席に着いてくれまっかいうて、誰もよう言わん、そら恐ろしいことを言うたんや。ワシの役目はもう済みましたがな。あとはもうあんたらの仕事や」

半ば憮然《ぶぜん》として告げたのだった。

なんとなれば、この徳心会会長近藤大恵こそは、中野太郎が絶縁となり、中野会を離れていくメンバーが絶えないなか、山口組の激しい攻撃を受け続けても、決して怯まず徹底抗戦を主張してきた男だったからだ。

中野会が山口組から一方的に攻撃を受けている最中、近藤は中野に、

「親分、もうこのままではシノギもないし、1人欠け2人欠けてジリ貧ですがな。山口組の事務所に手榴弾放りこませとくんなはれ。むこうの事務所を使用停止にして、ゲリラ戦で殺しあいしますわ。山一抗争でゲリラ戦は馴れてますさかい」

と何度も訴えた。

近藤は山一抗争のとき、一和会の理事長補佐である徳山三郎率いる徳山組の若頭を務めていた。大阪・東淀川に事務所を置き、山口組相手に15回の銃撃戦の応酬を繰り広げ、殺人未遂の教唆で懲役10年を余儀なくされた武闘派が近藤だった。

「喧嘩させてくれ」という近藤の訴えが三度目になったとき、中野は、

「本部長、おまえが言うてくれるのは、ワシは涙が出るほどうれしい。せやけど、ワシは五代目の親分に弓を引くわけにはいかんのや」

と、声を絞りだすようにして言った。

「親分……」ハタと我に返ったのは、近藤だった。

「ワシ、親分の心を知らんと、出過ぎたことを言うて申しわけありませんでした。もう二度と言いません」

最後まで中野会を離れず、残った者は直参20人、総勢およそ150人から200人。全盛時の1割ともいわれる。

だが、いずれもこの近藤のように、代紋にではなく、中野太郎という一人の男に心底惚れ抜いて残った筋金入りの武闘派ぞろいであったところに、中野会の強さがあり、山口組における中野会問題の厄介さがあったわけである。

*　　*　　*

中野に対して引退・解散を迫った山口組が、それと同時に最初に出してきた条件は、

「岸本才三総本部長宛に、詫び状を書いてくれ」

というものだった。

それが中野会問題決着に向け仲介に動きだした竹中武に伝えられたとき、武は、

「アホなこと言うたらあかん」

と一笑に付し、ピシャッと撥《は》ねつけた。

そないなことを、あの中野が承知するはずないんは火を見るより明らかやないかい。

あれはどう見たってワシと似た気性、決して妥協せん男やろ。そんな条件を出したら最後、いよいよヘソを曲げて収拾がつかなくなるんと違うか——とは、武ならずとも、中野を知る者なら誰にでも察せられることだった。

「ことわりを入れる——詫びるいうんなら、最後に引退・解散状を警察に届けるとき、世間の皆さんに長いこと御迷惑をおかけしました——って、一筆入れたれ。それでええんやないか」

と、武は主張し、それを押し通した。

武は、京都・八幡町の中野太郎邸で、中野と2人だけで話しあいを持った。

中野はその間、人払いし、応接間には誰も寄せつけなかった。岡山から武に同行した側近の黒田と山下も、外の駐車場で待機していた。

もとより2人は初対面ではなかった。かつて2人が山口組にいた時分は会う機会がなかったわけでもなく、会えば挨拶を交わす間柄でもあった。

中野は若いころ、竹中四代目と獄中で一緒だったこともあり、武も中野に対して悪い印象は持っていなかった。

代こそ違え、ともに山口組の若頭補佐を経験し、斯界では「その男あり」と謳われた者同士、つきあいはなくても、互いにその器量や実力を認めあっていた。

「いやぁ、とうとう言うこと聞かなならん人のお出ましや……」

武を迎えた中野の言葉に、皮肉めいたものは一切なかった。

「金の馬車で迎えに行かなならん人を……よう来てくれはりましたなあ」

療養中でもある中野は、さすがに往時のような力強さや覇気はなかったが、武の目に、それほど弱った様子もなかった。

「御苦労はんやったのう……もうええやろ、会長、意地も通したし、あんだけの若い衆が最後までついてきたやないか。ワシんとこ以上にな……」

武が自分のことに思いを馳せるように言った。

「──組長……」

「五代目ももう引くんやさかい。おまはんももう心残りはないやろ。六代目も決まる言うとんねん。その餞《はなむけ》にしたってあげたらええ違うか」

「………」

中野はすぐには応えなかったが、もうすでに肚は決まっているようだった。

「なあ、会長、我慢やで」

「わかりました。組長のよしなにしてくんなはれ」

「おおきに」

「気を遣うてもろてすんません。せやけど、組長、もっと早《は》よう仲良うさしてもろたらよかったでんな」

「ワシとあんたが組んどったら、どないなっとったかのう?」

「そら、いずれぶつかっとったかも知れまへんなあ」

「ホンマや。ワシもそう思うわ」

2人は愉快そうに笑いあった。

＊　＊　＊

その日——平成17年7月下旬、岡山市新京橋の竹中組本部において、5人の男たちによって大事な話しあいが行なわれようとしていた。

その顔ぶれは、竹中武の他に、司忍の六代目が決定したばかりの山口組から寺岡修若中、あとの3人は中野会の三役である加藤眞介若頭、桑原真一舎弟頭、近藤大恵本部長であった。

5者会談のテーマは、山口組懸案の中野会問題で、いよいよその最終決着がつけられようとしていたのだ。

山口組は司若頭の意を受けて最初に交渉役として乗りだした橋本弘文若頭補佐が自

身の逮捕で頓挫したあと、代わって登場したのが洲本の俠友会会長・寺岡修であった。寺岡は中野会若頭の加藤眞介と兄弟分であり、かつ中野の推薦を受けて西脇組から直参に昇格したといういきさつもあって、中野会とのパイプも太かった。さらに竹中四代目とも親友であった細田利明率いる細田組の出身という、竹中武につながる縁もあったことで、その出番となったのだった。

中野会問題は武の仲介によってようやく解決の目途が立ち、その最終的な確認の場が、この日の5者会談であった。

だが、事態はのっけから紛糾した。始まって早々、武が寺岡に、

「今日はどういう立場で来とるんや?」

と問うたのに対し、寺岡が、

「私は山口組の代表で来てまんねん」

と答えたところ、

「代表て、ただのプラチナ、役無しの直参と違《ちゃ》うんかい? 執行部でもない者が、何が山口組の代表ぞい!?」

武がいつものきつい播州弁でまくしたてたものだから、寺岡も気色ばみ、

「それやったら役不足言いまんのか? ワシをチンピラ扱いしまんのか!」

と、ついムキになった。武も再び、

「何もそんなこと言うとらんわい！　大事な話に執行部も出んで、代表はないやろ言うとるんじゃい！」

とがなりたてた。いつのまにか2人とも、テーブルを挟んで対峙《たいじ》したまま、立ちあがっていた。

たちまち会談の場が不穏な空気に包まれたそのとき、それまで黙りこんでいた中野会三役のうち、

「ちょっと待ってください。叔父さん、座ってください」

と、すばやく武を制したのが、本部長の近藤大恵であった。

「何ぞい!?」

武は振り返り、テーブルの端にいる近藤を睨《にら》んだ。

「いや、叔父さん、寺岡さんは若頭《かしら》補佐、とってきとりますよ」

近藤の言に、あわてたのは寺岡である。

「近藤さん、それ、誰に聞いた？」

「寺岡さんは自分の口から言えまへんのやろ。執行部で内定して発表しとらんもんを……けど、ワシが言うぶんには関係おまへんがな。ワシら知っとりまっせ。叔父さん、

寺岡さんは若頭補佐をとってきとります」

近藤が断言するのに、武は半信半疑で、

「そら、まことぞい？」

と訊ねた。

「もし違《ちご》うてたら、ワシ、叔父さんの前で腹切って詫びますから」

近藤はきっぱりと言い放った。

武も、近藤の目をジッと見据えた後に、強く頷くと、再び寺岡に目を向け、

「よし、わかった。そんなら寺岡、中野会、おまえに預けたる」

と告げたのだ。

「…………」

寺岡が驚いたように武の顔を見た。

「ただし、中野の命の保証はきっちりしてもらわな……」

「もし、何かあったら、近藤さんやないけど、ワシが腹切ります」

寺岡が間髪を入れずに応えた。

中野太郎がみずからの引退と中野会の解散を、代理人を通じて大阪府警に届け出たのは、この数日後、平成17年8月7日のことであった。

第六章

1

竹中武は兄の正久同様、古いタイプの極道らしい極道、豪快さで斯界に鳴り響いていたが、その一方で、知る人から見れば、この兄弟はともにシャイでもあった。

神戸の独立組織・T会幹部で、武と親しくしていた市ノ瀬透が、そのことを最初に感じたのは、まだつきあって間もない時分だった。

山一抗争の大勢もほぼ決しかけていた昭和末期のとある日、姫路において竹中組組員の盛大な放免祝いが執《と》り行なわれたことがあった。参列者はざっと2000人。

市ノ瀬が親分であるT会のN理事長とともにこれに列席したのは、Nが故・竹中四代目と親交があったからだった。加えて竹中組の執行部を務める男の実弟がT会にいたこともあって、両者はなおさら親しくしていたのだ。

武はNが出席してくれたことを、側近に、

「おお、理事長が来てくれた。ワシの隣りに座ってもらえ」

と命じたほど喜んだ。そのうえで、T会に実弟がいる竹中組幹部を呼び、地声の大声で、

「T会の理事長が来てくれとってんねんやけどな、今度いっぺんワシとメシでもと言うてくれへんか」

と申しつけているのだ。すぐ隣りに当のN理事長がいるのだから、自分が本人に直接言えばいいものを、わざわざ縁のある幹部を呼んで告げているのだから、これにはN理事長も市ノ瀬も、内心で苦笑しつつ、

〈四代目という人もそうやったけど、この実弟もシャイな人なんだな……〉

と、知ることになる。

市ノ瀬が武とグンと親しくなるのは、親分のNが死去したとき、弔問に来てくれた武に対し、その返礼のため市ノ瀬が岡山を訪ねて以来のことだった。

山竹抗争と言われた山口組と竹中組の不穏な事態も終息し、両者の関係も修復しつつあった時分で、そのころ、武から市ノ瀬のもとに電話がかかってきた。

「東京へ来いひんか」

「何でですの？」

「いまも来とるんやが、このごろ、ワシ、東京におんねん」

「へえ、そうどすの」

といった会話があって、市ノ瀬も誘われるままに上京するようになり、そこで武からいろんな人間を紹介してもらったり、さらに親交を深めていったのだ。

それより少し前、姫路事件で懲役20年の刑を打たれ服役していた高山一夫が出所してきたときも、市ノ瀬は武から早くに、

「あれは兄貴の若い衆や。ワシの若い衆と違《ちゃ》うんやけども、あないして苦労して帰ってくるさかい、うちの若頭にしようと思うとんねん」

と聞いたものだった。

帰って早々、シノギのない高山のために、しばらくの間、経済的に支援したのも市ノ瀬だった。縁ある会社の顧問として5年間毎月30万円の給料が入るような仕事を世話したのだ。

だが、武に抜擢されて竹中組若頭に就任した姫路事件の立役者も、その期待に応えることはできなかった。

山口組において六代目継承式が執り行なわれ、六代目司忍組長——髙山清司若頭体制が正式に発足したのは平成17年8月27日のことだが、それから3カ月後、思わぬ事態が待っていた。

組員の拳銃所持事件で共謀共同正犯に問われた司六代目の上告が最高裁で棄却され、二審の大阪高裁判決である懲役6年（一審は無罪）の実刑が確定したのだ。司は1週間後、大阪府警に出頭して下獄、未決勾留期間を差し引いた約5年4カ月にわたる長期服役を余儀なくされることになったのである。

司六代目が社会不在の間、山口組の切り盛り役を一手に担い、辣腕ぶりを発揮したのが、髙山清司若頭であった。

その六代目山口組若頭で二代目弘道会会長の髙山清司が、岡山に武を訪ねてきたのは、すでに竹中組若頭・高山一夫との間で話を済ませてのことだった。

＊　　＊　　＊

「そら、でけんなあ、若頭《かしら》」

武は、髙山清司から持ちこまれた話に首を振るしかなかった。

それは思いきった提案であった。この際、武は引退して跡目を若頭の高山一夫に譲ってはどうか、高山一夫に三代目竹中組を名のらせ、そのうえで三代目竹中組を山口組で迎えたい——というものだった。

武はそれを一笑に付した。

「三代目て、ワシは別に竹中組の二代目を継いどらんがな。いまだかつて一度も二代目竹中組を名のったことはないんや。二代目がおらんのになんで三代目が継げるんや」

との理由であった。

確かに武は岡山で、姫路を本拠とする兄の竹中組に所属して副組長を務め、岡山竹中組を率いてきた。三代目山口組若頭を務めていた正久が四代目山口組を継承すると、武も兄の盃を受けて山口組直参になると同時に兄の舎弟や若衆たちとも盃を直し、兄の竹中組を受け継ぐ形となった。

通常なら二代目竹中組を名のるところだが、武はそうしないでずっと竹中組で通してきた。そんなケースは全国的にも珍しく、「なぜ？」と疑問に思う者も少なくなかった。それに対して武は、

「二代目を名のって、ワシが万が一、竹中組を潰してみいや。何ぞいや、二代目が潰してしもた言われるやないかい。それに二代目を継いだら三代目を作らないかん。ワ

シにそんな器量があるかいのう」

と、韜晦《とうかい》ぎみに答えたものだが、そこには兄の正久とともに二人三脚で築きあげた竹中組という意識がことさら強かったのかも知れない。

ともあれ、高山一夫に三代目竹中組を名のらせ、山口組に復帰させるという山口組若頭の提案を、武は蹴り、怒りも見せた。

「なあ、市ノ瀬さんなあ、恥ずかしい話やけど、あれを竹中組として山口組に復帰させても長持ちせんわ。あかんのや。長持ちせんもんを行かしてもしょうがないやろ」

と、武はあとで市ノ瀬に打ち明けたものだ。

実際、市ノ瀬から見ても高山一夫は長い獄中生活による後遺症が残っているふうで、万全の体調を取り戻すまでもう少し時間が必要のような気がした。

高山一夫は武から破門され、間もなくして山口組に復帰するのだが、そのときも武が市ノ瀬に言ったのは、

「あれは兄貴がうんと買っていた若い衆で、組のために功労のあった男や。せやからワシは好きなようにさせたんや」

ということだった。程なくして彼は不遇な最期《さいご》を遂げた。

この時分、ヤクザ界にあって火薬庫となっていたのは九州であった。

九州の有力組織として知られる道仁会で分裂騒動が勃発、道仁会から離脱した村上一家らによって新たに九州誠道会が結成された。以来、対立関係となった両者の間で数次の発砲事件が発生、抗争は激化の一途をたどっていく。

そんな矢先、武は旧知の武道総本庁総裁を務める朝堂院大覚から、この九州抗争の仲裁を依頼される。

朝堂院は政財界や空手界、芸能界から裏社会にまで強力な人脈を築いて、国内ばかりか中東・南米など海外でも活躍して「平成最後のフィクサー」「平成の怪人」とも呼ばれる人物であった。

その朝堂院が武のもとに1人の男を連れてきた。九州抗争の一方の当事者である九州誠道会理事長の浪川政浩であった。もとより武とは初対面である。

平成最後のフィクサーと呼ばれた男は、九州ヤクザの骨肉の争いを仲裁できる親分として、竹中武に白羽の矢を立てたのだった。

話を聞いた武が、まず浪川に言ったのは、こういうことであった。

「山口組で言うたら、おまはんのほうが一和会やのう。組を出とるわけやから。とりあえず、あんさんがことわりに行くのが筋と違《ちゃ》いまんのか。そやないと、関係ないワシが、岡山の竹中や言うて先方に電話入れても、相手にされへんやろ。ことわりに行ったけど、受け入れてもらえんかったとなったとき、初めてワシがちょっと頼む、と。こうやって頭下げとるんやから、ワシの顔に免じて、話しあいの席に着いてもらえまへんか――言えまっしゃろ。まずはおまはんが一人で行くのが先決違《ちゃ》いまっか」

それは難しいことには違いなかったが、まだこの時期、両者の抗争は殺しあいにまではエスカレートしていなかった。

結局、武が仲裁に動くいとまもなく、九州抗争は収拾がつくまでにこじれにこじれ、トップを含む幹部数人の死者を出す超過激抗争と化したのは、記憶に新しいところである。

＊　＊　＊

「竹中武という男は、卑しくもなければ小賢《こざか》しくもない。浅ましさもゼロ――つまり、カタギの人間からカネをとろうとか、そういう発想はみじんもなかった。権力欲もなく、一徹で一本気、カネと女にもきれいなもんやった。何より筋を通すことを第一義に考えて生きた、古いタイプの稀《まれ》に見る極道だった」

とは、朝堂院大覚の竹中武評である。

武は岡山にいるとなれば、夜は地元のネオン街に足を向ける回数も多かった。

柳町にある「エデン」という高級クラブのママとは、友人として死ぬまで半世紀近いつきあいになった。

武とママが店で初めて出会ったのは、武が19歳、彼女が17歳のときだった。まだ彼女も店に勤めだしたばかりの新人ホステスのころで、ブラッと入ってきた武が彼女に目を止め、指名してくれたのである。当時のエデンは150人近いホステスが在籍するマンモスキャバレーだった。

武は入店してから帰るまでひと言も物を言わない客であった。その後も、店に来るたびに彼女を指名してくれるのだが、喋《しゃべ》らないのはずっと変わらなかった。これには彼女も、

〈随分無口なお客さんだわ。ヤクザ屋さんのようにも見えるけど、いったいどこの何者かしら?〉

と不思議に思っていたが、シャイな性格ゆえのものとは、あとになって知ることだった。そのうちにひと言ふた言口をきくようになり、よく話をするようにもなるのだが、それもかなり後になってのことのように、彼女は記憶していた。もともと無口な男がよく喋るようになったのは、武に言わせれば、

「喋らな伝わらん時代になったぞい。昔のように男同士、何を言わんでもわかりあえ

る時代やないんや。とくに若い子にはな、せやろ、こやろ言うてよう喋らんと通じん」

とのことだった。

一度、別の組の者同士が店で喧嘩になり、互いの組に全員集合をかける騒ぎになったことがあった。

それをたまたま現場に居あわせ目撃した武が、

「アホか！　男が喧嘩するときは一人でするもんや」

と、一人で当事者の事務所へ乗りこんでいったのだ。

ママは夫とともに、

「親分、大丈夫かな」

と心配になり、店を早々に閉めると、その事務所に様子を見にいった。すると武は何事もなかったかのように一人で事務所から出てきて、去っていくところだった。あわや組同士の喧嘩になるのを、どうやら一人で収めてしまったものらしい。これにはママ夫妻も、

「凄いなあ、あの人は！」

「カッコええなあ！」

と思わず嘆声を漏らしたものだ。

ママにとって武は、若い時分から岡山で同じように40、50人の部下を率いて躰を張って生きてきた〝戦友〟であった。

山竹抗争が始まり、竹中組が山口組から集中砲火を浴びていたころ、ママは竹中組本部に出向いて、箱に詰めた肉を差しいれたものだった。

それを見た警察から、

「エデンのママが竹中武にお金を運んでいる」

と中傷されても、ママは少しも意に介さなかった。

このママだけではなかった。地元にはカタギの武ファンが驚くほど多かった。

2

その日——平成19年8月6日、劇画家で「Vシネ」原作・脚本家の村上和彦が、スタッフとともに岡山入りしたのは、竹中武を取材するためであった。
取材を翌日に控えて、村上一行が指定された市内の割烹に到着したのは夕方6時ごろで、すでに武は、地元の実業家ら20人ほどのメンバーとともに先に席に着いていた。

料理も運ばれてきているのに、彼らは村上たちの到着を待って、誰一人、箸をつけていなかった。

ちょうどこの日は、武の64歳の誕生日で、それを祝って親交のあるカタギの社長たちが宴を催してくれていたのである。たまたま村上一行も、その席にお相伴《しょうばん》に与ったという次第だった。

武がにこやかに村上たちを迎えた。

「おお、村上さんも来てくれた。これで皆がそろったぞい。ほなら、乾杯といこか」

「おめでとうございます」

村上も武の誕生日を祝して、ビールグラスを掲げた。

乾杯のあと、武は主催者に促され、バースデイケーキのローソクの炎を吹き消した。

この夜、武が終始御機嫌だったのは、気の置けないカタギの面々ばかりであったからだろう。

村上も武と交誼を結んで5年、いまでこそ気軽に取材に応じてもらえるような親しい間柄になっていたが、初めから友好的な関係だったわけではなかった。

いや、最初の出会いは紛れもなく敵対関係やった——と、村上は思い起こさずにはいられなかった。

あれは暑い夏の日だった——と、村上はその日のことをはっきり記憶していた。忘れようとしても忘れられない、あまりに強烈な一人の侠《おとこ》との出会いであったのだ。

平成14年7月10日正午のことで、そのとき、村上は一人、岡山・新京橋の竹中組本部玄関前に立っていた。

村上の気持ちは甚《はなは》だ重かった。噂に聞く極道・竹中武が、村上が作った「Vシネ」に対して何やら怒っているというのだ。村上には思いあたるフシがなく、その真意を聴くための訪問である。

夏とあって、本部玄関も窓も開けっ放しであった。

「今日は……」村上が挨拶するより早く、奥のほうから、

「おっ、村上和彦《おぼ》が来よったぞ！」

と、組員と思しき、聞こえよがしに言う声まで聞こえてきた。

背筋に冷汗を覚えながら、村上は1週間ほど前のことを思い返していた。

それは1本の電話が始まりだった。兄事する武道総本庁総裁の朝堂院大覚からのものので、

「あんたの新作のVシネに竹中組からクレームがついとるいうんだが、何か心当たりあるかい？」

と言うのだ。唐突な話に、村上は驚き、かつ困惑するしかなかった。

「えっ、Vシネって、『義絶状』のことですか？」

「うん、そうや」

村上の最新作の『実録・史上最大の抗争　義絶状』という山一抗争を題材にした作品で、まだリリースされていなかった。

「何でクレームですか？　ワシ、見当もつかんですよ」

「竹中武さんがだいぶお冠らしい。どうする？」

「どうするって、ワシ、岡山に行きますよ。総裁からその旨、竹中組に連絡して、日にち決めてもらえますか」

「よし、わかった。一人じゃ心もとないだろうから、ボディガードつけようか」

村上を案じた朝堂院が口にしたのは、縁のある空手の達人の名前だった。これには村上も、あわてつつも半ば呆れ、

「総裁、ちょっと待ってくださいよ。ボディガードつけること自体おかしいでしょ。話が余計にこじれますよ。私一人で行きますから」

と断ったものの、やはり内心は穏やかでなかった。

こうしたいきさつを経て決まったのが、7月10日正午、竹中組本部――というアポ

イントであったのだ。

約束どおり、竹中組本部を訪れた村上は、応対した組員から2階の座敷へと案内された。

すでに武は、紫檀の座卓前に端座して、静かに村上を待っていた。

メディア等ですっかり馴染みのその不敵な面魂。こちらをじっと見つめてくる眼光鋭い眼差《まなざ》し。

それより何より、村上が身震いするような衝撃を受けたのは、その圧倒的な存在感そのものであった。

＊　＊　＊

武は、村上との初対面の挨拶もそこそこに、いきなりまくしたてた。

「あんたよ、誰に断ってあんなビデオ、作っとるんや！　いま、こっちもやな、溝口先生の『荒らぶる獅子』のビデオを作っとって、オレが監修やっとるんや。そのうちの兄貴の作品ですら、最後の兄貴が撃たれる場面では、片手を突きだし、銃声が聞こえてるとこで描写を止めてるんや。それをな、あんたのヤツはな、銃弾をぶちこまれるとこまで、みんな撮ってるやろ！」

武が言うのは、四代目山口組組長竹中正久が、一和会ヒットマンによって襲撃される場面を指していた。

偶然にも村上が製作した『実録・史上最大の抗争　義絶状』と時を同じくして、竹中正久の生涯を描いた溝口敦のドキュメンタリー『荒らぶる獅子』を原作とする「Vシネ」が製作されている最中で、武がその監修を担当していたのだ。ともに正久や山一抗争を中心に描いた作品であったから、内容的に重なる部分も少なくなかった。

武が続けた。

「そればかりやない。撃たれた兄貴が病院に担ぎこまれてやな、ベッドで延命装置をつけてるシーンまで撮っとるやないかい。遺族はそんなもん見たら、どない思う!?　たまらんぞい！　なんでそういうこと勝手にするんや！　山口組の許可取っとるんかい!?」

播州弁で怒鳴るように話す武の迫力は、半端ではなかった。並のカタギの人間なら慄《ふる》えあがり、土下座して詫びるしかないだろう。

村上も武の見幕に、さすがに気圧《けお》されたが、自分の言うべきことは言おうと肚を括ってきていた。

「二代目、ちょっと待ってください。怒らないで聞いてほしいんです。私は世間が何も知らないことを暴露してストーリーを作ってるわけじゃなく、すでにマスコミで発表されてる情報を掻き集めて、こうであろう、ああであろうと物書きの立場で作ってるんです。二代目がお身内として仰ってることはよくわかりますが、私は御遺族がどう思うかというスタンスで作っておりませんし、竹中組のために作ってるわけでもないんです」

あとになって、自分でもよく言ったもんだと思うような冷汗ものの科白を、村上は武に対してぶつけたのだった。

「ほなら何かい、遺族のことなんぞ考慮せんで、何作っても構わん言うんかい!? あんな延命装置つけてる姿見せられた遺族の気持ちなんかどうでもええ言うんか！」

武は気色ばみ、機関銃のように村上の非を喋り続けた。

それでも村上は怯まず、必死になってこう訴えた。

「あそこで二代目が死にかけとる四代目の枕元で、拳を握りしめ、『兄貴、悔しかったろう。ワシが必ず仇討つから』と言っとるからこそ、後日、次の五代目候補とも言われた人が、なぜ山口組を割って出なければならなかったのか、みんなが『なぜか?』と思っとることに対して説得力が出るんです。そら、神戸港の埠頭で海を見ながら言っても絵になるかもわかりませんけど、なぜ二代目が山口組を離脱したのか、その理由、その強い信念を観客に理解させるには、どうしてもあのシーンが必要だったんです。どうか、二代目、わかってください」

村上には、自分の作品に対する絶対的な自信があった。どちらが善でどちらが悪かという勧善懲悪ではなくて、己が正しいと思う生きかたでぶつかりあうのがヤクザの戦争なんだ、ワシは一貫してそんな男の生きかたの闘いを描いてきたし、今回も同じなんや――という自負である。

「………」

武は初めて押し黙り、唸った。やがて眼光を少し和らげると、

「村上さん、それであんた、どうしたいんや？」

とおもむろに訊ねた。

「二代目、ワシはこの作品が、四代目親分や二代目に対して露ほども失礼な描写をしているとは思っておりません。ですから、何も言われたくないんです」

「わかった。あんたの好きにしなはれ。……ほれからあんたな、オレのこと、二代目、二代目言うけど、オレは二代目と違《ちゃ》うで。竹中二代目は名のっとらんのや」

武は村上の前で初めて笑みを見せた。

それで一件落着となったのだった。

村上は深い感銘を覚えずにはいられなかった。噂に聞いていた竹中武という極道の本質をまざまざと垣間見る思いがした。

〈なるほど、こりゃ凄い男やな！　竹を割ったような人物じゃないか。姑息なところがまるでない……〉

村上の経験や見聞によれば、ヤクザからのクレームがあって、その話しあいとなれば、何だかんだ言っても、最終的には、

「わかった。好きにしたらええけど、こっちも終いにする以上、格好もつけないかんやろ」

と、結局、金額の多寡はあっても、金という結論になるのがオチだった。

ところが、武の場合、みじんもそんな話にはならないし、それを匂わせるようなことも一切なかった。終始、筋を通せという話しかしていないのだから、稀に見る筋っぽい親分であった。

村上とて、いままで大物と言われる親分には数多く会ってきた。感服する親分もいたし、いい親分もいっぱい見てきた。だが、竹中武のようなタイプのヤクザに会った

＊　＊　＊

のは初めてだった。

武のほうも、少々きつい極道のクレームにも臆せず、自分の言い分をきっちり言ってくる村上を気に入ったのか、以後、立場を超えたいいつきあいが始まったのである。

そんなつきあいも6年目を迎えた夏、武は村上から申しこまれた雑誌の取材に応じることになったのだ。

村上による武のインタビューは、武の64回目の誕生日の翌日、岡山の竹中組本部2階で行なわれた。

村上は映像班の製作スタッフも同行していたので、

「ビデオ、まわしてええですか」

と武に訊《き》くと、

「必要ないやろ。みんな喋るんやから」

元来が照れ屋であったから、当初は武も応じなかった。それでも村上は、

「二代目、ぜひ撮らしていただきたいんですが」

と粘ると、武も苦笑し、

「好きにしたらええが」

と折れた。「二代目違う」と言っているにも拘らず、村上が、

「ワシにしたら二代目ですから」

と言い続けることにも、

「もうどうでもええわ」

笑って許したものだ。

インタビューはおよそ4時間。武は大いに語った。若かりし日々、兄の正久のこと、山口組脱退の経緯、さまざまな抗争や事件の真相、任俠社会の裏話……等々。

播州弁と岡山弁の入り混じった早口で聞きとりにくくはあったが、立て板に水のように喋る武の話は、ストレートで明快、どれもこれも興味は尽きなかった。

初めて聞くアッと驚くような事実や痛快このうえない話、表に出せない秘話も少なくなかった。

「一和会山本広元会長も亡くなったいま、残された服役中の四代目暗殺実行犯に対して、どう思いますか」

と、村上が問うたとき、

「自分から来いとはよう言わんが、頭を下げ、仏壇に線香の一本でもあげ、兄貴に詫びを入れてくれたら、それでええのんちゃうか……ちゅうのが、いまのワシの肚やな」

との言葉が返ってきたのも印象深かった。

このインタビューが武のメディアへの最後の登場となり、その際収録されたテープが、世に残された武の最後の肉声となった——。

3

警察当局をして「ヤクザ抗争史上、最大にして最悪」と言わしめ、世を震撼とさせた山口組と一和会の〝山一抗争〟。他に例を見ないほど多くの犠牲者を出した昭和最後のヤクザ大抗争。

あの山一抗争とはいったい何だったのか。

それは何より本物のヤクザ——3人のサムライの存在を世に知らしめると同時に、うち1人を死に至らしめ、1人を無期の獄中へと追いやり、もう1人を絶対的な孤立へ追いこんだという悲劇ではなかったか。

一和会ヒットマンの凶弾に斃《たお》れた四代目山口組組長・竹中正久、暗殺部隊司令官の一和会幹事長補佐・石川裕雄、仇の首を狙い続けた竹中組組長・竹中武という立場も地位も違う3人の男たち。

まさに討つも男、討たれるも男、仇討ちに賭けるも男――で、なぜ彼らが敵味方に分かれ戦わなければならなかったのか。本来であれば、男は男を知るの喩《たと》えどおり、他の誰よりも互いを認めあえ、最も理解しあえる間柄になっていたはずの男たちではなかったか。

竹中武は山広が死ぬまでそのタマとりに執念を燃やしたが、石川に対しては一切非難めいたことを口にしたことはなかった。対一和会との報復戦で、山口組きっての戦果を挙げた竹中組も、石川率いる悟道連合会にはまるで手を出さなかったし、それは他の山口組とて同様であった。

また石川は石川で、竹中武に対しては、

「折り目、筋目はきっちりつけるサムライや」

と高い評価を惜しまなかった。

竹中四代目が一和会ヒットマンに撃たれ、まだどこの誰の仕業とも判明していなかった時点で、山口組関係者の間では、

「やったのは、石川やろ。これほどの仕事ができるのは、一和会広しといえど、石川しかいない」

との声があがっていたほど。つまり、山口組からも「敵ながらアッパレ」と評され

ていた男なのだった。

逮捕後も、石川は終始一貫、

「任俠道を守るために自分の信念でやったこと。責めはすべて自分1人にある」

と主張、死刑求刑にも顔色ひとつ変えなかった。

無期懲役の判決を受けて旭川刑務所に収監されたあとも、その姿勢は変わらなかった。長い歳月を獄中に過ごし、仮釈放の話が出て、反省文さえ書けばいつでも出られるという状況になっても、石川はそれを頑として拒んだ。反省文を書けば、「自分が命を賭けて取り組んできた己自身の生きざまを否定することになる」

というのが、石川の言い分であった。

＊　＊　＊

平成16年冬、石川と同じ旭川刑務所に服役していた若手実力派のK組長が、同じ工場の他組織のI組長から、

「石川裕雄さんが刑務所当局の代わりに躰を賭けて、横暴・横着でどうにもならん未決囚の下衆ヤローを成敗してやったのに、理不尽なことに、助けてもらったはずの当局が保身のため、石川さんを独居に隔離してもう数年になりますねん。あの舎房は所

内でも一番寒いし、あんまりや。どうにかして工場に出してあげたいのやけど、ワシらがなんぼ言うてもあかん。Kさんは当局と交渉できまっしゃろ。どないかならんやろか？」

という相談を受けたことがあった。

Iの俠気にジンと来たKは、二つ返事で当局との掛け合いを引きうけた。

その結果、Kの性根を据えた当局との交渉、また山口組関係者に対する情理を尽くした説得が功を奏し、石川は元の舎房の衛生係に戻ることができたのだった。苛酷な厳正独居から解放されたのである。

その後、Kもまた、ちょっとしたことで官と揉め、独居棟の舎房に隔離収容される破目になった。

そこがたまたま未決囚の舎房で、石川が衛生夫を務める舎房であった。

石川は、転房してきたKに、その日のうちに声をかけてきた。自分が厳正独居から解放されたいきさつを、一部始終Iからのハト（不正伝言）によって知ることができたからだった。

「いろいろお世話になったようですね。恩に着ます」

「とんでもありません。そもそも石川さんが官のために義俠心でやられたことなのに、それを踏みにじった官がけしからんのですから」

「いえいえ、ともかくありがとうございます」

石川は年少でヤクザとしてキャリアも格下のKに対しても、腰が低かった。

それから1カ月半ほど、その舎房での生活を余儀なくされたKは、何かと衛生夫の石川の世話になり、折に触れ、彼と雑談する機会にも恵まれたのだった。

そんなある日、ひょんなことで石川の口から竹中武の名が出たことがあった。

「……けど、Kさん。今回、よく私のことで山口組の連中を納得させることができましたね」

という話になり、Kが、

「山本広元会長も亡くならはりましたから、石川さんにどうこう言える人はもういてませんよ」

と応えたときのことだった。

石川は途端に真顔になり、

「いや、1人だけおる」

と言ったのだ。

Kが石川の真剣な面ざしについ引きこまれるように、次の言葉を待っていると、果

たして石川は、

「竹中武や」

その名を口にしたのだった。続けて、遠くに目を遣り、

「菱は来よらんやろけど、竹中武は必ず来よるがな。竹中武という男はそういう男や。折り目、筋目はきっちりつけるサムライや」

ボソッと言い放ったのだった。

Kにはたまらない瞬間であった。かねて敬愛する竹中武の名が、これまたシビれるようなヤクザの美学を持つ石川の口から、明らかに一目置いたふうに語られているのだ。

〈これぞまさに、公論は敵讐より出づるに如かず――や。男の値打ちいうもんは、往々にして敵のほうがよう知っとるもんや。サムライはサムライを知るっちゅうこっちゃな……〉

Kはしばし興奮冷めやらなかった。

＊　＊　＊

武が体調を崩すのは、劇画家・村上和彦の取材後、間もなくのことだった。

その日の朝、組長付の側近が、武の食事を作ろうと本部奥の本家へ行くと、武は、

「ちょっと腹が痛いから、御飯いらん」

と言うのだ。結局、その日1日、武は食事を摂らなかった。

翌朝になっても、「メシはいらん」という武に、側近幹部も初めて「おかしいな」と気づいた。そんなことはいままでなかったからだ。

「親分、病院行かなあきまへんで」

幹部は半ば強引に近所のかかりつけの病院へ、武を連れていった。

診察の結果は、

「紹介状を書きますから、すぐに岡山大学病院へ行ってください」

というもので、その間、武はずっと点滴を打たれていた。これには幹部も、

〈えっ、自分のとこで手に負えないほど、親分の症状はややこしいんやろか?〉

と首を傾《かし》げた。

それでも、彼は武の病状がそこまで深刻とは露ほども思えなかったので、大学病院へ移動する車の運転を若い子に命じ、当番があったので事務所へと戻った。

だが、武はいつまで経《た》っても大学病院から帰ってこなかった。夕方5時をまわると、さすがに当番幹部も心配になり、運転手の携帯に電話を入れてみた。すぐにつながり、

もう事務所に向かっているという返事に安心しつつも、

「おまえ、連絡くらいしてこんかい！」

と、若い運転手を叱りつけた。

間もなくして車は帰ってきたが、運転手1人だけだった。

「あれ、親分はどうした？」

「緊急入院です」

「えっ、それ、何ぞい!?」

側近には信じられなかった。かつてない事態だった。

翌朝、彼が大学病院へ駆けつけると、武は意外と元気そうなので胸をなでおろしたが、あとで主治医から聞いたのは、

「肝臓のあたりに大きな腫瘍がある」

とのことだった。

まさかそれが末期癌の症状とは、武を知る者の誰にも考えられなかった。武と癌を結びつけることなど、想像さえできなかったのだ。

それほど武は頑強な不屈の存在であった。

結局武は、7カ月に及ぶ闘病生活の末に力尽き、ついに帰らぬ人となったのだった。

＊　＊　＊

6、7時間を費した手術も成功裡に終わり、取り除かれたかに見えた癌細胞は、その後、あちこちに転移し、武の躰を蝕んだ。

武はその間、痛いともつらいともしんどいともひと言も漏らしたためしがなく、医師たちを驚嘆させた。

自分の病状を誰より理解していたのも、武本人であった。その死後、武の手で書かれた自身の病気に関するメモが病室の引き出しから出てきたのだ。担当医から聞き、本で調べたものなのだろう、それは詳細で正確そのものだった。

武の入院のことは外には内緒にしており、よほど親しい人にしか教えていなかった。そのため、見舞い客も限られていた。

それも最後のほうになると、夫人や身内の判断で、ほとんどの人の見舞いを断っていた。武はもうよく声も出ないような状態になっていたからだった。

その電話があったのは、平成20年3月13日、武が永眠する2日前のことである。

「明日、うちの総長がお見舞いにあがりたいと申してるんですが、構いませんか」

という、東京の住吉会幸平一家十三代目総長の加藤英幸のお付きの人からのものだった。

晩年の武が最もいいつきあいをしていた相手が加藤で、上京すれば必ず会うような間柄になっていた。共通の知人に紹介されて2人の交流は始まったのだが、加藤は武を「親分」と常に立てて礼を尽くし、武は武で、加藤に対し、一目も二目も置いてそのつきあいを大事にしていた。

相手がその加藤英幸総長となれば、身内の判断だけで見舞いを断るわけにもいかなかった。しかも、もう何度も見舞いに来てくれている相手だった。

そこで武に伺いを立てると、「構へん」との返事だった。

翌14日の午後、加藤は東京から武の見舞いに訪れた。それは何か符合というようなものであったか、加藤にしても、虫の知らせのようなものがあったのか、彼こそは、身内以外の者で最後に武を見舞った男——武とこの世で最後に話をした人物となったのだった。

竹中組本部ならびに姐のもとに、病院から「竹中武氏危篤」の電話が入ったのは、翌15日午前4時のことである。

本部当番は即座に武の身内や関係者、竹中組組員一統に電話を掛け、その旨を知らせた。皆が病院へと急行する。

最後の最後まで竹中組に残った組員は、相談役の竹中正を始め十数名。その全員が親分・武の最期を看とることができたのだった。

本部当番として連絡係に徹したため、事務所に残りひとり死に目に逢えなかった側近のもとに電話が入ったのは午前5時近かった。

「たったいま、親分が亡くなりはりました……」

と報告する組員の携帯の奥から、「おやぶ～ん！」と絶叫する者の声が聞こえてきた。

彼の胸の奥からも、慟哭《どうこく》が突きあげてくる。

平成20年3月15日暁闇、山口組が倒せなかったただ一人の男――竹中武は64年の波瀾の生涯に幕を閉じたのだった。

解説

柚月裕子

人はなぜ、「任俠」に惹かれるのであろうか。

三島由紀夫はかつて、鶴田浩二主演の『博奕打ち 総長賭博』(山下耕作監督、笠原和夫脚本)を激賞し、「楯の会」の同士と自衛隊市ヶ谷駐屯地に向かう車中で、『唐獅子牡丹』を口ずさんだという。高倉健主演の『昭和残俠伝』シリーズの主題歌、あの有名な「義理と人情を秤にかけりゃ、義理が重たい男の世界――」を謳い上げたとき、三島の胸中にあったのは、甘ったるい自己陶酔でもなければ、薄っぺらいヒロイズムでもなく、自らの諫死《かんし》を以《もっ》て成す、敗北の花輪への賛歌、とも言えるべきものだろう。

アメリカで日本研究の泰斗として知られるアイヴァン・モリスは、日本史における悲劇の英雄たちを分析した名著『高貴なる敗北』の序文で、この本は「三島の霊に捧げられるべきものである」とした上で、勇気ある敗者たちへ惹きつけられるという感情は、日本人の国民性の中に深く根をおろしており、日本人は古くから純粋な自己犠牲の行為、誠心ゆえの没落の姿に、独特の気高《けだか》さをみとめてきている、と記している。

人が任俠に惹かれるのは、モリスが指摘するように、身体を張って仁義を貫く純粋な自己犠牲の精神と、結果としての没落――長期刑、あるいは死――をも厭わぬ至誠に、心のどこかで気高さを感じるからだろう。

私は『仁義なき戦い』シリーズではじめて、ヤクザ映画というものを知り、東映実録映画にどっぷり嵌《はま》った時期がある。なかでもとりわけ感銘を受けたのは、菅原文太主演の『県警対組織暴力』、渡哲也主演の『やくざの墓場 くちなしの花』（いずれも深作欣二監督、笠原和夫脚本）だ。共に悪徳警官を主役に据え、熾烈なヤクザの抗争を描いた作品である。いつか、自分もこういう悪徳警官ものを書いてみたい――その思いが昂じ、『孤狼の血』という作品を上梓《じょうし》した。

執筆するにあたり多くの書物、資料を渉猟《しょうりょう》したが、実在するヤクザでもっとも印象に残ったのは、本書でも言及される、悟道連合会会長の石川裕雄（敬称略、以下同）という人物であった。『孤狼の血』の続編『凶犬の眼』に登場させた主役級のヤクザ、国光寛郎は、この石川をモデルにしたものである。己の信念と義を貫き、モリス言うところの「高貴なる敗北」を実践した石川は、斯界において「ヤクザの鑑」とまで称賛されていると聞く。

一方、本書の主人公である竹中武組長もまた、筋とけじめをなにより重視し、日本最大組織である山口組の圧力にも決して屈せず、荒ぶる魂でどこまでも己を貫き通した、まさに「最後の極道」と呼ぶに相応《ふさわ》しい人物である。あれほど一和会会長のタマ取りに執念を燃やし、一和会幹部の首級を狙い打ちにして武勲を立てた武も、石川率いる悟道連合会へはいっさい手を出していない。実の兄で、親分でもあった山口組四代目組長、竹中正久を殺害した首謀者であるにもかかわらず、だ。敵ながらヤクザの筋目を通した石川を、口には出さずとも、男として認めていたからだろう。本書を読むと、石川も石川で、武を本物の極道として、高く評価していた節が窺える。終幕近くで、敵味方に別れたふたりの男の心情を鮮やかに浮き彫りにする、著者の筆致は絶妙である。

無期懲役で収監された旭川刑務所で、石川が受刑者仲間のヤクザと談笑していたときのことだ。

山一抗争が終結し、もはや石川を狙う者はいないだろう、との趣旨で話を振られたとき、石川は途端に真顔になって、「いや、一人だけおる」と答えた。

「菱は来よらんやろうけど、竹中武は必ず来よるがな。竹中武という男はそういう男や。折り目、筋目はきっちりつけるサムライや」

遠くを見遣《みや》り、ぼそっと言ったこの科白《せりふ》に、心の底から痺れた読者は、おそらく私ばかりではないだろう。

この種の評伝は小説と違い、ただ資料を参考にすればいい、というものではない。関係する人物、それも出来るだけ多くの人物に会い、話を聞くことが、最も心を砕くべき要諦となる。一般の人でも骨が折れるのに、相手がヤクザ関係者ともなれば、いろんな意味で緊張感を伴う取材になろうことは、想像に難くない。収集した膨大なインタビューと資料を取捨選択し、時系列にまとめてエピソードを効果的に繋ぎ、対象となる人物の人間性と真情を、匂うがごとく紙上に活写する著者の業《わざ》は、同じ物書きの端くれとして、参考にさせていただくことが多々あった。

二千人部隊を誇った最強の竹中組軍団が、山口組の飽くなき猛攻を前にして、櫛《くし》の歯が欠けるように組員が離れていく様は、日本人の琴線に触れる「高貴なる敗北」を、体現したものと言えるかもしれない。いくら攻撃されようとも、武闘派として名を馳せたヤクザであるにもかかわらず武は、配下に対し、山口組への報復《かえし》を厳に禁じている。自分の兄貴が組長を務めた代紋に、弓を引く真似はできない、という筋論からである。

竹中武という人物は、勇敢性急な、型破りの人であった。

だが同時に、自己の信念を貫き通す、至誠の人でもあった。

「親分の仇も討たんで何が極道ぞい」

終生、変わらなかった武のこの信条が、すべてを物語っている。


暴力団は押し並べて、社会のクズだ。が、なかには、砂浜で探す一粒の金砂のように、本物の俠《おとこ》がいたことは事実であろう。本書を読めば、それがよくわかる。

現代にこのような俠たちが実在したことは、奇蹟とも言える事象かもしれない。

奇蹟が素晴らしいのは、それが人知を超えた天祐であるからではない。奇蹟は、それが稀《まれ》に起こるから素晴らしいのだ。

——だからこそ、人は任俠に惹かれるのである。

二〇一九年二月

この作品は2017年4月徳間書店より刊行されました。
（文中一部仮名、敬称略）

徳間文庫

叛骨《ごじゃもん》 最後《さいご》の極道《ごくどう》・竹《たけ》中《なか》武《たけし》

2019年3月15日 初刷

著者 山《やま》平《だいら》重《しげ》樹《き》

発行者 平野健一

発行所 株式会社徳間書店

東京都品川区上大崎三－一－一 目黒セントラルスクエア 〒141－8202

電話 編集〇三(五四〇三)四三四九 販売〇四九(二九三)五五二一

振替 〇〇一四〇－〇－四四三九二

印刷 製本 大日本印刷株式会社

ISBN978-4-19-894453-7 (乱丁、落丁本はお取りかえいたします)